걸인각성

乞人覺醒
거지의 깨달음

김현영 新무협 판타지 소설

1

걸인각성 1

김현영 新무협 판타지 소설

초판 1쇄 찍은 날 § 2001년 9월 25일
초판 1쇄 펴낸 날 § 2001년 9월 30일

지은이 § 김현영
펴낸이 § 서경석
펴낸곳 § 도서출판 청어람
편집 § 문혜영 · 허경란 · 박영주 · 김희정 · 권민정 · 장상수
마케팅 § 정필 · 강양원 · 김규진

등록번호 § 제1081-1-89호
등록일자 § 1999. 5. 31
어람번호 § 제2-0015호

주소 § 경기도 부천시 원미구 심곡1동 350-1 남성B/D 3F (우) 420-011
전화 § 032-656-4452 팩스 § 032-656-4453
e-mail § eoram99@chollian.net

값 7,500원

ISBN 89-5505-164-6 (SET) / ISBN 89-5505-165-4 04810

걸인각성

김현영 新무협 판타지 소설

乞人覺醒
거지의 깨달음

1

최고의 게으름뱅이

도서출판 청어람

글을 쓰기 전에

안녕하세요, 독자 여러분. 『만선문의 후예』에 이어 『걸인각성』으로 만나 뵙게 되어 무척이나 반갑습니다. 전작인 만선문의 후예가 거지 생활에 대한 내용을 일부 담았었는 바 이번에는 아예 거지로 시작해서 거지로 끝이 나는 글이 될 것 같습니다.

유달리 글을 쓰면서 다른 무림 문파들보다 개방이나 거지에 대해 상당한 애착을 느낍니다(음…작가와 거지는 전혀 관계가 없음을 알려드리는 바입니다. 어이, 이봐, 거기! 내 구걸하는 자리 신경 써서 잘 맡아줘~).

그들은 세상에 있으나 자유롭고 마음을 비운 자들이기 때문일까요. 사람들은 힘들 때 어디론가 도피하고자 하는 마음에 자살을 생각하기도 하고 아무도 모르는 곳으로 훌훌 떠나 버리고 싶은 마음도 있는 것처럼 거지가 된다는 것도 어찌 보면 현실을 도피하고자 하는 마음일지도 모릅니다.

무거운 짐을 벗어버리고 '나는 거지니까 알아서 해' 뭐, 이런 식의 배 째라는 마음 같은 것 말입니다. 저 또한 세상을 살아가고 있지만 솔직히 벗어나고 싶을 때가 많습니다.

다람쥐 쳇바퀴 돌 듯이 살아가는 인생살이, 무엇을 위해 살아갈 것이냐라는 질문에 수많은 논리를 펴며 나름대로 생각들을 이야기하지만 그렇다 할지라도 인생은 참으로 가혹하기 그지없습니다. 꽃의 아름다움이 시들고 찬란한 광명도 사그라지듯 언젠가는 사람의 몸도 쇠약해져 기력이 없게 될 날 사망으로 들어갈 뿐입니다. 단지 인생은 열심히 쏘아진 살처럼 죽음이라는 표적을 향해 달려가니 허무하기 이를 데 없습니다.

그런 인생에서 한 가지 의미를 꼽아보자면 그건 아마도 영혼에 대한 알 수 없는 흠모가 아닐까 생각해 봅니다(이것마저 없다면 한낱 짐승과 다를 바가 없겠죠). 이 글은 거지의 일생을 그리는 것으로 자유로움을 무한히 추구하지만 그 속에서 미력하나마 인생을 이야기하고자 합니다.

개방에 대해서 여러 가지를 생각하다가 시내를 지날 때 길 가장자리에서 남루한 의복에 바구니를 놓고 앉아 있던 40대 후반 남자의 초라한 모습이 떠오릅니다. 평상시에는 생각지 못했는데—걸인각성에 대해 생각을 자주 하다 보니—언뜻 스치는 생각에 '어, 저 사람 개방의 고수가 아닐까, 아니면 혹시 방주?' 하하하… 그렇게 봐서 그런지 눈빛이 예사롭게 보이지 않더군요. 사람들이 보이지 않는, 인적이 드문 곳에서는 경공을 발휘해 거지촌으로 가는 것은 아닐런지…….

여러분들과 함께 '거지의 깨달음' 이라는 이 작품을 통해 잠시나마 시름을 잊을 수 있길 바라며 이 글이 삭막한 인생에 있어 마음을 쾌청하고 기쁘게 해줄 수 있길 바랍니다.

—김현영.

서(序)

제자야, 사람은 살면서 돈을 벌기 위해 일생을 살기도 하고 명예를 좇아 달려가기도 하고 권력을 향해 혼신의 힘을 기울이기도 한단다. 그렇게 되면서 점점 자기 자신을 잃어가고 돈과 명예와 권력의 종이 돼버리고 말지. 하지만 인간이 규율과 관습에 얽매이지 않은 채 더불어 무엇도 소유하지 않는 자라면 사실 모든 것을 가졌다고 할 수 있을 것이다.

가진 자는 그것을 지키려 하고 또한 그것에 만족함이 없으니 늘 마음이 불안할 수밖에 없고, 없는 자는 있는 자를 동경하여 욕심이 생기면 도적이 될 수도 있는 것이기 때문이지.

진정 하늘을 아비 삼고 땅을 어미 삼아 살아가는 삶이라면 무슨 걱정이 있겠으며 무슨 부족한 것이 있겠느냐. 소유하려 하지 말고 지키려 하지 말고 마음껏 너의 나래를 펼쳐라.

어떠한 틀에도 얽매이지 않고 어떠한 장소나 시간에도 구애됨이 없는 삶, 그런 삶을 살아라. 그것이 바로 진정한 인생이며 걸인이란다.

1장

청안동자

청안동자

청해성의 서쪽 경원 지역에 위치한 표가장은 겉에서 보기엔 여느 때와 다를 바가 없었으나 그 안의 풍경은 기대와 설렘으로 가득했다.

"아… 왜 이리 늦는 걸까?"

장주 표만석은 뜰에서 안절부절못하며 마음을 졸였다. 그는 평소엔 점잖고 덕이 많기로 이름이 높았는데 오늘은 그 여유로움은 찾아볼 수 없고 초조함만이 얼굴 가득 서려 있을 뿐이었다. 그의 보통 때의 용모는 대인의 풍모를 느끼게 하기에 충분했다. 검날을 연상케 하는 반듯한 짙은 눈썹, 잔잔함 속에 사물을 꿰뚫어 보는 듯한 시선, 그리고 말에 책임을 지는 입술, 이 모든 것이 지금은 초조함 속에 묻혀 있는 것이다. 이마엔 구슬땀이 흐르고 두 손을 만지작거리며 발을 동동거렸고, 입술은 바싹바싹 타는지 연신 쩝쩝거렸다.

"으아악!"

방 안에서 들려오는 여인의 비명 소리에 그는 눈을 동그랗게 뜨고 이를 악물었다. 그건 마치 자신이 고통을 당하는 듯한 모습이었다. 그러길 잠시 후.

"으앙~ 으앙~!"

갓난아기의 울음소리와 함께 문이 열리며 시녀가 달려나오더니 공손히 머리를 숙였다.

"장주님, 기뻐하십시오. 둘째 도련님입니다. 마님도 건강하십니다."

순간, 표만석의 얼굴은 화사한 꽃처럼 환하게 밝아졌다.

"하하하… 그래… 그래… 너무나 감사한 일이로구나."

부인의 나이가 마흔이나 된 고령(高齡)에—산모로서는—해산을 하게 되어 심히 걱정이 컸던 그였다. 혹시나 하는 불안감이 씻은 듯이 사라지자 하늘을 바라보며 감사했다.

"아이의 이름은 영(永)이라고 짓도록 해야겠다."

길 영(永) 자를 씀은 그가 늘그막에 아이를 낳았고 이 아이가 건강하게 오래오래 살기를 바라는 마음에서였다. 그는 설레는 마음으로 방 안으로 들어섰다. 땀에 젖은 부인 화연실이 아이를 안아 들고 있는 모습에 울컥 눈물이 나오려 했다. 머리는 헝클어지고 옷매무새도 흐트러져 있었으나 아가씨 적에 곱게 차려입고 보았던 모습보다도, 혼인식 때의 아름다운 모습보다도 비할 수 없는 성스러운 아름다움이었다.

"수고했소. 하늘이 우리에게 주신 큰 선물이구려."

표만석은 따뜻한 시선으로 부인과 아이를 감쌌다.

"아이의 이름은 영(永)이라고 합시다."

화 부인은 사랑스럽게 아이를 바라보며 조그맣게 불렀다.

"영이로구나, 표영."

조언참(曺彦參)은 다리에 불이 날 정도로 다급히 표가장을 향해 뛰었다. 그는 경원 지역에서 가장 이름 높은 의원으로 염소 수염이 인상적인 60세가 다 되어가는 노인이다.

"좀 더 빨리 뛰십시오, 조 의원님."

앞서 달려가는 표가장의 가복(家僕) 봉운이 뒤돌아보며 외쳤다.

"헉헉… 난… 힘이… 헉헉……."

조언참은 젊은 봉운을 따라가는 게 여간 힘든 게 아닌지 헉헉거렸다. 안 그래도 염소 수염이 수평으로 휘날릴 정도로 부지런히 뛰고 있는데 여기서 더 빨리 달리라니…….

아마도 그가 표가장주에게 받은 은혜가 크지 않았다면 결코 노구를 무릅쓰고 뛰는 일은 없었을 것이다. 봉운은 답답하기도 하고 조 의원이 힘에 부친다고 생각해 다가와 등에 업었다.

"꽉 붙드십시오."

"헉헉… 고맙네."

말은 그렇게 했지만 속으로는 야속하기 그지없었다.

'이놈아, 진작 좀 이렇게 하지.'

조언참은 어제 표가장에서 있었던 장주의 둘째 아들 표영의 돌잔치에 참석했었는데 하루 만에 아이의 몸에 이상이 생겼다고 하자 믿기지 않았다. 분명 어제 진맥을 했을 땐 아무런 문제도 없었는데 말이다. 표가장 안으로 들어가며 봉운이 큰 소리로 도착을 알리자 장주 표만석이 버선발로 뛰어나왔다.

"어서 오십시오, 조 의원님. 아이의 눈이… 눈이……."

곧 눈물을 흘릴 것 같은 표 장주의 말에 조언참은 사태가 여간 심각한 게 아니라 여기고 허겁지겁 방 안으로 들어섰다. 안주인 화연실은 아이를 품에 안고 눈물을 뚝뚝 흘리고 있었는데 눈이 퉁퉁 부어 있는 것으로 보아 줄곧 눈물을 흘리고 있었던 것 같았다. 그에 반해 품 안의 아이는 엄마의 걱정도 모른 채 방실거리며 웃고 있었다.

"조 의원님, 아이의 눈이……."

"너무 심려 마시고 잠깐 아이를 내려놓으십시오."

조언참은 비로소 아이를 보았다.

"음……."

그의 입에서 침음성이 흘러나왔다. 아이의 눈이 푸르스름한 청광(清光)을 띠고 있었던 것이다. 검은 눈동자 주위로 흰자위가 있어야 하건만 흰자위 부분에 푸른 청광이 있었으니 부모가 놀라지 않을 수 없었으리라.

'의원 생활 40년에 이런 광경은 처음 보는구나.'

그는 먼저 진맥을 했다. 가느다란 기운을 감지하며 몸 안 곳곳의 이상유무를 점검하는 그의 눈에 이채가 떠올랐다.

"음……."

염소 수염을 쓰다듬으며 양미간을 찌푸리는 조언참의 행동으로 표만석의 얼굴은 흙빛이 되었고 화연실의 얼굴은 부르르 경련을 일으켰다.

"조 의원님, 뭐가 잘못된 겁니까?"

"잠시만 기다려 주시구려."

조언참은 아이의 눈 가까이에서 손을 빠르게 이동했다. 어린 표영은 눈꺼풀을 끔벅이며 반응했다.

"얼라라 까꿍."

다시 활짝 웃으며 눈을 마주치자 아이가 까르르 하고 웃었다.

"휴~"

"무슨 문제입니까? 어서 말씀을 해보십시오. 이거 답답해서 견딜 수가 없습니다."

표만석의 다그치는 말에 조언참이 고개를 갸우뚱거리며 말했다.

"이상한 일이로군요. 진맥을 해보니 몸의 모든 기능이 다 정상입니다. 게다가 아이의 시력도 아무런 문제가 없구요. 그런데 이런 눈의 변화는 처음 보는 일입니다. 여러 의서를 두루 섭렵했다고 하는 저로서도 알 길이 없군요."

일단 그 말에 부부는 안도했다. 아침에 본 아이의 눈빛에 놀라 이제까지 당황해하고 있었을 뿐 간단한 실험도 해보지 못한 그들이었다. 조언참의 말이 이어졌다.

"언제부터 눈에 청광이 어렸습니까?"

안주인 화연실이 답했다.

"새벽녘에 아이에게 밥을 줄 때 뭔가가 좀 다르다고 느꼈는데 아침이 되자 확연히 드러날 만큼 푸르스름해졌답니다."

"이건 잠시 나타났다 사라질 증상인지도 모릅니다. 아이의 몸은 매우 건강합니다. 또래의 아이들보다 훨씬 더 건강하기까지 하니 심려하지 않으셔도 될 듯하외다."

"정말이십니까?"

표만석은 조언참의 의술을 절대적으로 신뢰했지만 아들 걱정에 다시 한 번 물었다.

"그렇습니다. 염려하지 마시고 혹여 다른 이상이 생기면 지체없이 저를 불러주십시오."

"감사합니다, 조 의원님."

"허허, 당연히 해야 할 도리를 한 것뿐입니다. 돌아가는 길에 봉운을 데려가도록 하겠습니다. 일단 아이가 먹을 수 있는 좋은 보약을 지어드릴 테니 먹여보도록 하시구려."

조언참은 자리에서 일어나면서 힐끔 아이를 바라보았다.

'참 괴인한 일이로군. 이젠 청안동자(靑眼童子)라고 불러야겠는걸.'

어린 표영은 조언참이 속으로 한 말을 듣기라도 한 듯 까르르 웃었다.

"으윽… 배야… 어어어……."

곧 숨이 넘어갈 듯 배를 움켜쥐고 표영은 방바닥을 떼굴떼굴 굴렀다. 이제 10살이 된 표영은 곱상한 얼굴을 잔뜩 찌푸린 채 괴로운 신음을 발했다. 옆에서 이를 지켜보는 표만석과 화연실 부부는 발을 동동 구르며 어서 빨리 조 의원이 오기만을 기다렸다.

"엄마… 배가… 너무 아파……."

"영아, 조금만 참아라. 곧 의원님이 오셔서 치료하면 곧 낫게 될 거란다."

화연실은 방을 뱅글뱅글 돌며 괴로워하는 아들의 배를 어루만져 주면서 안타까워했다. 아들의 얼굴은 처음에는 창백하더니 이젠 쑥색으로 변해 있었다. 거기에 눈에서는 청광이 흐르고 있었기에 괴이한 느낌을 주었다. 그때 밖에서 소리가 들림과 동시에 문이 벌컥 열렸다.

"무슨 일입니까?"

조언참이었다.

"아이가 반 시진(1시간) 전부터 배가 아프다고 저러고 있습니다. 어서 살펴주십시오."

이제 70세를 바라보는 조언참의 얼굴엔 과거보다 주름이 더 깊어져 있었다.

"잠깐 물러서 주십시오. 제가 청안동자를 살펴보겠소이다."

10살이 될 때까지 표영의 눈에 서렸던 청광은 사라지지 않았기에 인근에 있는 사람들은 모두들 청안동자라고 부르고 있는 실정이었다.

"음… 이거 참……."

조 의원의 얼굴은 황당하다는 표정으로 가득 찼다.

"어떻습니까?"

"장(腸)에 문제가 생긴 건가요?"

부부의 질문에 조언참이 뛰어오느라 흘린 땀을 소맷자락으로 닦아내며 말했다.

"허허… 변비로군요."

"네?"

놀라는 부부를 두고 조언참이 표영에게 물었다.

"표 공자, 용변을 얼마 동안 보지 않았지?"

표영은 괴로워 말 대신 오른 손바닥을 활짝 펼쳤다.

"음, 5일 동안?"

조언참의 말에 표영이 고개를 가로저으며 다시 손바닥을 두 번 펼쳤다.

"10일?"

표영이 쑥색 얼굴을 찌그러뜨리며 다시 손바닥을 세 번 오므렸다

폈다.

"15일이라 이거군."

그때서야 비로소 표영의 고개가 끄덕여졌다. 그 광경을 지켜본 표만석과 화연실은 기가 막혀 말문이 막혔다. 지금껏 커오는 동안 표영이 다른 아이들과는 비교도 할 수 없을 만큼 게으르다는 것은 알았지만 이건 정도가 지나친 것이다. 조언참이 너털웃음을 터뜨리며 말했다.

"아마도 배설되어야 할 것들이 창자에 너무 오랫동안 있어 모두 다 숙변이 된 것 같군요. 관장을 해야겠습니다."

두 부부는 아들을 바라보며 식은땀을 흘렸다.

"그, 그렇게 하시죠."

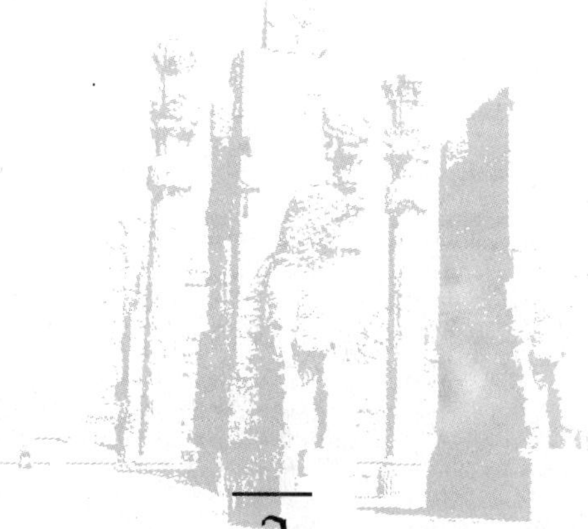

2장

천의 소공공

천의 소공공

조언참과 표만석 내외는 탁자에 마주 앉아 찻잔을 기울였다. 조언참은 별다른 내색을 하지 않았지만 표만석 내외는 미안한 마음을 금할 길이 없었다. 고작 변비로 먼 길을 고생하게 만들었으니 말이다.

"허허, 그리 난처한 기색 지을 필요 없습니다."

조 의원은 두 부부의 표정을 보고 편하게 말했다. 그 말에 안주인 화연실은 얼굴을 붉게 물들였고 표만석은 헛기침을 한 후 물었다.

"조 의원님, 혹시 게으름을 고칠 수 있는 방법이 없겠습니까?"

"글쎄올시다."

조언참도 청안동자 표영의 게으름에 대해서는 익히 잘 알고 있었으나 이건 병이 아니므로 약으로 다스릴 수 있는 것이 아니었다.

"험험… 저 또한 여러 가능성을 두고 생각해 보았습니다만 딱히 '이것이다' 라는 것을 알아내진 못했습니다. 단지 추측하건대 흰자위가 청광으로 변한 것과 관련이 있지 않을까라는 생각만 했지요."

"점점 나이가 들수록 그 정도가 심해지고 있는 것이 문젭니다. 창피한 이야기입니다만, 이 아이는 식사를 할 때도 밥 그릇 옆에 있는 반찬만 먹을 뿐 조금만 떨어져 있어도 먹질 않습니다. 게다가 한번 잠들면 하루 내내는 기본이고 이틀 간을 깨어나지 않을 정도랍니다."

"허허, 대기만성(大器晩成)이라 하지 않았습니까? 장주께선 너무 심려하지 마시오. 아직은 어리니 더 두고 봐야겠지요."

"아닙니다. 이건 대기만성(大器晩成)이란 말로는 해결될 수 없는 것 같습니다. 이제껏 세상에 나오지 않은 괴이한 병이 아닐는지요?"

"음……."

조언참은 눈을 감고 염소 수염을 쓰다듬었다. 실제 그가 표영의 게으름에 대해 들었던 내용은 지금 표 장주가 이야기했던 것보다 더한 내용들이었던 터라 심각함을 모르는 바가 아니었다. 그는 연신 수염을 매만지다가 조용히 입을 열었다.

"혹시 장주께서는 천의(天醫) 소공공(蘇孔公)님이라는 분에 대해 들어보셨습니까?"

"천의(天醫)라구요?"

놀라 반문하는 표 장주에게 조언참이 고개를 끄덕였다.

"그렇습니다. 그분은 천의라고 부르기에 부족함이 없답니다. 감히 말하건대 후한(後漢) 말의 화타와 비견될 수 있는 분이시지요."

"그런 분이 계셨더란 말입니까? 그럼 조 의원님께서는 그분의 제자시로군요?"

"허허… 제가 그분의 제자가 될 복이 있었다면 얼마나 좋았겠습니까. 전 그런 큰 복은 받지 못했지요. 단지 1년에 한 번 정도 저를 찾아오셔서 한마디씩 해주고 가신답니다. 사실 그것만으로도 과분한 것이라 할 수 있습니다. 앞으로 열흘 뒤가 바로 그분을 뵙게 되는 날이지요."

표만석은 얼굴 가득 기대된다는 듯 표정으로 대신 물었다.

"제가 그분에 대해 말씀드림은 혹시나 그분이라면 아영(兒永)의 눈에 나타난 청광에 대해 알 수 있으리라 생각하기 때문입니다. 하지만 선뜻 장담은 할 수 없으니 장주께서는 너무 기대하지 마시고 편안한 마음으로 기다리시기 바랍니다."

"감사합니다. 꼭 좀 부탁드립니다, 조 의원님."

표만석은 고마움에 조 의원의 손을 덥석 잡았다.

"한 달 안에 아무 연락이 없다면 천의께서 오시지 않은 것으로 생각하십시오."

표만석은 새벽부터 늦은 밤까지 하루에도 수십 번씩 대문 밖에서 천의가 오기만을 기다렸다. 귀한 손님이 오시게 되면 가복들이 마중을 나가지만 소공공을 그렇게 맞이할 수는 없다고 여긴 것이다.

보름째 되던 이른 아침이었다. 이날도 다른 날과 마찬가지로 초초하게 기다리던 표만석의 눈에 저만치 양털같이 새하얀 백의장삼을 입은 동자가 걸어오는 것이 보였다. 점점 가까이 올수록 그 모습을 자세히 볼 수 있었는데 수수한 옷차림, 그리고 보통 아이 열서너 살 정도의 키, 동안의 얼굴에 학의 깃털 같은 백발……. 기이한 모습은 쉽게 범접할 수 없는 기운을 내뿜고 있었다. 틀림없는 천의 소공공임이 분명했다. 그 외모는 조 의원이 말해 준 그대로의 용모였던 것이다.

"그분은 백의장삼을 즐겨 입으시고, 단신의 몸에 입술 왼쪽으로 작은 점이 있답니다. 머리는 백발이시지만 얼굴은 동안(童顔)이라 어린아이라 착각할 수도 있으니 주의하십시오. 혹여 보통 어린아이로 착각하여 귀한 분을 소홀히 모시는 일이 있어서는 안 됩니다."

'조 의원님의 말이 없었다면 자칫 큰 실수를 할 뻔했구나.'

표만석은 조심스럽게 머리를 숙였다.

"천의께서 직접 이런 누추한 곳까지 왕림해 주시다니 집안의 큰 복입니다."

"이곳이 청안동자의 집인가?"

그는 당연하다는 듯 태연히 물었다. 무심(無心)한 표정과 눈동자였으나 목소리는 10대 후반 소년의 것이었다. 비록 그 목소리가 어리게 들려진다고는 하나 보이지 않는 위엄이 서려 있었다.

"그렇습니다. 어르신이 오시길 손꼽아 기다렸답니다."

"허허, 기다려 주는 사람이 있다는 것은 언제나 기쁜 일이지. 자, 들어가세."

이미 대문 안쪽에서 상황을 듣고 있던 가복 봉운과 월성이 서둘러 모든 이들에게 소공공의 도착을 알렸고 그 순간부터 장원은 쥐 죽은 듯이 고요해졌다. 표만석이 천의께서 당도하시면 어떻게 해야 되는지에 대해 미리 지시를 해놓은 때문이었다.

소공공은 간단히 차를 마신 후 표영의 거처로 이동해 그를 살피게 되었다. 표영은 말할 것도 없이 잠에 빠진 상태였다.

표영을 바라보던 소공공의 눈에 이채가 어렸다. 그리고 점점 입이 벌어지며 한동안 다물 줄을 몰랐다. 그 광경에 표만석과 어느새 살짝 들어온 부인 화연실은 좋은 일인지 나쁜 일인지 알 수 없어 마음을 졸였다.

"어허허… 어허허……."

괴이쩍은 웃음소리에 놀라 표만석이 물었다.

"대인, 무슨……?"

표만석의 질문은 소공공이 손을 들어 막으므로 더 이상 이어지지 못했다. 소공공은 조용히 눈을 감고 진맥에 들어갔다.

"음……."

뒤쪽에서는 묻지도 앉지도 못하고 두 부부가 식은땀만 흘릴 뿐이었다.

"어허허… 어허허……."

다시 한 번 괴이쩍은 웃음을 날린 소공공은 검지를 뻗어 표영의 미간을 눌렀다. 그러자 표영의 눈이 번쩍 떠지며 청광이 눈 주위로 푸르스름하게 번졌다.

"어허허… 만성지체(晩成肢體)였어, 만성지체."

그가 다시 미간을 짚자 표영의 눈이 감겼다.

"자, 나가서 이야기하세."

소공공은 탁자에 앉아 웃음을 머금고 말했다.

"자넨 대기만성(大器晩成)이라고 들어봤나?"

대기만성이란 말을 모를 사람이 없을 것이기에 대답이 필요한 말이 아니라는 것을 알고 공손히 다음 말을 기다렸다.

"자네 아들은 대기만성의 극(極)을 이루고 있는 특이한 몸이야. 허허허, 말하자면 만성지체인 셈이지."

표만석으로서는 듣도 보도 못한 말이었다.

"대인, 만성지체란 무엇을 뜻하는지 자세히 말씀해 주십시오."

"세상에서 천 년에 한 번 날까 말까 한 지체인데, 쉽게 말해 모든 사람들 중에 가장 게으른 몸이라고 할 수 있지. 허허… 아무렴. 중원을 통틀어 이보다 더 게으른 사람을 찾기란 하늘의 별을 따는 것보다 더 힘들다고 보면 될 게야. 평생을 느림과 잠 속에 파묻혀 지내게 될 것이야."

표만석과 화연실 부부로서는 하늘이 노래지는 순간이었다.

"어르신, 정녕 평생을 그리 살아야 한다는 말씀이십니까? 어르신이라면 뭔가 대책이 있지 않겠습니까?"

"대책이라……."

소공공이 말을 잇지 않자 표만석은 입술이 바짝바짝 타 들어갔다.

"의술로 해결될 문제는 아니야. 하늘이 정한 이치이기에 타인의 힘을 통해 깨뜨릴 수는 없는 것이거든. 하지만……."

한 가닥 희망이 서려 있음을 느낀 표만석의 귀가 번쩍 뜨였다.

"대체 어떤 방법입니까? 뭐든지 하도록 해보겠습니다."

"음… 글쎄, 너무 힘든 길이라서……."

"말씀만 하십시오. 하늘의 별을 따는 일이라 할지라도 노력해 보겠습니다."

"허허허, 끔찍이도 아들을 아끼는군. 하지만 그것이 바로 해결책을 가로막는 장애 요소가 될 걸세. 특히 아이 엄마가 지극히 아이를 사랑하기 때문에 실행할 수 있을지 의문이야. 그리고 자네도 그렇고."

소공공은 동자의 얼굴과 묘하게 어울리는 백발을 쓸어 넘기며 고개를 저었다.

"아니, 그게 무슨 말씀이십니까? 아들을 위하는 일인데 저희들의 관심과 애정이 장애가 되다뇨. 절대 그럴 일은 없을 겁니다. 부디 길을 알려주십시오."

표만석의 얼굴과 목소리에는 어떤 난관도 각오가 돼 있음을 여실히 보여주고 있었다.

"좋아, 자네 뜻이 그렇다면 말해 주지. 실제 만성지체를 타고난 아이는 천고의 기재요, 누구도 따를 수 없는 천재라고 할 수 있네."

그 말에 표만석의 얼굴이 기쁨으로 일렁거렸다. 자식이 기재요, 천재라니 어느 부모가 있어 이 말에 기뻐하지 않을 것인가.

"정말이십니까?"

"허허허, 미리부터 좋아할 것은 없네. 말은 끝까지 들어봐야지. 천재이긴 하나 몸이 만성지체를 타고난 것을 잊지 말게. 문제는 이 아이가 머리를 사용하질 않는다는 점이야. 돼지 목에 진주가 걸린 셈이랄 수 있지. 죽는 날까지 천재성을 발휘하지 못하게 되는 게야. 두뇌의 뛰어남이 만성지체라는 특이체질을 뚫고 나오지 못한다고 보면 돼."

기쁨도 잠시 표만석의 얼굴은 다시 어두워졌다. 쓰지 못할 머리라면 아무리 뛰어난 머리인들 무슨 소용이 있단 말인가.

"후우……."

긴 한숨 소리에 소공공이 미소를 지으며 말했다.

"쉽게 설명하자면 이렇네. 저 아이는 마치 달리기를 잘하는 혈기왕성한 청년이 밧줄에 묶여 있는 것과 같고, 혹은 가난하고 지혜로운 선비가 부잣집의 여유로움에 취해 그 정신을 잃어버린 것과 같다 할 수 있어. 그래서 방법은 한 가지, 만성지체의 참 힘을 얻기 위해서는 틀을 깨야 해. 세상에서 가장 천하디천한 생활 속에 고생해 가며 몸을 일깨워야 한다는 것이네. 노숙자가 되든 거지가 되든, 뭐 그런 부류의 삶으로 말일세."

"허걱!"

표만석은 소공공의 마지막 해결책에 헛바람을 들이켰다.

'거지, 노숙자, 부랑자… 그건… 절대 있을 수 없는 일이야!'

소공공은 표만석의 표정을 보고 그가 결코 따르기 힘들 것이라 생각했다.

"허허, 만성지체는 하늘의 복을 타고난 건 분명하네. 그러니 내키지 않는다면 굳이 고생시킬 필요가 없네. 하지만 나중에 훌륭하게 성장하는 것을 보려거든 모질게 마음먹는 게 좋을 걸세. 아이가 천한 길을 가게 되면 시간이 갈수록 심령이 깨어나 세상을 놀래킬 인물이 될 수도 있지. 또한 집을 나서는 순간부터 게으름을 피울 만한 여건이 주어지지 않아 절로 부지런해질 수밖에 없을 게야. 어때, 할 수 있겠나?"

소공공의 말에 아까까지 호언장담했던 표만석은 차마 대답할 말을 찾지 못했다. 곁에 말없이 앉아 있던 화 부인은 눈물만 뚝뚝 흘렸다. 일생을 게으름 속에 살 것을 생각하자 마음이 저민 것이다.

"너무 슬퍼하지 마시게. 지성(至誠)이면 감천(感天)이라 했으니 하늘에 빌어보는 수밖에. 자, 그럼 난 아이를 한 번 더 본 후 길을 나서야겠네. 내 생애 만성지체를 보게 된 건 나로서도 영광이니까. 허허허……."

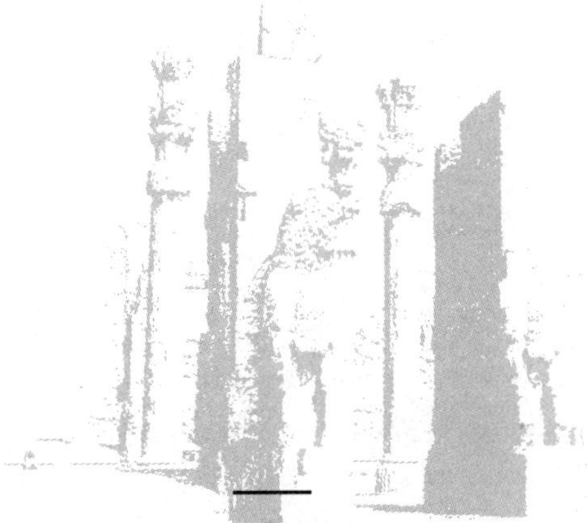

3장

하늘을 향해 도움을 구하다

하늘을 향해 도움을 구하다

소공공이 떠난 뒤 표만석과 화연실 부부는 망연자실(茫然自失) 상태에 빠졌다. 거지 노릇을 하도록 만들 수도 없고, 그렇다고 이대로 방치해 둘 수도 없었다.

"부인, 당신의 생각은 어떻소?"

침상에 누워 뒤척이다 표만석이 한숨 쉬듯 물었다.

"소공공께서 하늘에 빌어보라고 했으니 전 내일부터 기원을 드려야겠어요."

"음… 나도 곰곰이 생각해 보았소만, 아이를 개방으로 보내는 게 어떻겠소? 개방은 강호에서도 알아주는 문파이고 기인들도 있을 터이니 비록 고생은 되……."

한참 말하던 표만석은 부인의 고함 소리에 놀라 더 이상 말을 잇지 못했다.

"안 돼요!"

어찌나 크게 소리쳤던지 표만석이 화들짝 놀랐다. 화연실은 미안했던지 소리를 낮춰 말했다.

"소리쳐서 미안해요. 하지만 영이를 거지가 되도록 할 수는 없으니 다시는 그런 소리 하지 마세요."

"휴우~ 알겠소. 큰 아이는 무당파에 간 지 3년째고 한 번씩 볼 때마다 크게 성장하는 것을 보고 역시 구대문파는 뭔가 달라도 다르다 여겼기에 개방에 대해 생각해 본 것뿐이오. 내 앞으론 말하지 않으리다."

첫째 아들은 표숙으로 17세의 나이로 무당에서 수련 중이었다. 두 부부는 고민 속에 파묻혀 눈은 감았으나 잠을 이루지 못하고 밤을 지샜다.

다음날부터 화 부인은 뒤뜰에 정화수를 떠놓고 하늘을 향해 기원을 올리기 시작했다.

"하늘이 있기에 우리 인생이 삶을 누릴 수 있음을 압니다. 비를 주관하시고 땅을 움직이시며 구름의 흩어짐과 나아감, 바람이 어디에서 불어 어디로 가는지 그 길을 아시는 하늘이십니다. 그런 하늘에 빕니다. 이 부족한 어미에게서 난 둘째 아이가 몸이 좋지 않습니다. 제가 바라는 바는 뛰어난 천재도 아니고 세상을 구할 능력을 바람도 아닙니다. 그저 모든 사람들과 같이 평범한 사람이면 그것으로 만족합니다. 이 늙은 어미의 소원은 오직 그 한 가지뿐입니다. 부디 만성지체를 벗어나도록 인도해… 흑흑……."

그녀는 말을 맺지 못하고 한동안 울다가 다시 기원을 올렸다. 그녀의 목표는 5천 번의 기원을 올리는 것이었다. 기간으로 보자면 하루 세 번, 오전 오후 저녁 시간을 정하고 드린다 했을 때 약 5년의 기간이 필요한 정성이다. 하지만 그녀는 이날로부터 시작된 정성을 하루도 빠짐없이 비가 오나, 눈이 오나, 몸이 아프나 하늘을 향해 기원함을 잊지 않았다. 표만석은 몇 번이고 부질없는 행동이라며 말려보았으나 부인의 마음은 철석같았다.

흔히 백일 정성, 천일 정성을 말하지만 화 부인의 아들을 위해 하늘에 쌓는 정성은 그런 것들과는 비교할 수가 없었다. 하루 세 번 정성을 드릴 때마다 목욕 재계를 할 정도였으니 말이다.

그녀가 약 4년 동안 4,300회에 이른 정성을 하늘을 향해 드리게 되었을 때였다.

'지극한 정성은 하늘을 감동시킨다' 는 말은 결코 헛된 말이 아니었다. 어느덧 화 부인의 지극한 정성은 향기가 되고 형체를 이루어 하늘에 이르게 된 것이다. 즉, 이 뜻은 천계(天界)의 주관자인 대천신(大天神)에게 상달되었음을 의미했다. 이로써 천계(天界)에서는 본격적으로 표영의 문제가 논의되기에 이르렀다. 인간의 언어로는 설명할 수 없는 찬란한 광채가 뿜어져 나오는 그곳에서 한 음성이 울렸다.

"요즘 들어 지상계(地上界)에서 화연실이라는 여인으로부터 연일 간절한 소망이 올라오고 있다. 얼마나 집요하고 끈질긴지 그 기원 소리로 인해 편히 쉴 날이 없구나. 어떻게 된 노릇인지 하루도 쉬는 날조차 없더란 말이다. 이 일을 조속히 해결해 주지 않을 시 언제까지 그 목소리를 들어야 할지 암담하지 그지없으니 그대들은 대응 방안을 내놓도록 하라."

옥빛으로 반짝이는 천좌(天座)에 앉은 대천신이 형형한 눈빛으로 하명했다. 대천신의 몸에서 발산되는 기이한 광채로 인해 어떤 모습인지는 볼 수 없었고, 단지 가끔씩 빛 속에서 투명하게 얼굴 형상이 비추일 뿐이었다.

대천신의 보좌 앞으로는 일곱 무지개 빛깔의 형형한 광채를 띠고 각기 한편에 일곱 명씩 좌우로 늘어서 있었는데 그들은 십사성존(十四星尊)이라고 불리는 천계의 대신들이었다.

"먼저 자료 화면을 보여주도록 하겠다."

대천신의 말이 떨어지자 십사성존이 위치한 중간 지점의 구름 바다가 빠르게 회전했다. 잠시 후 큰 화면으로 화연실이 정화수를 떠놓고 기원하는 모습과 함께 그녀의 음성이 흘러나왔다. 화면 하나하나마다 눈물로 채워지고 간절함이 배어 나왔다.

십사성존은왜 대천신의 부름이 있었는지 알 수 있을 것 같았다. 모든 장면이 다 펼쳐지고 다시 구름 바다로 원상복귀된 후 적운신(赤雲神)이 자줏빛 광채를 발하며 고했다.

"우주삼라만상(宇宙森羅萬象)을 지으신 대천신께 아뢰옵니다. 그녀의 소원은 그 정성이 심히 갸륵하나 우주의 정한 질서와 운명이 있기에 들어주어서는 안 된다고 여기옵나이다. 그녀의 기원은 그 경로를 막으시고 듣지 않으심이……."

적운신의 말은 대천신의 호통 소리에 더 이상 이어지지 못했다.

"적운신! 그걸 지금 말이라고 하는 게냐? 내가 오늘 너희를 부름은 해결책을 강구하도록 함이 아니었더냐. 너는 날이면 날마다 그녀의 간구를 들어야 하는 짐의 고충을 알기나 하는 게냐? 그리고 뭐라고? 그녀의 간절한 기원에 대한 경로를 막고 듣지 말라니… 이런 고얀 놈 같으니라구!"

대천신이 진노하자 백색 광채를 발하던 몸이 붉은 광채로 돌변했고 적운신의 자줏빛 광채가 움츠러들었다.

"남운신(藍雲神)!"

느닷없는 부름에 적운신의 옆에 서 있던 남운신이 황망히 대답했다.

"네, 남운신 여기 있나이다."

"저놈을 한 대 쳐라."

"네? 네, 분부대로 거행하겠나이다."

대천신의 말을 거역할 수는 없는 일, 남운신은 미안한 마음이 들었지만 따르지 않을 수 없었다.

퍽—

남운신의 주먹이 적황신의 턱을 갈기자 턱 주위로 검은 기운이 일며 바닥으로 쓰러졌다. 하나 적운신은 번개같이 자리에서 일어나 머리를 조아렸다.

"속하 큰 죄를 지었사옵니다. 존귀함에 수고로움을 끼친 죄 용서하여 주소서."

"앞으로는 그런 일이 없도록 하라. 말이라고 다 말이 아닌 것, 때에 맞는 말이 진정한 말인 것이다."

"명심하겠나이다."

적운신은 턱을 슬그머니 어루만지며 후회했다.

'대천신께서 왠지 그녀의 기원에 불만이 있는 듯 말씀하시기에 드렸던 말인데 속으로는 그런 정성을 기뻐하고 계신 거였구나.'

그때 청광을 발산하며 청운신(青雲神)이 나섰다.

"속하, 한 말씀 올리겠나이다."

"말하라."

"만성지체로 타고남은 지극한 정성이 있다 하여도 그저 변화시켜 줄 내용이 아닌 줄로 아옵니다. 모두들 알고 계시듯 만성지체를 깨뜨릴 방법은 지상계에서 험난한 고난을 겪으며 거지와 같은 최하의 삶을 사는 것뿐이옵니다. 속하가 생각하기론 그 아이가 자연스럽게 거지의 삶을 살 수 있도록 만들어줌이 가장 좋은 방법일 듯싶사옵니다."

청운신의 말에 대천신의 몸을 감싸는 빛은 옥색 광채가 되었다. 수긍의 빛이었다.

"역시 그래야겠지. 아무리 정성이 크다 해도 그 아이의 수고로움이 없이 어미의 정성만으로 깨는 것은 곤란한 일이야. 음… 좋다. 앞으로 일 년 간에 걸쳐 만성지체의 아이에게 꿈을 꾸게 하라. 진전이 보이면 그 다음에 내 직접 아이의 어미를 설득하도록 하겠다."

십사성존은 각기 광채를 발하며 머리를 조아렸다.

"옳으신 처사이시옵니다."

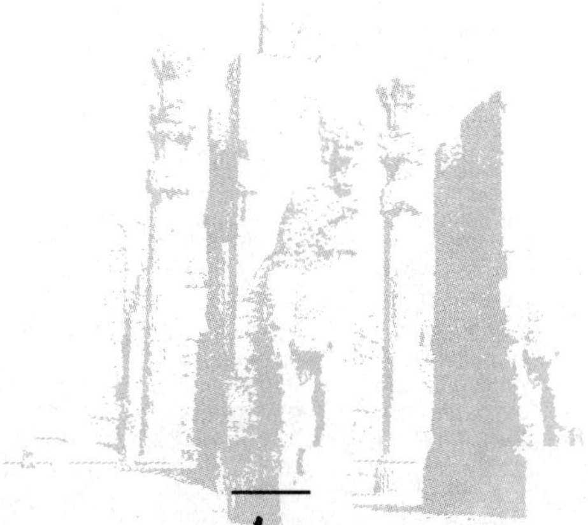

4장

마음을 움직이는 꿈

마음을 움직이는 꿈

"할아범~ 할아범~!"

연이어 들려오는 소리에 운학 노인은 다급히 방 안으로 들어갔다.

"허허허… 도련님, 무슨 큰일이라도 난 겁니까?"

운 노인은 사람 좋아 보이는 웃음을 지으며 말했다. 침상에 옆으로 누운 표영이 손가락으로 바닥을 가리켰다.

"헤헤헤… 할아범, 저기 떨어져 있는 사과 좀 주워줘."

"어이쿠, 땅에 떨어진 것은 버리셔야죠. 먼지가 잔뜩 묻어 몸에 해롭습니다."

운 노인은 표영이 태어나서부터 지금까지 늘 곁에 있으면서 잔심부름을 해온 터였다. 다른 사람 같았으면 도무지 이해할 수 없었을 것이다. 침상에서 몸을 일으켜 주우면 되는 것을 그것이 귀찮아서 사람을 불렀으니 말이다. 하지만 운 노인은 표영의 습관을 잘 알고 있었기에 대수롭지 않게 생각했다. 용변을 보는 게 귀찮아 수박같이 수분이 많은 과일은 아예 먹는 걸 포기할 정도임을 잘 알기 때문이다.

"할아범도 참… 괜찮아. 그냥 먹지 뭐."

"도련님, 잠시만 기다리십시오. 제가 물로 씻어가지고 오겠습니다."

"할아범은 너무 부지런해. 그렇게 살면 너무 피곤하지 않아?"

"허허, 도련님도……."

운 노인은 어이가 없는지 표영의 푸르스름한 청안을 바라보곤 이내 밖으로 나갔다.

"어떻게 된 게 내 주위엔 모두들 부지런한 사람들뿐일까. 괴이한 일이야."

만성지체를 타고난 표영에게 있어 이 세상 어느 누가 부지런하지 않게 보일 것인가.

잠시 후, 운 노인이 씻은 사과를 들고 들어와 침상 옆 탁자에 앉았다.

"이 사과를 드신 후 점심 식사를 하셔야 하니 또 주무시면 안 됩니다. 아셨죠?"

운 노인에게 있어 가장 큰 곤욕은 표영의 잠을 깨우는 일이었다. 하루 온종일 자는 것은 기본이고 어떤 날은 이틀 간을 잠으로 보내는 날도 있는데, 그땐 거의 두 시진(약 4시간) 가량을 고함을 질러대야만 비로소 일어나곤 했다.

"음, 그러지 마시고 함께 밖으로 나들이를 가시는 게 어떻겠습니까?"

"열흘 전에 나들이를 했는데 또 한단 말야? 에구, 할아범… 너무 무리하지 말자구."

운 노인은 웃음을 터뜨렸다.

"껄껄껄껄, 도련님! 거울을 한번 들여다보세요. 얼굴이 새하얀 게 마치 분을 발라놓은 것 같지 않습니까? 이래서는 남자라고 말하기도 부끄럽게 됩니다."

실제 표영의 얼굴은 새하얗다 못해 창백해 보일 지경이었다. 거기에 워낙 곱게 자란 데다 아버지 표 장주를 닮아 부드러운 인상에 친근감을 주는 모습이었기에 운 노인은 간혹 이렇게 놀리곤 했던 것이다. 표영이 새하얀 얼굴에 미소를 머금고 답했다.

"괜히 피곤하게 나가지 말구 여기서 이야기나 하자구."

얘기를 꺼내놓고도 크게 기대도 하지 않았던 터라 운 노인은 빙긋 웃었다.

"허허, 그러시죠."

"할아범, 할아범은 꿈 자주 꿔?"

"음… 몸이 좋지 않을 때는 자주 꾸는 편이랍니다. 왜 요즘 꿈이 많아지셨나요?"

"사실 이 말은 할아범에게 처음 하는 건데 한 달 전부터 잠만 자면 꿈을 꾸게 되지 않겠어."

"그거 참 괴이한 일이로군요. 생각이 많으면 꿈이 많아지는 법이죠. 근데 도련님은 생각을 하지 않는 편이잖습니까?"

다른 사람 같으면 욕으로 들을 말이지만 표영은 이무렇지 않은 듯 고개를 끄덕였다.

"맞아 맞아… 할아범도 이상하지?"

"그래, 어떤 꿈을 꾸시는 겁니까?"

"그게 말이야, 늘 어머니가 나와서 정화수를 떠놓고 뭐라고 뭐라고 하시는데 그 소리는 못 듣겠어."

"마님께서 도련님이 잘되라고 하늘에 기원하시는 거랍니다. 그게 마음에 걸리셨나 보죠."

"그럴까? 근데 어머니께서 그렇게 하신 것은 몇 년 전부터인데 왜 요 근래 꿈을 꾸게 되는 것일까?"

"왔다 갔다 하시면서 마님의 모습을 보신 것이 마음에 쌓이셨던 것이겠죠. 이젠 도련님도 잠을 줄이시고 학문을 쌓으세요. 그래야 마님께서도 그 고생을 하지 않으실 것 아니겠습니까."

"음… 그건 불가능한 일이야. 할아범, 너무 무리한 요구를 하는 거라구."

"에구… 도련님도……. 자, 이제 점심때도 다 되었으니 식사하러 가시죠."

"아… 귀찮아. 한 번만 먹으면 한 달 정도 식사를 하지 않는 그런 음식은 없을까? 할아범이 좀 알아봐 주라."

"허허허… 사람 사는 데 먹는 재미가 최고인데 한 달에 한 번만 먹는다면 서운해서 되겠습니까."

—하늘이시여, 다시 이렇게 빕니다. 사랑하는 아들 영이 부디 게으름에서 벗어나 자신의 인생을 살도록 이끌어주십시오. 저희 부부는 이제 늙어 언제 죽을지 모르는데 어린아이는 여전히 스스로의 삶을 이끌어갈 힘이 없습니다. 흑흑… 우리 영이를…….

표영은 꿈에서 어머니의 모습과 음성을 들었다. 둔한 마음에 파도가 일며 표영의 눈가에 눈물이 맺혀 베개를 적셨다. 처음 두 달 간 꿈을 꿀 때는 멀리서 어머니가 정성을 드리는 모습만을 보았다. 하지만 그 뒤로부터 10개월 간은 마치 눈앞에 어머니가 계신 것처럼 생생하게 모습과 음성을 느끼게 되었다. 그때마다 표영은 자기도 모르게 눈물을 흘렸다. 매 꿈마다 간절하게 들려오는 어머니의 눈물 어린 말씀은 표영의 가슴을 적셨다.

'아! 내가 어떻게 해야 어머니의 기도가 끝이 날까? 어떻게 하면 나의 이 게으름을 바꿀 수 있는 것일까?'

마음은 원하고 있지만 도무지 몸이 따라주지 않는 것을 어쩌란 말인가. 어느덧 계속되는 꿈을 통해 표영은 어떤 길이 있을까 고민하게 되었다.

"자, 꿈을 통해 만성지체에게 어느 정도 성과를 거두었으니 이제 두 번째 작전으로 들어간다."

천계의 주관자 대천신은 옥색 광채를 출렁이며 만족한 듯 말했다. 천계의 구름 바다 화면을 통해 만성지체를 가진 아이의 탄식을 살펴본 것이다.

"이번에는 내가 아이 엄마의 꿈속으로 들어갈 테니 좋은 의견이 있다면 말해 보거라."

녹색 광휘에 휩싸인 녹운신이 나서며 말했다.

"제 생각엔 아무래도 거지가 되도록 해야 하기에 거지 차림새가 좋을 듯하옵니다. 서로 상호 작용을 일으켜 큰 효과를 발휘하리라 생각하옵니다."

여러 대신들이 고개를 끄덕이며 동의했다.

"음… 좋은 생각인 듯싶습니다. 처음 꿈에 등장하는 장면만 멋지게 연출된다면 필히 그녀는 뜻을 받아들일 것이옵니다."

"그것도 나쁘진 않구나."

대천신도 수긍하듯 말하자 옥색 광채가 회오리쳤다. 그때 청운신이 나섰다.

"제 생각은 다르옵니다. 그녀는 아들이 거지가 되는 것을 바라지 않기에 오히려 역효과를 낼지도 모르옵니다. 세인들은 신비한 모습에 위축되는 경향이 있으니 부디 대천신님께서는 현명한 선택을 하시옵소서."

대천신이 뭐라고 말하기도 전에 나머지 십삼성존이 여기저기서 반대 의견을 내세웠다.

"청운신의 말은 맞지 않는 것이라 사료되옵니다. 그녀는 보통 사람과는 다릅니다. 진흙 속에서 진주를 발견하듯 내면을 들여다볼 것이옵니다."

모두들 한결같이 청운신을 몰아세우자 대천신이 나지막이 말했다.

"됐다, 그만 해라. 여러 대신들의 의견을 따라 거지 차림으로 꿈속으로 들어가겠다."

대천신이 결정짓자 모든 대신들이 머리를 조아렸다.

"현명하신 선택이옵나이다."

뭇 대신들은 분주히 움직였다. 표영에게 맞추어진 꿈의 좌표를 그의 모친에게로 다시 설정하고 대천신께서 입고 등장할 의복을 준비하는 한편 머리 모양을 가다듬는 등 정성을 쏟았다.

"오늘로써 그녀의 기원이 끝이 났다. 내 이제 처음으로 만나러 가는 길이니 한 치의 소홀함도 없어야 할 것이야."

"다 되었사옵나이다."

대천신은 평상시 옥색 광채에 휩싸여 있었으나 지금은 지상계의 인간이 볼 수 있는 모습으로 변신한 상태였다. 녹운신의 말에 대천신은 자리에서 일어났다.

"천화경(天華鏡)!"

천화경이라 외치자 푸른 물결이 출렁이며 허공 중에 신비스런 모양의 거울이 둥실 떠올랐다. 거울에 전신을 비춰 본 대천신은 좀 추접스럽긴 했지만 만족스럽다는 듯 고개를 끄덕였다. 지저분한 옷, 옆구리에 걸린 술 호리병, 머리는 산발이었다.

"아무래도 염소 수염도 적당히 나 있는 것이 더 낫지 않겠어?"

대천신의 말이 떨어지자 천화경에 원하는 만큼의 염소 수염이 비춰지며 모습이 변했다.

"음, 좋아 좋아~ 자, 그럼 그녀에게로 가보자."

오랜만에 직접 출연하는 것이니만큼 대천신도 기분이 상쾌하기 그지없었다.

5천 번의 정성 어린 기원을 마친 화연실은 아쉬움과 서운함, 그리고 한편으론 개운함을 느꼈다.

"수고했소, 부인."

늦은 밤 표만석은 침상에 앉아 초췌해진 아내의 얼굴을 보고 따뜻이 손을 잡았다.

"정말 하늘도 무심하군요. 어찌하여 아무런 응답도 주지 않으시는지. 두 달 정도 쉬었다가 다시 기원을 올리도록 해야겠어요."

화연실의 마음은 단호했다. 하지만 표만석은 또 하겠다는 말에 놀라 다급히 말했다.

"아, 아니, 다시 하겠다는 것이오? 이제 그만 하면 되지 않겠소. 넉넉한 마음으로 몇 년 간 기다려 봅시다. 언젠가 하늘에서 기별이 오지 않겠소."

화연실은 대수롭지 않게 들으며 피식 웃었다.

"오늘은 피곤해서 잠이 잘 올 것 같아요. 당신도 어서 주무세요."

표만석은 두 달이 지나고 또 고생할 부인을 생각하니 마음이 아팠다. 하지만 고집이 황소고집인 줄 알기에 어떻게 막을 도리가 없었다.

"후……."

그저 한숨만이 나올 뿐이었다.

화연실은 침상에 눕자마자 깊은 잠의 나락으로 빠져들었다. 얼마나 잤을까. 꿈속에서 아련히 안개가 일며 흐릿하게 한 사람의 모습이 보이는 듯했다. 서서히 안개가 걷히자 화연실은 가슴이 떨렸다. 이건 필시 하늘의 응답인 것이다. 가슴 벅찬 기대와 흥분 속에 눈을 동그랗게 뜨고 바라보는데 드디어 모든 안개가 걷히고 확연히 사람의 모습이 나타났다.

―나는 네가 그동안 부르짖어 찾았던 그 하늘이니라. 내 너에게 특별히 할 말이 있어 이렇게 찾아왔노라.

기대로 가득 찼던 화연실의 얼굴에 작게나마 실망의 빛이 떠올랐다. 하늘이라며 나타난 이가 거지 차림이라니. 게다가 술 호리병까지……. 신선의 모습을 상상했던 그녀로서는 못내 아쉬웠다. 하지만 진정 하늘이라면 외적으로 보이는 것으로 속단해서는 안 된다 여긴 그녀는 공손함을 잃지 않고 답했다.

―이렇게 찾아와 주시니 너무나 감사합니다. 저의 정성이 헛되지

않았군요.

거지 차림의 대천신이 포근한 웃음을 지었다.

—너의 정성은 하늘에 닿았고 오래전부터 듣고 있었으나 그 마음의 간절함이 어떠한지 보기 위해 기다려 왔던 것이다.

—부디 간청합니다. 저의 아들을 보통 사람과 같이 살아가도록 해 주십시오.

그녀는 넙죽 절하며 간청했다.

—잘 들어라. 모든 만물이 생성되고 소멸함이 아무 의미 없이 이루어지는 것 같으나 실제는 그렇지 않다. 바람 한 점, 티끌 하나가 움직이는 것에도 질서가 있음이야. 너의 간절함은 알지만 순식간에 변화시킨다면 우주의 질서가 혼란스럽게 될 것이다. 너의 둘째 아이는 만성지체를 타고났으니 오직 방법은 한 가지뿐이다. 굳게 마음먹고 세상에서 천한 생활을 하도록 만들거라.

거지 노인의 음성을 가만히 듣고 있던 화연실은 기대했던 대답대신 예전에 소공공이 들려준 말을 듣게 되자 불현듯 화가 치밀었다. 이제까지 드린 공력을 생각했을 때 이런 대답은 있을 수 없는 것이었다. 또 생각되길 나타난 노인의 차림새가 거지의 모습이라 이건 필시 하늘의 꿈이 아니라 단정했다.

—흥, 이 미친 영감탱이 같으니라구! 하늘은 무슨 하늘이냐. 넌 악귀지. 너의 그 거지 꼬락서니를 보고 진작에 알았어야 했건만 괜한 기대 속에 말대꾸를 해준 내가 잘못이다. 왜 하필 내 꿈에 나타나 장난을 치는 것이냐.

태도가 돌변하여 매몰차게 쏘아붙이는 화연실의 말에 대천신은 황당함으로 입이 크게 벌어졌다. 악귀라니……! 하지만 대천신은 곧바로 태연한 척 크게 웃었다. 원래 난처할 땐 크게 한바탕 웃노라면 국면을 전환시킬 수 있는 것이다.

—하하하하… 하하하하!

과연 웃음은 효과가 있는 듯 보였다. 대천신은 여세를 회복하고자 말을 이었다.

—하하하… 어찌 여인이 되어 그리 입이 험한고. 나는 진정 하늘이니라.

하지만 그것은 대천신만의 착각이었다. 화연실은 너무도 어처구니가 없어 대꾸를 미루었을 뿐이었다.

—썩 물러가지 못할까! 천벌이 두렵지 않더란 말이냐. 악귀면 악귀답게 행동할 것이지 어디서 감히 농을 지껄이더란 말이냐!

대천신의 얼굴은 점점 검게 변해갔다. 일이 잘못되어도 너무 잘못되어 가고 있는 것이다.

—허허… 나는 삼라만상을 다스리…….

미처 변명의 말을 화연실의 일갈에 끝맺지도 못했다.

—잡소리 집어치우고 내 꿈에서 어서 나가, 이 악귀야!

—나, 나는 지, 진짠데…….

—어허! 소금을 뿌려야 제정신을 차리겠느냐, 이 못된 놈 같으니라구.

—난… 난…….

대천신은 얼굴이 일그러진 채 황망히 구름과 안개 속에 휩싸여 사라졌다.

꿈에서 깨어난 화연실은 옆 탁자에 놓아둔 물그릇을 들어 벌컥벌컥 마시며 씩씩거렸다.

"별 해괴한 악귀 놈도 다 봤군. 감히 하늘을 사칭하다니… 고얀 놈 같으니라구."

한편 대천신은 꿈속에서 빠져나와 옥빛에 붉은 광채를 뿜어내며 호통쳤다. 분노의 상징이었다.

"이놈들아, 거지 모습으로 가서 이 무슨 낭패냐!"

아까까지 거지 모습으로 등장하는 게 좋겠다고 주장했던 십삼 인의 대신들은 쥐구멍이라도 찾고 싶은 심정으로 어쩔 줄을 몰라 했다.

"너희들이 그러면서도 성존(星尊)이라 불리울 수 있더란 말이냐! 이 고얀 놈들. 받아라. 뇌성벽력(雷聲霹靂)!!"

순간, 공중에서 뇌성 소리와 함께 휘황찬란한 빛이 발생하며 벼락이 꽂혔다.

으르르릉— 꽈광—

빠지지직—

"으아악……!"

무지갯빛을 발산하는 대신들은 벼락에 맞아 온몸을 고통스럽게 뒤흔들다가 바닥으로 허물어졌다. 오직 유유히 서 있는 이는 거지 차림을 반대했던 청운신뿐이었다.

푸스스…….

쓰러진 십삼성존은 각기 몸에서 희멀건 연기가 피어 오른 가운데 후들거리며 일어났다. 분노한 대천신이 말했다.

"내일은 제대로 준비하도록. 알겠나?"

"이 정도면 그럴싸해 보이느냐?"

대천신은 천화경 앞에 서서 만족한 듯 말했다. 천화경에 비친 모습은 그야말로 선풍도골의 신선이었다. 그 속엔 절로 존귀함이 묻어났고 얼굴 가득 덕망과 신비함이 품어져 나왔다.

"아주 훌륭하옵나이다."

대신들이 일제히 머리를 조아렸다. 대천신은 이번에는 잘되길 바라는 마음으로 숨을 골랐다.

"좋다. 이제 들어가도록 한다."

천화경에서 백색 광채가 뿜어 나오며 대천신의 몸을 감쌌다. 그리고 천화경이 화연실과 대천신을 연결해 주었다.

—오호…… 하늘이시로군요.

꿈속에서 화연실은 휘황찬란한 신선의 모습을 보고 감동에 사로잡혔다. 드디어 소원이 이루어질 순간인 것이다.

—얼마나 기다렸는지 모른답니다. 어제는 이상한 악귀 놈이 와서 마음이 심란했답니다. 그런데 오늘 이렇게 뵙게 되니 기쁜 일이 있을 것을 안 악귀 놈의 시샘이었나 봅니다.

대천신은 뜨끔하여 눈빛이 흔들렸지만 아무렇지도 않은 듯 껄껄 웃었다.

—하하하하!

대충 웃음으로 마음을 털어내고 말을 이었다.

—어제 악귀가 너에게 찾아갔음을 알고 있다. 마음 고생이 심했겠구나.

—역시 하늘께서는 모든 것을 다 보고 계셨군요.

대천신은 여유를 찾고 신비한 미소를 지었다.

—익히 하늘에서 너의 간절함을 들어왔다. 너의 아들은 만성지체를

타고났음을 잘 알고 있겠지?

—네, 그렇습니다.

—이 세상에는 운명의 굴레에 매인 사람들이 참으로 많으니라. 하지만 그 모든 것이 우주 삼라만상의 조화 속에서 나타난 현상들이기에 단순히 변화시켜서는 안 된다. 그래서 너의 간절함을 듣고 이렇듯 나타났으나 너에게 해줄 수 있는 것은 크게 없느니라. 부디 내가 명한 대로 힘써 보도록 하여라. 아이를 천한 생활을 하도록 만들어라. 얼마나 험한 길을 가느냐에 따라 삼 년, 혹은 오 년 안에 만성지체의 업보가 풀리고 그 본연의 모습을 찾게 될 것이니라.

화연실이 공손한 태도로 가만히 듣고 있자니 어젯밤에 꾼 꿈과 다를 바가 없었다. 분명 얼굴과 차림새는 하늘과 땅 차이였지만 말의 뜻은 오십보백보였다. 대천신은 말을 끝내고 가만히 보고 있는데 화연실의 얼굴 표정이 서서히 굳어지자 불안해지기 시작했다.

—음…….

화연실의 불편한 듯한 소리에 대천신의 얼굴이 해쓱해졌다.

—너… 어제 그놈 맞지? 이게 이젠 신비스러운 척하고 나타나 사람을 홀리려 하다니……. 내 아들이 거지꼴이 되는 것이 그리도 소원이더란 말이냐! 이 고얀 놈 같으니라구. 썩 꺼지지 못할까! 앞으로 한 번만 더 나타났다가는 내 평생토록 잠들지 않겠다!

—헉! 아, 아닌데…….

—아니긴 뭐가 아니냐. 어서 물러가지 못할까! 네놈이 악귀가 아니라면 어찌 어제 그놈과 똑같은 말을 할 수 있단 말이냐!

—그건 천계의 질서 때문에…….

목메인 소리를 내뱉지만 화연실은 분노로 더 들어줄 여유가 없었다.

—꽥~ 입 닥치지 못해. 어서 꺼지란 말이야, 이 나쁜 악귀야!

더 이상 어찌해 볼 도리가 없었다. 대천신은 들리지 않을 만큼 작은 소리로 중얼거렸다.

—내가 제일 싫어하는 녀석들이 악귀건만… 왜 이리도 일이 안 풀리는 거냐.

대천신은 힘없이 스르르 꿈속에서 빠져나왔다. 천화경의 빛이 거두어지고 대천신은 본래의 형상으로 돌아갈 생각조차 못한 채 넋을 잃고 멍해졌다.

"허허……."

천계의 대신들은 아무 말도 못하고 그저 눈치만 살폈다. 까딱 잘못하다가는 어떻게 불똥이 튈지 모르는 일인 것이다.

"이 방법으로는 안 되겠다. 끙……."

한참을 고민하던 대천신은 힘겹게 입을 열었다.

"청운신과 녹운신! 당장에 지상계로 내려갈 준비를 하라!"

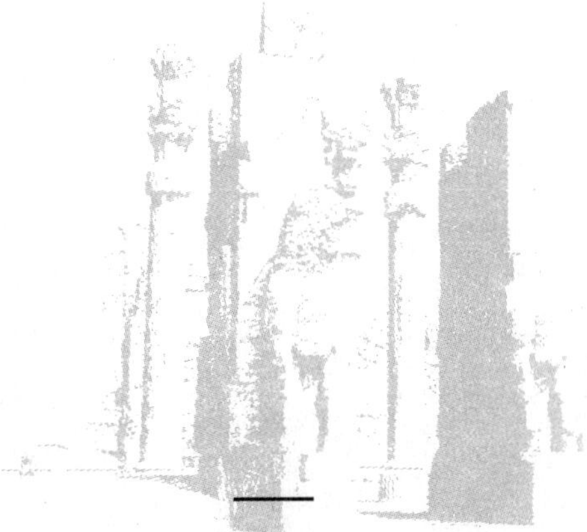

5장

낯선 방문자

낯선 방문자

"계시오."

한참 마당을 쓸고 있던 표가장의 가복(家僕) 봉운은 작지만 고막을 파고드는 소리에 적이 놀랐다. 나지막한 소리였지만 대문 밖에서 들려온 음성은 귓가에 또렷이 남았고 계속 여운을 주고 있었다.

"이른 아침에 누가 찾아온 것일까?"

봉운은 빗자루를 세워놓고 혼잣말을 하면서도 보통 사람은 아닐 것이라 생각했다. 그는 뜻하지 않는 손님이라도 반갑게 맞이하라고 늘 말씀하신 주인마님의 가르침을 기억했다.

대문을 열고 목소리의 주인을 바라보니 청의(青衣)를 걸친 50대 초반으로 보이는 나이가 지긋한 사내였다. 오랫동안 표가장에서 지낸 봉운은 여러 관원들과 학자들을 보아왔기에 한눈에 이 사내가 평범한 사람이 아님을 알 수 있었다.

"무슨 일로 오신 뉘신지요?"

공손한 질문에 청의인이 말했다.

"이곳에 상서로운 기운이 있어 그저 지나칠 수 없어 잠시 번거로움을 끼칠까 하오."

봉운은 청의인의 용모나 하는 말이 심상치 않음을 느끼고 다시 공손히 말했다.

"우선 안으로 드십시오. 가주께서는 늘 말씀하시길 지나는 나그네를 잘 모시라 하였습니다."

청의인은 그 말이 맘에 들었던지 흡족히 고개를 끄덕였다.

"그럼 실례를 무릅쓰겠소이다."

"저를 따라오십시오. 잠시 사랑채에 머물고 계시면 제가 가주님께 말씀을 아뢰겠습니다."

봉운의 말에 표만석이 한 손으로 턱을 어루만지며 고개를 끄덕였다.

"음… 그런 말을 하셨단 말이지. 뭔가 사연이 있는 분 같으니 내 직접 만나보아야겠구나. 부인, 함께 가도록 합시다. 봉운, 너는 월향이에게 차를 준비하라 일러라."

표만석과 화연실은 사랑채로 발걸음을 옮겼다. 화연실로서는 괴상스런(?) 꿈을 꾼 후 실망하고 있던 터였지만 이번에는 혹시나 하는 마음에 한 가닥 기대를 품었다. 사랑채로 든 두 부부는 대충 상견례를 마치고 차를 나누었다.

"귀인께서 이렇게 누추한 곳까지 찾아주시니 감사할 따름입니다."

표만석이 정중히 말했다.

"귀인이라니, 감당하기 어렵습니다. 단지 미천한 재주지만 몇 가지 말씀을 드려야겠기에 염치 불구하고 들어오게 되었습니다."

"귀를 씻고 경청하겠습니다."

두 부부의 공손한 태도에 청의인은 흐뭇한 미소를 머금었다.

"제가 이곳을 지나다 보니 조만간 세 가지 나쁜 일과 한 가지 좋은 일이 있게 될 것을 보았습니다. 세 가지 나쁜 일이란, 첫째는 이곳에 주인된 표 장주님의 몸에 갑작스런 병이 찾아올 것을 말하며, 두 번째는 며칠 내로 밤손님이 찾아옴을 뜻합니다. 그리고 한 가지 좋은 일이란 첫째 아드님이 큰 성취를 이룸을 알리는 기별이 올 것이라는 겁니다."

표만석과 화연실은 놀라며 거의 동시에 물었다.

"정말이십니까? 그럼 화를 면하려면 어찌해야 되겠습니까?"

두 부부는 첫번째 화에 대한 이야기로 인해 미처 청의인이 세 번째 화에 대한 이야기를 하지 않았음을 따질 겨를이 없었다. 당장에 표만석에게 병이 찾아온다는 데야 다른 것은 나중 문제였다.

"화를 면할 방법이 없다면 제가 이곳에 오지 않았을 겁니다. 너무 심려 마십시오. 표 장주님의 얼굴엔 지금 어두운 그림자가 드리워져 있어 오늘 저녁이 이르기 전에 증상이 나타날 겁니다. 그러니 누굴 시켜 뛰어난 명의를 준비토록 하시어 초반에 조치를 취한다면 큰 문제가 없을 겁니다. 시간이 그리 많이 남지 않았으니 서두르십시오."

이런 말을 듣고서 초연해지기는 참으로 힘든 법이다. 좋은 일이란 오든 오지 않든 나중에 문제될 것이 없겠으나 화(禍)는 만일에 닥치면 되돌릴 수 없는 후회를 안겨다 주기에 소홀히 여길 수 없는 것. 두 부부는 미심쩍었지만 일단 믿어보기로 했다. 무당을 불러 굿을 하자거나 액땜에 좋은 부적을 그려주며 돈을 요구했다면 당장에 쫓아냈을 것이다. 하지만 의원을 부른다는 데야 손해볼 것은 없었다.

"그렇게 하겠습니다. 귀인께서는 며칠 편히 묵으십시오. 옛말에 이르길 부지중에 진인(眞人)을 영접한다 했는데 바로 저희들이 그런 복을 받은 것 같습니다."

"감당키 어렵습니다. 장주님께서는 저녁까지는 볼일이 있으시더라도 바깥 출입을 하지 않으심이 좋을 듯싶습니다."

그 후 급히 봉운이 조 의원을 부르러 갔고 표만석은 방에 있으면서도 반신반의했다.

'내 이렇게 몸이 건강하건만 갑작스런 병이라니… 납득할 수가 없구나. 내 비록 그 앞에서는 고분고분했다만 밤이 되도록 아무 증상이 없다면 크게 모욕을 줄 테다.'

그는 혹시나 하는 염려로 여러 하인들에게 집안을 정리하는 척하면서 실은 청의인을 감시하라고 말해 두었다. 하지만 그의 의심은 그로부터 채 두 시진(4시간)도 못 돼 믿음으로 바뀌었다.

"으허헉… 커억… 커억……!"

큰 바위가 가슴 위에 올려져 있는 듯 숨을 쉴 수가 없었다. 얼굴은 급격히 창백해지며 비명을 질러야겠다는 마음만 있을 뿐 그저 '커억커억' 소리만이 새어 나왔다.

옆에 있던 화 부인도 당황하여 어쩔 줄을 몰라 했다. 그나마 다행인 것은 때를 맞춰 이제 주름이 가득한 조언참 의원이 당도했다는 것이었다.

"조 의원님, 어서 안으로 드십시오."

화 부인이 다급히 조 의원을 인도했다.

"대체 무슨 일이십니까?"

"저도 잘 모르겠습니다. 방금까지 아무 이상이 없었는데 갑작스럽게……."

조 의원은 진맥을 하면서 고개를 갸우뚱거렸다. 그로선 앞뒤가 안 맞는 말이라 여겼기 때문이다.

'아무런 증세도 없었고 갑자기 쓰러진 것이다. 그런데 미리 나를 불러 이곳에 오게 했다. 음… 우선은 치료를 한 뒤 천천히 물어보도록 하자.'

그는 침을 놓고 혈을 풀어주는 한편 봉운을 불러 약방문을 적어 급히 약을 준비케 했다.

"휴~ 이제 좀 안심해도 되겠습니다. 조금만 늦었어도 큰일이 날 뻔했군요."

그 말에 화 부인은 감탄하지 않을 수 없었다. 만일 경솔한 마음으로 청의인을 홀대하고 그의 말을 믿지 않았다면 어찌 되었을까를 생각하니 식은땀이 흘렀다.

"심장 마비 증세입니다. 어떻게 저를 부르시게 된 것인지 이야기해 주십시오."

화 부인은 굳이 숨길 것이 없다고 여겨 청의인에 대한 이야기를 잠깐 들려주었다.

"…저희도 오늘 처음 뵈었을 뿐이랍니다. 미처 존함도 여쭙지 못했지요."

화 부인의 대답에 조언참은 더욱 호기심이 일었다.

"도대체 어떤 분이시기에 미리 장주님의 병을 예상하셨는지 참으로 대단한 분이십니다. 제가 한번 뵈어도 괜찮겠습니까?"

표 장주와 조언참이 워낙에 각별히 지내다 보니 화 부인은 조 의원을 거의 가족처럼 여기고 있었다. 해서 크게 문제될 것은 없겠다 여긴 그녀가 말했다.

"제가 말씀을 드려보겠습니다."

화 부인을 따라 조언참은 사랑채로 향했다.

'세상엔 그 능력의 깊이를 알 수 없는 기인들이 참으로 많구나.'

하지만 안으로 들어갔다가 나온 화 부인의 표정에 죄송스러움이 가득함을 보고 조 의원은 대면하기 어려울 것임을 직감했다. 화 부인이 말을 꺼내기도 전에 그가 말했다.

"하하, 화 부인은 미안해하지 않으셔도 됩니다. 진인들을 만남에 있어서는 정한 복과 때가 맞아야 하는 법이지요. 다 저의 부족한 덕 때문이니 마음 쓰지 마십시오."

더욱 송구스러워진 화 부인이 머리를 숙였다. 다급히 달려와 주신 데에 대한 보답으로 작은 부탁도 못 받아주었으니 말이다.

"죄송합니다. 귀인께서 번거로움을 싫어하셔서 두 번 부탁드릴 수 없었습니다."

"사람을 살리는 것은 저의 평생의 기쁨이며, 환자를 돌봄은 의원의 마땅한 도리입니다. 마음 쓰지 마시고 장주님이 편안히 몸조리 할 수 있도록 힘써 주십시오. 처방전을 써놓고 갈 테니 그대로 약을 지으시면 될 것입니다."

조언참은 작별 인사를 고하고 대문을 나섰다. 그는 나서기 전 못내 서운한 마음이 이는지 사랑채를 바라보며 한숨을 내신 후 처소로 향했다.

'화 부인이 하늘을 향해 5천 번의 제사를 드렸다고 하더니 복을 받

은 게로구나. 그만한 정성이니 받을 만하다 할 수 있지.'

조 의원이 떠난 뒤 표만석과 화연실 부부는 청의인에 대한 의심은 완전히 사라졌다. 오히려 두 번째, 세 번째 화(禍)에 대해서도 가르침을 받지 못하면 어떡하나 하는 염려마저 들었다.

저녁 시간에 화연실은 시녀들을 시키지 않고 직접 저녁상을 들였다. 생명의 은인에게 있어서 이런 예우는 큰 것도 아니라 생각했다. 표가장의 안주인이 직접 상을 들고 오고 몸이 어느 정도 회복된 표만석이 사랑채로 들어서자 청의인은 황망히 일어서며 겸양했다.

"어이쿠, 왜 아랫사람을 시키지 않으시고 직접 상을 들고 오셨습니까."

"귀인께는 귀인에 맞는 대접이 필요하다 생각합니다. 남편에게 두 번째 삶을 주셨는데 그것을 다른 무엇과 바꿀 수 있겠습니까."

"허허허, 감당하기 어렵습니다. 다 두 분이 평소에 덕을 많이 쌓아 하늘의 복을 받으신 때문이지 저의 힘이랄 것이 있겠습니까. 앞으로 이렇게 하시면 저는 당장 이 집을 떠날 수밖에 없습니다. 그러니 이 저녁 같은 일은 없도록 해주십시오. 호의란 상대방이 그에 기뻐했을 때이지 부담을 주는 것은 오히려 짐을 지우는 것이랍니다."

이 부부에게 떠난다는 말보다 더 두려운 말은 없는 것이기에 다급히 말했다.

"귀인의 뜻을 받들겠습니다. 그러니 떠난다는 말은 하지 마십시오."

"허허허… 그렇게 하겠습니다."

두 부부는 청의인과 함께 식사를 나눈 후 월향이 내온 차를 마실 때 표만석이 조심스럽게 물었다.

"제가 배우지 못하고 못난 사람이라 이제껏 귀인의 크신 이름도 묻지 못했습니다. 높으신 이름을 들을 수 있는 복을 주시지요."

"보잘것없는 저의 이름이 무어 그리 중하겠습니까. 그저 구름처럼 떠도는 청의(靑衣)의 나그네일 뿐입니다."

표만석은 다시 물어보기가 어려워 일단 그 문제는 제쳐 두고 두 번째 화에 대해 물었다.

"그 일은 그리 염려하실 것은 없습니다. 이틀 뒤 축시 초(새벽2시경)에 도둑이 들 것이나 제가 나설 것이니 두 분은 보고만 계시면 됩니다."

두 부부는 이제 팥으로 메주를 쑤고 콩으로 집을 짓는다 해도 믿을 정도인지라 고마움에 머리를 조아렸다.

"형님, 정말 괜찮을까요?"

표가장의 담 밑에서 키가 작고 뚱뚱한 체격의 복면인이 옆에 있는 비쩍 마른 복면인을 보고 속삭였다.

"염려 말아라. 이곳의 장주는 덕망으로는 이름이 높으나 무공에 대해선 문외한이지 않느냐. 그 밑의 가복들도 무공을 익힌 자가 없으니 크게 문제될 것이 없을 것이다."

마른 체구의 복면인은 뚱뚱한 복면인의 어깨를 잡고 안심시켜 주었다.

"왜 우리가 이렇게 도둑질을 해야 하죠? 정말 생각할수록 너무 억울합니다. 게다가 형님 말씀처럼 표 장주의 덕망을 생각할 때 표가장을 턴다는 것은 정녕 내키지 않습니다."

뚱뚱한 복면인의 낮은 목소리에는 억울함이 잔뜩 배어 있었다.

"휴~ 내가 알게 뭐냐. 우리의 목숨은 그의 손에 달려 있으니 어쩔 수 없지 않느냐. 그가 오늘 축시 초에 표가장에서 패물을 훔쳐 내라

했으니 그저 따르는 수밖에… 그렇지 않으면 우리의 목이 열 개라도 그에게서 벗어나지 못할 것이다."

"형님 말이 맞수. 강호밥을 먹은 지 십여 년이 넘었지만 그런 고수가 있으리라고는 생각도 못했수. 그는 누구일까요? 천하 제일 고수라는 천선부의 오비원이라도 그런 무공을 발휘하진 못할 게유. 그런 그가 우리 같은 하찮은 무림인에게 이따위 일을 시키다니… 지금도 그 속 내막을 알 수가 없단 말이우."

"쳇, 어린아이가 장난 삼아 던진 돌이 개구리에게는 치명적이듯 아마도 그는 조금 심심했나 보지."

이들은 누구이기에 담 밑에서 이처럼 억울함을 호소하고 있는 것일까. 이들의 별호는 추룡쌍비(追龍雙飛)라 불리우는데 단운비(端運飛)와 단천비(端天泌)로 둘은 형제 간이다. 경신술이 뛰어난 둘은 보름 전 뜬금없이 등장한 한 사람에게 괴상한 제의를 받았는데, 그것은 표가장에 잠입해 패물을 훔쳐 오라는 내용이었다. 그것도 일자와 시간까지 알려주며 정확히 그 시간에 담을 넘어야 한다는 말과 함께…….

느닷없는 제의에 둘이 코방귀조차 뀌지 않았음은 당연지사였다. 하지만 곧 둘은 자신들이 결코 벗어날 수 없는 상대를 만나게 되었음을 인식하지 않을 수 없었다. 뒷짐을 지고 있던 상대가 피식 웃더니 허공을 계단처럼 밟으며 다가왔기 때문이다. 추룡쌍비는 뜨악한 표정을 지으며 몸이 굳어져 있을 때 괴이한 사내는 어느새 둘의 머리 위로 올라가 두 발로 머리를 밟고 말했다.

"여기서 그냥 죽을 테냐, 아니면 좀 더 명을 이어보겠느냐?"

이제껏 말로만 들어왔던, 실제로는 어느 누가 있어 허공답보를 시전할 수 있겠는가 라고 생각했던 그들이었다. 경공이라면 나름대로 실력이 있다고 자부해 왔던 터였다. 그래서 별호 또한 용을 쫓는 형제라고 하여 추룡쌍비가 아니던가.

두 형제는 머리를 밟고 있는 발에서 거의 체중이 느껴지지 않음에 다시 한 번 놀라며 연신 식은땀을 흘렸다. 이 괴이한 사내가 마음만 먹는다면 자신들은 다시는 밥숟가락을 들 수 없을 것이며 머리는 수박 깨지듯 바스러질 것이 자명한 일이었다. 죽일 목적이었다면 죽어도 열 번은 넘게 죽었을 것이 분명했다.

'이 사람이 단번에 허공답보를 시전함은 '내 실력이 이 정도이니 알아서 기어라' 라는 뜻인 게로구나.'

선택의 여지가 없는 그들은 떨리는 음성으로 답했다.

"마, 말씀대로 따르겠습니다. 그냥 그때 털기만 하면 되는 것이죠?"

"허허, 바로 이야기가 통하는 걸 보니 아주 머리가 좋은 친구들이로군."

"……."

"운비, 천비, 너희들이 뜻을 따르지 않고 나의 시야를 벗어날 수 있을 것이란 기대는 하지 않는 것이 좋을 것이다. 만일 도망갈 생각이라면 지금부터 명당 자리를 봐두어야 할 것이야."

"아, 알았습니다."

둘은 대답을 한 후 머리 위가 허전해짐을 느꼈다. 그리고 뒤이어 들려오는 목소리.

"증거로 팔에 문신을 새겨두겠다. 일을 마친 후에는 저절로 사라질 것이니 염려하지 않아도 될 것이다."

운비와 천비는 몸을 돌려 사방을 둘러보았지만 어디에서도 괴인을 찾을 수 없었다. 운비는 언뜻 물어보지 못한 게 있어 크게 외쳤다.

"패물을 훔친 후에는 어디로 가야 합니까?"

하지만 아무런 대답도 들려오지 않았다.

"허허··· 하긴 알아서 찾아오겠지······."

그럴 리는 없지만 혹시나 하고 둘은 팔뚝을 걷어 문신이 있나 살폈다.

"헉······."

거기엔 푸를 청(靑)자가 또렷이 새겨져 있는 것이 아닌가. 도대체 언제 어떤 방법으로 옷에 가려진 팔뚝에 문신을 새겨놓았는지 알 수 없는 노릇이었다. 일이 이 지경에 이르니 잠깐 꿈을 꾸었다고 생각한다거나 멀리 도주해야겠다는 생각은 엄두도 못 낼 일이 되었다.

"귀신이 곡할 노릇이란 바로 이런 것을 가리키는 것이로군."

둘은 보름 전의 일을 잠시 머리 속에 떠올리고 쓰게 웃었다. 세상사 별 희한한 일이 많다 하지만 이런 경우는 듣도 보도 못한 일이었다. 표가장의 패물이 유별난 보물도 아닐 것이고 그 정도의 고수라면 굳이 자신들을 부리지 않더라도 쥐도 새도 모르게 빼내올 수 있을 텐데 말이다.

"자, 가자."

형 운비의 말에 천비가 고개를 끄덕였고 둘은 신형을 뽑아 올려 비조처럼 담을 넘었다. 과연 추룡쌍비라는 별호에 부끄럽지 않은 신법이었다. 발이 땅에 닿았으나 그것은 고양이가 소리없이 착지하듯 미세한 소리만을 남겼을 뿐이었다.

하지만 두 형제는 아무도 모르게 잠입했다고 생각했으나 그들의 행동은 표만석과 화연실의 시야에 낱낱이 드러났다. 방문을 살짝 열어 놓고 축시가 가까워 오자 담을 응시하며 지켜보고 있던 터였다.

'정말이로구나. 진인이 말씀하신 시간에 정확히 도둑이 들다니… 그분이 아니었다면 오늘 표가장은 큰일을 치를 뻔했구나.'

두 도둑놈의 몸놀림을 보고 있자니 더욱 귀인에게 감탄하는 마음이 일었다. 하지만 곧 두 부부는 귀인이 걱정되었다. 직접 상대하시겠다고 하였으나 도둑들의 무공이 결코 가벼이 여길 수 없는 것임을 확인했으니 혹여 불상사가 나지 않을까 염려한 것이었다.

추룡쌍비 형제가 슬금슬금 발걸음을 옮기며 방 쪽으로 향하려 할 때였다.

"허허허, 밤손님께서 납시었구려."

"헉……!"

두 형제는 갑자기 들려온 여유있는 목소리에 가슴이 철렁 내려앉았다. 처마 그림자에 파묻혀 있는 사람의 그림자에게서 나온 소리임이 분명했다.

'이런, 일이 꼬여가는구나. 표가장에 고수가 있었단 말인가?

하지만 둘은 서서히 모습을 드러내는 목소리의 얼굴을 확인하곤 심장이 멎는 듯한 충격을 받았다.

"다, 당신은… 바로… 그……!"

운비와 천비는 눈을 달처럼 크게 뜨고 더듬거렸다. 나타난 이는 바로 표가장에 잠입하라고 시킨 괴인이었던 것이다. 50대 중반의 청의인, 그리고 그 얼굴……. 분명했다. 도대체 왜 이런 짓을 시켰고, 그는 왜 이곳에 와 있단 말인가. 기가 막혀 숨도 못 쉴 지경이었다.

천비는 막 '당신이 이곳에 오도록 시켰지 않소' 라고 말하려 했으나 어깨 쪽이 뜨끔해지며 입만 뻥긋거릴 뿐 말이 되어 나오진 않았다. 둘 다 이미 아혈이 짚힌 것이다. 그들의 귀로 청의(青衣) 괴인의 목소리가 들렸다.

“그대들은 어찌하여 쉽게 돈을 벌기 위해 이런 짓을 하는 것이오!”

추룡쌍비는 부르르 떨었고 눈물이 마구 쏟아지려 했다.

‘뭣이 어쩌고 저째! 당신이 시켜놓고 이제 와서 훈계하면 우리보고 어쩌란 말이냐. 젠장.’

‘아무리 무공이 높다 해도 이거 정말 너무하는 거 아냐.’

청의인의 말이 이어졌다.

“표 장주는 인근에 그 덕이 자자하여 많은 사람들이 흠모하고 있건만, 그대들은 어찌하여 그 덕을 알지 못하고 이곳에 수고로움을 끼치려 하는가. 부족한 재주지만 내 그대들에게 본때를 보여 무서움을 알게 하여야겠소.”

청의인은 오른손을 뻗어 두 사람을 가리킨 후 말했다.

“떠올라라.”

그러자 두 형제는 힘없이 공중으로 지붕 높이만큼 솟아올랐다.

‘허걱! 말도 안 돼. 도대체 이게 무슨 조화란 말이냐.’

‘이렇게 허무하게 우리 형제가 죽어가는구나.’

5장여(약15미터) 정도 떨어진 거리에서 손짓 한 번에 두 장정의 몸을 떠올리는 것이니 심장 박동수가 불에 소금을 집어 넣었을 때 튀어 오르듯 했다.

추룡쌍비가 경악할 때 지켜보는 표만석, 화연실 부부 또한 입을 함지박만하게 벌리고 다물지 못했다. 아까까지 염려했던 것은 정말 쓸데 없는 걱정일 뿐이었다.

'귀인은 무공 또한 하늘과 같구나.'

화연실도 기쁨에 겨웠다.

'아… 나의 기원 드림이 결코 헛되지 않았구나. 이처럼 큰 은혜를 입다니…….'

그렇게 방 안에서 놀라고 있을 때 청의인이 다시 외쳤다.

"돌아라!"

'돌아라' 라는 말에 운비와 천비는 기겁하지 않을 수 없었다. 말이 떨어지면 그대로 이루어지니 앞으로 될 일이 갑갑했던 것이다. 둘은 말을 못하게 되었으므로 손짓 발짓으로 사정해 보았으나 이미 늦은 상태였다. 머리가 아래로 급격히 떨어지다가 다시 솟아오르며 공중에서 빙글빙글 돌았다. 어찌나 빨리 도는지 자신들이 팽이로 변신해 버린 것만 같았는데 더 미칠 일은 한쪽으로만 도는 것이 아니라 갑자기 뚝 멈추었다가 다시 반대로 씽씽 도는 바람에 속이 뒤집어지고 눈알이 튀어나오지 않을까 걱정될 지경이었다.

"멈춰라!"

청의인의 말이 떨어지자 비로소 둘은 회전을 멈추었고 서서히 지면으로 내려섰다. 하지만 둘은 너무 어지러워 제대로 서 있지 못하고 술 취한 사람처럼 이리저리 비틀거리며 넘어졌다가 다시 일어서다가 쓰러지고를 반복하다가 간신히 정신을 수습했다.

"내 오늘 너희의 목숨을 취하진 않겠으나 다시는 이런 일을 하지 않도록 하라. 알겠느냐?"

"네, 알겠습니다."

추룡쌍비 형제는 의식하지 않고 부지불식간에 입을 연 것이었는데 불쑥 말이 튀어나왔다. 어느새 아혈이 풀린 것이다.

"좋다. 내가 셋을 셀 동안 떠나도록 하라. 머뭇거렸다간 반성치 않은 것으로 간주하여 다시금 혼쭐을 내주겠다. 하나, 둘……."

둘을 세기도 전에 어지러운 몸을 이끌고 두 형제는 담을 넘었고, 셋을 셀 때는 어느새 길을 부지런히 달리고 있었다. 도망치는 두 형제의 귓가로 모기만한 음성이 들려왔다. 두 번 다시 듣고 싶지 않은 괴인의 목소리였다.

—허허, 수고했다. 나중에라도 큰 복을 받을 터이니 너무 상심하지 말도록 하라. 팔에 문신은 지워졌으니 그리 알아라.

운비와 천비는 목소리에 경악하여 더욱 힘을 내 발에 불이라도 붙은 듯 달음질쳤다.

일이 이렇게 되자 표만석과 화연실은 청의인에 대한 신뢰는 깊어질 수밖에 없었다. 지금 당장 하늘이 무너지고 땅이 갈라진다 해도 믿을 수 있을 것만 같았다. 부부는 방문을 열고 달려나갔다.

"대인, 참으로 감사합니다. 세 번째 화는 어떤 일인지 들을 수 있겠습니까?"

"허허허… 그 문제는 당장 급한 일이 아니니 천천히 말씀을 드리기로 하지요. 밤이 늦었으니 두 분은 이제 들어가 쉬십시오. 저도 처소로 들어가 보겠습니다."

방금 전까지 놀라운 무위를 드러낸 사람 같지 않은 참으로 소탈한 말이 아닐 수 없었다.

다음날이 되어 청의인은 잠시 다녀올 데가 있다고 하며 표가장을 나섰다. 잠시라고 하여 마음을 놓고 있던 표만석은 귀인이 밤이 늦도록 돌아오지 않자 부인과 함께 마음을 졸였다. 세 번째 화에 대해 듣지도 못했는데 이렇게 떠나 버린 것은 아닌지 심히 걱정스러웠다.

"왜 이리 늦으시는 걸까."

"영이의 만성지체에 대해서도 이야기를 드리려고 했는데 돌아오지 않으시면 어떡하죠?"

"여유를 가지고 기다려 봅시다, 부인."

표만석은 부인을 위로하는 말은 했지만 그의 얼굴엔 부인보다 더한 초조함이 배어 있었다. 청의인이 돌아온 것은 다음날 이른 아침이었다. 거의 뜬눈으로 밤을 지새운 부부는 허겁지겁 나서며 반갑게 그를 맞았다.

"급한 일이 있으셨나 봅니다."

"저희는 떠나신 줄 알고……."

청의인은 두 부부의 퀭한 눈과 거칠어진 피부를 보며 공손히 말했다.

"어찌 제가 그냥 떠날 수 있겠습니까. 말을 꺼냈으니 그에 대한 답도 드려야지요. 두 분을 기다리게 해서 죄송합니다. 세 번째 화에 대해 자세히 알아보고자 천기를 살피느라 그만 시간이 지체되고 말았습니다."

표만석과 화연실은 귀인이 몸과 마음을 아끼지 않고 밤을 새워 천기를 살폈다는 말에 모든 피곤이 사라지는 듯했다.

"안으로 드시어 말씀을 나누시지요."

"네."

탁자에 앉자 청의인이 입을 열었다.

"세 번째 화(禍)란 장주님의 둘째 아드님에 대한 이야기입니다."

그 말에 두 부부의 귀가 쫑긋 세워졌다. 꼭 화(禍)에 대한 문제가 아니더라도 아들에 대한 문제를 논의하고자 했던 터라 더욱 그러했다.

"…둘째 아드님은 만성지체를 타고났습니다."

이제까지 집안에서도 만성지체에 대한 이야기는 운학 노인을 제외하고는 비밀로 해온 터였기에 놀라지 않을 수 없었다. 무슨 말이 나올지 몰라 둘은 마른침을 꿀꺽 삼켰다.

"하지만 천기가 괴이하게 흘러가고 있습니다. 이대로 아드님을 방치해 두신다면 앞으로 5년을 넘기기 힘들 것 같습니다. 이것이 바로 세 번째 화입니다."

화연실이 경악하듯 물었다.

"5년을 넘기기 힘들 것이란 말씀은 설마……."

그녀는 차마 그 뒷말을 꺼낼 용기가 나지 않았다. 청의인이 무겁게 고개를 끄덕였다.

"생각하신 그대로입니다. 하지만 너무 절망하지 마십시오. 다행히도 벗어날 방법이 조만간 나타날 것이기 때문입니다."

"꿀꺽……."

두 사람은 침을 넘기는 소리로 말보다 더한 반문의 뜻을 보냈다.

"원래는 걸인의 삶이나 혹은 천한 삶을 살아가면 만성지체를 벗어날 수 있었습니다. 하지만 지금은 그 상황이 악화되어 그렇게 하지 않을 시엔 생명이 위태로워지는 지경에 이르게 되고야 말았습니다."

꿈속에서 대천신의 말을 듣고도 믿지 않았던 화연실이었으나 청의인의 말은 믿지 않을 수 없었다. 이제껏 보여준 두 가지 일은 한 치의 오차도 없었기에 그 신뢰함이란 무엇과도 비할 수 없는 상태였다.

"구체적으로 가르침을 주십시오."

화연실의 말에 청의인이 옅은 미소를 지으며 말했다.

"열흘 후에 거지와 관련있는 한 분이 이곳으로 찾아올 겁니다. 그때 그에게 아드님을 맡기십시오. 그렇게 되면 분명 아드님의 목숨은 구함을 얻을 것이며, 또한 나중에 크게 이름을 떨칠 수도 있을 겁니다. 이 문제에 대해 저는 말씀만 해드릴 뿐 모든 결정은 두 분이 하셔야 합니다. 그리고 좋은 일이 있으리라는 그 일은 첫째 아드님에 대한 것으로 사흘 안에 무당파로부터 기별이 당도할 테니 기쁜 마음으로 기다리시면 됩니다."

너무나 급작스러운 말에 두 부부가 아무런 말이 없이 멍해 있자 청의인이 자리에서 일어나며 말했다.

"저는 이만 작별을 고할까 합니다. 사실 이곳에 너무 많이 지체한 것 같습니다. 장주님과 부인께서 워낙 각별히 대해주시다 보니 시간 가는 줄 모르고 지낼 수 있었습니다. 부디 이곳에 큰 복이 임하길 바랍니다."

"귀인께서는 이제 어디로 가십니까?"

"하하하… 바람 따라 구름 따라 흘러흘러 갈 뿐이지요. 언제 또 인연이 닿는다면 뵈올 날이 있지 않겠습니까."

청의인은 고개를 숙여 인사를 건넨 후 방문을 열고 나섰다. 황급히 뒤를 따라나선 두 부부는 일순 어리둥절했다. 방금 나간 귀인이 사라진 것이다. 신발도 신지 않은 채 대문 밖까지 나가 좌우를 살펴보았으나 먼발치에도 귀인의 모습은 보이지 않았다.

"참으로 기인이로구나."

표만석은 못내 아쉬운 듯 시야를 들어 하늘을 바라보았고, 구름 한 점이 그들 머리 위를 지났다.

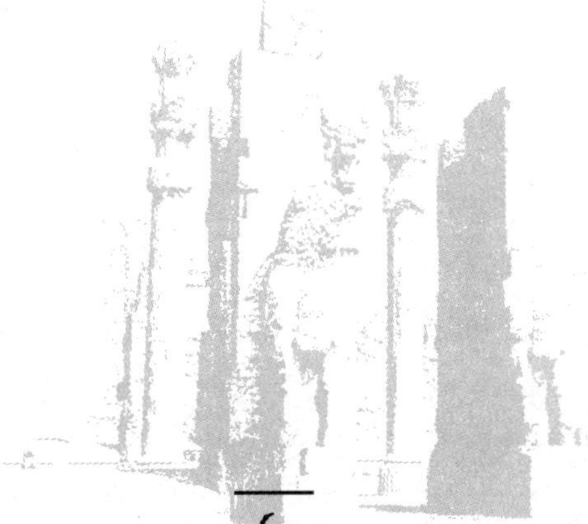

6장

최고의 인재로 소이다

최고의 인재로소이다

표만석과 화연실은 심각한 표정으로 앞에 놓인 찻잔만을 뚫어져라 바라보았다. 탁자 건너 맞은편에는 녹의(綠衣)에 군데군데 고의로 꿰맨 듯 기운 자국이 난 옷차림을 한 중년인이 진지한 낯빛으로 앉아 대답을 기다렸고, 옆 좌석엔 표영이 곧 잠이 들 듯 눈을 끔벅거리고 있었다.

중년인이 기다리는 대답이란 표영을 개방 제자로 받아들이도록 허락해 달라는 것이었다.

"우연히 길을 지나다 자제 분을 보았습니다. 저는 한눈에 이 아이가 앞으로 크게 될 인재임을 알아보았습니다. 부디 무림의 안녕과 평화를 위해 아드님을 개방으로 보내주시길 바랍니다."

자신을 감숙성의 분타주 녹정(綠精)이라고 소개한 중년 거지는 눈에 정광이 번뜩이고 기백이 넘쳐남이 한눈에 보기에도 고수의 풍모가 물씬 풍겨났다. 귀인이 떠난 후 정확히 열흘째 되는 날이다. 귀인의 말을 상기해 보건대 찾아온다는 사람이 바로 이 사람임이 분명했다.

"열흘 후에 거지와 관련있는 한 분이 이곳으로 찾아올 겁니다. 그때 그에게 아드님을 맡기십시오. 그렇게 되면 분명 아드님의 목숨은 구함을 얻을 것이며, 또한 나중에 크게 이름을 떨칠 수도 있을 겁니다."

아직도 생생하게 귀인의 음성이 귓가에 아른거렸다. 게다가 귀인의 말대로 삼 일째 되던 날 무당파에서 기별이 날아왔는데 그 내용인즉, 첫째 아들 표숙이 옥영(玉影) 관문을 통과하여 무당의 진산절예를 계승할 수 있게 되었다는 것과 훌륭한 인재를 무당에 보내주신 것에 대한 감사의 내용이었다.

모든 것이 한 치의 오차도 없이 귀인의 말대로 이루어진 것이다. 그리고 이제 개방 고수의 방문. 표영이 운학 노인과 오랜만에 바깥 나들이를 하는 도중 함께 만나 장원으로 들어온 것이었다. 두 부부는 귀인의 말대로 개방에서 찾아온 것에 안도하는 한편, 한편으로는 씁쓸함을 지울 수가 없었다.

"분타주께서 보실 때 정녕 제 아들이 개방에 적합한 인물로 여겨지십니까? 아들 녀석은 게으르기 그지없어 오히려 짐만 지우지 않을까 걱정입니다."

분타주 녹정이 껄껄껄 시원하게 웃은 후 말했다.

"자제 분은 기재 중의 기재입니다. 천 년에 한 번 나올까 말까 한 인재인 겁니다. 먼저 아드님의 깊숙이 감추어진 저 눈빛을 보십시오."

그는 손을 들어 표영의 눈을 가리켰다.

"푸르스름한 청광이 흐르는 가운데 그 속에 현기가 스쳐 지나지 않습니까? 다른 문파에서는 어떻게 생각할지 몰라도 개방의 무공을 익히기엔 이보다 더 적합한 인재를 찾아보기 힘들 것입니다."

표영은 옆에서 듣고 있다가 나름대로 최선을 다해 눈을 반짝거리게 만들려 노력했다. 그는 근 한 달 동안은 더욱 명확하게 꿈을 꾸었다. 그 꿈에서 지난 여러 달 동안의 꿈보다 더 확실히 어머니의 음성을 들었는데 그 내용에서 거지가 되면 게으름을 벗어날 수 있다는 말을 여러 번 들은 터였다.

'어머니께서는 저리 기원을 드리고 계시니 나는 거지가 되어 게으름을 벗고 마음을 편케 해드려야 되겠다. 생각해 보면 거지의 삶은 나 같은 사람에게는 딱 그만일 테니 그리 어려울 것도 없을 것이다.'

그런 찰나에 이제 개방 사람을 만나게 되고 자신을 데리고 간다고 하니 이번 기회에 개방의 거지가 되어야겠다고 생각했다. 하지만 마음과는 달리 벌써 눈은 몽롱해지며 졸음이 몰려와 잠들기 일보 직전이었다.

"음……."

귀인의 말을 따르기로 작정했지만 막상 아들을 거지 방파로 보내려고 하니 선뜻 승낙의 말이 나오질 않았다.

"저같이 개방에서 30년을 보낸 감숙성의 지타주 정도 되면 개방의 미래를 짊어질 인재를 알아보는 눈은 그 어느 누구보다 정확하다 할 수 있습니다."

한쪽에서 불안한 마음으로 앉아 있던 화연실이 입을 열었다.

"한 가지 여쭤보지 않을 수 없군요."

그 말에 분타주 녹정이 차분한 어조로 답했다.

"말씀하시죠."

"우린 오늘 당신을 처음 보았고 당신이 개방 분타주라고 하는 것도 아무런 증거도 없지 않나요? 그저 당신의 말이 그렇다는 것이지, 우리로서는 그저 듣는 입장이니 쉽게 납득할 수가 없군요. 우리 앞에서 무공을 보여주신다면 혹시라도 믿을 수 있을지 모르겠지만 그전에는 무조건 당신 말만을 들을 순 없지 않겠어요?"

비록 청의 귀인의 말이 있었지만 화연실은 예민하게 반응했다. 그녀는 아들이 고생할 것을 염려하는 한 어머니일 뿐인 것이다.

순간 중년 거지의 눈빛이 찰나지간 노기를 띠었고 곧바로 얼굴을 차갑고 딱딱하게 굳혔다. 무림인에게 있어 무공을 보여달라는 것은 참으로 실례되는 질문이 아닐 수 없었다. 이 상황에서의 이러한 요구는 철저히 상대를 불신하고 있음을 나타내는 것으로 거절하는 것보다 더한 것이라 할 수 있었다.

"흥, 우리 개방은 아무 곳에서나 무공을 펼쳐 보이지 않소이다. 더욱이 제자를 받아들이고자 정중하게 말씀을 드렸건만 이런 식으로 매도할 줄은 몰랐소이다. 정 그렇게 못 믿으시겠다면 오늘의 대화는 없었던 것으로 합시다. 정말 해도해도 너무하시는구려. 구파일방의 대개방을 정말 한낱 거지 나부랭이로 생각하는 것이란 말이오? 내 비록 거지 차림을 하고 있으나 누구에게도 모멸당할 생각은 전혀 없소이다!"

녹정은 자리를 박차고 일어나며 얼굴 가득 분노를 실어 거침없이 뿜어냈다. 그 모습은 무림 고수의 자존심을 잘못 건드려도 한참 잘못 건드렸다는 뜻이 강하게 담겨 있었다.

의외로 강성한 대답에 오히려 당황한 쪽은 표만석 부부였다. 사람이란 게 묘해서 내 것이 안 될 것 같다 싶으면 왠지 더욱 집착하게 되는 것이 인간의 마음인지라 두 사람의 마음은 흔들리기 시작했다. 안 그래도 귀인의 말씀이 귓가에 어른거려 아들을 개방에 보내야겠다고 다 생각했던 그들인지라 이젠 오히려 두 사람이 다급해졌다.

'말마따나 명색이 개방은 무림에 가장 큰 방파가 아니던가. 이 기회를 놓치면 둘째는 결코 화를 면하기 어려울 것이다. 혹여 이 사람이 떠난 뒤에 훗날 재물을 싸 짊머지고 가도 자존심으로 살고 죽는 무림 방파인 개방에서 받아들여 주지 않으면 큰 낭패가 아니겠는가.'

두 부부는 고개를 돌려 표영을 바라보았다. 어느샌가 아들 녀석은 탁자에 엎드려 자고 있었다. 자신의 장래에 대해 이야기하는 이 중요한 순간에도 아무 대책 없이 잠만 자고 있는 것이다.

"휴~"

길게 한숨을 내쉰 후 표만석이 손을 모으고 공손히 말했다.

"분타주님은 노여움을 푸십시오. 제 처가 강호의 예법을 알지 못해 잠깐 실언을 한 것 같습니다. 개방에서 부족한 저희의 아들을 거두어 주시겠다니 이보다 더한 기쁨이 어디 있겠습니까. 분타주님께서는 이삼 일 정도 이곳에 머물러 주십시오. 아들이 떠날 채비도 해야 하고 아쉬운 마음을 달래야 하지 않겠습니까."

"그리 내키지 않으신다면 억지로 아드님을 보내실 필요는 없습니다. 아무리 대단한 인재라고 해도 마땅히 인연이 닿아야 서로 맺어지게 되는 법이지 않겠습니까. 부담스러운 신 듯한데 저 혼자 떠나도록 하겠습니다."

표만석은 황급히 손을 내저었다.

"전혀 그렇지 않습니다. 단지 한 번도 떨어져 있어본 적이 없던 터라 안사람이 서운한 마음이 일었을 뿐입니다. 분타주님께서는 노여움을 푸십시오. 부족한 제가 용서를 구합니다."

표만석이 머리 숙여 사죄하고 화연실도 송구스러운 듯 가만히 있음을 보고서야 분타주 녹정은 못 이기는 척하며 말했다.

"그럼 삼 일 후 아침 나절에 제가 다시 표가장에 들를 테니 그동안 아쉬운 정을 나누도록 하십시오."

"저희 집에 거할 처소가 많으니 분타주님께서는 이곳에 머무르시면 안 되겠습니까?"

표만석은 혹시나 아직도 기분이 언짢아 떠나려고 하는 것은 아닌지 불안했다. 그런 낌새를 눈치 챈 녹정이 여유있게 웃으며 답했다.

"장주께서는 그리 마음 쓰지 않으셔도 됩니다. 오히려 제가 더 원하는 바이니, 꼭 삼 일 후에 이곳으로 올 테니 염려하지 마십시오. 그럼 전 이만."

낮에 비가 내린 후 해질 무렵 하늘은 맑게 갰다.

'내일이면 내 아들을 떠나보내야 하는구나.'

화연실은 저녁 식사 후에 따로 표영을 불렀다. 툇마루에 걸터앉은 두 모자지간을 달빛은 화사하게 비춰주었다.

"영아."

"네, 어머니."

"이제 너도 15살이 되었지? 15살이라면 어린 나이라 할 수 있지만 달리 생각해 보면 그리 적은 나이라고 볼 수도 없단다. 이제 내일이면 너는 개방으로 가서 생활할 텐데 잘 해낼 수 있겠니?"

화 부인으로서는 해가 지날수록 아들의 게으름이 심해지고 개선될 여지가 없는 것에 걱정이 앞섰다. 고생이라고는 이제껏 해보지 못한 아들이 아니던가. 달빛에 비친 곱상한 얼굴을 보니 더욱 안쓰러웠다.

"헤헤… 어머니, 너무 심려 마세요. 할아범이 말하길 개방은 거지들의 집단이라고 하던걸요. 거지들이야 밥을 해먹지도 않고, 옷도 갈아입을 필요도 없으며, 목욕을 하지 않아도 되니 저로서는 그보다 더 어울리는 곳이 없을 것 같아요. 그러니 어머니께서는 아무 염려하실 필요 없어요."

만성지체를 타고난 사람답게 표영의 말은 어이가 없는 수준이었다. 염려하지 말라고 한 말은 더욱 화연실의 마음을 걱정스럽게 만들었다.

"휴우……."

그녀는 길게 한숨을 내쉰 후 말했다.

"얘야, 아버지와 이 어미가 너를 개방에 보내겠다고 허락한 것은 네가 훌륭한 사람이 되길 바라는 마음에서란다. 세상에 나가 어려운 일을 경험하는 가운데 부지런하고 활발한 모습이 되었으면 하는 게야. 나는 내가 살아 있는 동안에 네가 변화된 모습을 꼭 보고 싶구나."

이제 50대 중반에 접어든 화 부인의 음성엔 아들을 아끼는 따뜻함이 배어 있었다.

"어머니, 제가 어떻게 하면 훌륭한 사람이 될 수 있을까요?"

표영은 이제껏 알고 있는 훌륭함이란 '훌륭하게 잠자기', '훌륭하게 게으르기' 뿐이었다.

"영아, 지금도 너는 내게 있어 가장 훌륭한 사람이란다. 넌 건강하게 자라주었고, 이렇듯 아무 탈 없이 잘 커주었지 않니. 세상 어느 누구와도 바꿀 수 없는 귀하고 훌륭한 내 아들이지."

화연실은 표영의 머리를 쓰다듬어 주며 말을 이었다.

"하지만 세상 모두가 다 나처럼 너를 훌륭하게 보는 것은 아니란다. 나의 눈에는 모든 것이 다 만족스럽지만 아버지와 난 언젠가 세상을 떠날 테고 넌 혼자 남게 되지 않겠니? 그때 내가 하늘에서 널 지켜볼 때 너의 게으름으로 인해 사람들에게 피해를 끼치는 사람이 된다면 이 어미는 하늘에서도 편히 쉬지 못할 거야. 내가 바라는 것은 너의 형처럼 무공을 배워 강호에서 이름을 떨치거나 관직에 오르기를 바라는 것은 아니란다. 그저 난 네가 스스로 인생을 개척해 가며 일가(一家)를 이룰 수 있다면 그것으로 훌륭한 사람이라 생각한단다."

"……."

아무 대답이 없는 가운데 화연실은 달을 바라보며 계속해서 말을 이어나갔다.

"…사내라면 강호에서 이름을 날리는 것만이 가장 가치있는 일이라고 뭇 사람들은 여기지만 나는 네가 사랑하는 여인을 만나 혼인을 하고 귀여운 자식을 낳고 집안을 화목하게 꾸려 나갔으면 좋겠구나. 넌 할 수 있겠니?"

아무런 대답도 없이 그저 고른 숨소리만 새근새근 들려오자 화연실은 고개를 돌려 아들을 바라보았다. 옆에서 경청하리라 생각했던 아들은 어느새 입가에 침을 흘리며 잠들어 있었다. 그런 모습을 보고 화부인의 눈에서 주르르 눈물이 흘러내렸다. 달빛에 반사된 눈물이 반짝거리며 볼을 타고 흘러내렸다.

'강호는 험하다고 했건만 이 아이가 그런 곳에서 잘 지낼 수 있

을까.'

아이가 화(禍)를 당하지 않기를 바라기에 어쩔 수 없이 보내지만 마음 한구석이 아려오는 것은 어쩔 수 없었다.

"달님! 제 아들을 지켜주세요."

그녀는 눈물 어린 시선으로 달빛을 바라보았다.

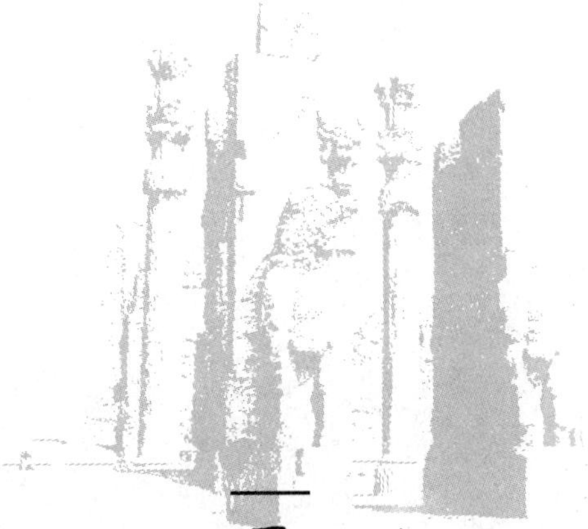

7장

끝내 거지가 되다

끝내 거지가 되다

"아들아, 개방에 가서는 윗분들의 말씀 잘 듣고, 게으름을 피우면 안 된다. 알겠지? 그래서 나중에 훌륭한 무림인이 되어 돌아와야 한다."

표만석은 못내 철없는 아들이 걱정되어 연신 당부했다. 곁에 있던 화연실은 눈물 범벅된 채 아무 말도 못하고 울고만 있었다. 운학 노인을 비롯해 표가장의 하인들과 시녀들도 함께 나와 전송했다. 모두의 염려스런 얼굴을 보며 표영이 밝게 말했다.

"걱정 마세요. 아주아주 훌륭한 개방 고수가 되어 돌아올게요."

감각이 둔하기 그지없는 표영이었지만 어머니의 눈물은 자신의 마음으로 쏟아져 내리는 듯했다. 하지만 연약한 모습을 보여서는 더욱 걱정하실 것 같았기에 아무렇지도 않은 듯 호탕하게 말을 이었다.

"저는 개방 체질이에요. 너무 염려들 마세요."

두 부부와 운 노인을 비롯해 여러 하인들과 차례차례 어느 정도 인사가 마무리 돼가는 것을 보고 녹의를 입은 녹정 분타주가 말했다.

"자자… 이별은 짧을수록 좋다고 했으니 길을 떠나도록 하겠습니다. 아무 염려 마시고 나중의 멋진 모습을 상상하고 계십시오."

"분타주님, 1년에 한 번이라도 집에 보내주시지 않으시렵니까?"

화 부인이 안타까움에 눈물이 가득한 채 물었다. 약속된 아침 시간에 이른 녹정 분타주가 말하길 5년 동안은 얼굴을 보기가 힘들 것이라 말했기 때문이었다.

"무공을 익힌다는 것은 하루아침에 이루어지는 것이 아니고 뼈를 깎는 인고의 나날이 있어야만 합니다. 5년이라는 시간도 사실 길다고 볼 수가 없지요. 그러니 너무 심려 마시고 넉넉히 기다리십시오. 첫째 아드님이 속한 무당파에서도 비슷하지 않았습니까?"

"그렇긴 하지만……."

둘째 영이는 큰아들 숙과는 차이가 나기에 마음을 놓을 수 없었다. 하지만 어쩌랴, 이제 와서 돌이킬 수는 없는 것을…….

"자, 그럼 이만 모두 들어가십시오. 먼 길을 가야 하니 여기서 인사를 마치겠습니다."

녹정 분타주는 공손히 읍을 한 후 표영을 등에 업고 신법을 발휘해 빠르게 시야에서 사라져 갔다. 굳이 걸어갈 수 있음에도 신법을 발휘해 보임은 무공을 보여줌으로써 안심을 시키고자 함이었고 오랫동안 뒷모습을 보며 안타까워하지 않게 하기 위해서였다. 점점 멀어지며 아들의 뒷모습이 점이 되고 사라질 때까지 화 부인은 눈을 뗄 줄을 몰랐다.

새가 마치 지상을 낮게 나는 것만 같았다. 등에 업혀 사물이 빠르게 뒤로 밀려나는 것을 느끼며 표영은 감탄사를 연발했다.

"오호, 대단한걸요. 아저씨가 지금 달리는 건지 우린 가만히 있는데 풍경이 빨리 지나가고 있는지 모르겠네요. 혹시 아저씨, 새[鳥] 아니에요?"

"하하하하… 그놈 참……."

녹정은 어이가 없다는 듯 웃으며 신법을 더욱 빨리해 앞으로 나아갔다. 벌써 세 시진(약 6시간)째 달리고 있는 것이었으나 녹정 분타주의 숨결은 한 치도 흐트러짐이 없었다. 녹정은 청해성의 동쪽으로 달려왔는데 어찌나 빨랐는지 어느덧 청해성과 감숙성의 경계선까지 이르고 있었다. 대충 위치를 파악한 녹정은 산길에서 멈춰 표영을 내려놓았다.

"벌써 도착한 건가요?"

하지만 주위를 둘러보니 숲만 우거져 있을 뿐 마을이나 사람의 그림자는 찾아볼 수가 없었다.

"하하, 거의 가까이에 이르렀단다. 영아, 너는 거지가 될 자신이 있느냐?"

갑자기 뜬금없는 소리를 했지만 표영은 대수롭지 않게 답했다.

"그럼요. 거지가 별건가요. 다른 것은 몰라도 거지라면 자신있다구요."

"다행이구나. 너에게 해줄 중요한 말이 있어 이곳에 멈추게 되었다."

표영은 바닥에 앉자 벌써부터 잠이 오는지 눈이 게슴츠레해지며 입이 찢어져라 하품을 했다. 아까는 주위를 구경하느라 잠자는 것을 깜

박했는데 땅에 내려서자 잠이 몰려온 것이다.

"아, 잠온다. 피곤하니까 빨리 말씀해 보세요."

녹정은 앞으로 얼마나 험난한 길이 놓여 있는지 전혀 알지 못하고 속 좋게 하품을 해대는 표영이 귀엽기도 하고 조금 안타깝기도 했다. 그는 털썩 주저앉으며 말했다.

"강호란 참으로 험난하다 할 수 있다. 나는 너를 이곳에 두고 떠날 참이다. 널 개방으로 데려갈 수도 있지만 그것은 너무 쉬운 일이 아니겠니? 멀지 않은 곳에 마을이 있고 잘 찾아보면 개방 사람들을 어렵지 않게 만날 수 있을 것이다. 너는 그들을 만나 스스로의 힘으로 개방에 들어가도록 하거라. 나는 급한 일이 있어 달리 가봐야 할 데가 있단다. 무슨 말인지 알겠니?"

표만석과 화연실이 들었다면 기절초풍할 말이 아닐 수 없었다. 하지만 정작 표영은 별반 대수롭지 않게 여겼다.

"그것도 재밌겠는데요. 흐흐흐, 거지가 되는 거야 뭐 특별할 것이 있겠어요. 잠 잘 자고 밥 잘 얻어오면 되는 거겠죠."

흐릿한 눈으로 청광을 흘리며 표영은 미소 지었다.

"좋다. 그럼 이 아저씨는 여기서 너와 작별을 해야겠구나. 우선 감숙성의 장령 지역으로 가도록 하거라. 다시 만나기는 어렵겠지만 멀리서 널 지켜보마."

아마 다른 사람 같았으면 펄쩍 뛰며 이런 경우가 어디 있느냐고 따졌을 것이다. 여기에 두고 갈 것이라면 다시 집으로 데려다 달라고 말하든지 할 것이었고, 그것도 아니라면 개방에 들어갈 만한 추천 서신이나 증표 같은 것이라도 달라고 했으리라. 하지만 표영은 여유가 넘쳤다.

"피곤하실 텐데 여기서 좀 주무시고 가시지 그러세요. 저도 이제 막 잠 잘 참인데."

"허허허……."

녹정은 표영의 순진무구한 말에 그저 너털웃음을 날렸다.

"급한 일 때문에 그럴 수가 없겠구나. 그럼 너의 앞길에 행운이 함께하길 빌마."

이미 옆으로 누워 팔베개를 하고 표영은 손을 흔들었다.

"그래요. 바쁘신 것 같은데 어서 가보세요. 개방에 들어가는 문제는 제가 알아서 할 테니까요. 안녕히 가세요."

여유있게 손까지 흔드는 표영을 보고 녹정은 미소를 짓고 신형을 날려 언덕 너머로 사라졌다.

언덕을 넘어서자 그곳엔 청의를 입은 이가 서 있었다. 그는 바로 표가장에 세 가지 화와 한 가지 복에 대해 이야기했던 청의인이었다.

"어서 오게, 녹운신. 수고가 많았지?"

"수고랄 게 있나, 청운신. 근데 그 아이 너무 순진하더군. 험한 세상을 잘 헤쳐 나갈지 모르겠어."

"하하, 걱정할 것 있겠나. 대천신께서 이르시길 만성지체를 타고난 아이라 재앙이 닥쳐도 곧 복으로 바뀔 것이라 하지 않으셨나. 게다가 화 부인의 정성 어린 기원으로 더 큰 복을 받았으니 우리가 염려할 일은 없을 것이네."

"아무래도 그렇겠지. 게으르긴 해도 정이 가는 녀석이야. 이제 우리의 할 일은 여기서 끝난 것 같군."

청운신과 녹운신이 이야기를 나눌 때 그들의 귓가로 한 목소리가 들렸다.

—청운신, 녹운신, 고생이 많았다. 이제 돌아오거라.

"저희가 한 일이 무엇이 있겠나이까. 모든 것이 대천신님의 은덕일 뿐입니다."

둘은 공손히 머리를 조아리고 푸른 빛줄기와 초록 빛줄기가 되어 하늘로 솟아올랐다.

세상 모르고 잠들었던 표영이 눈을 뜬 것은 다음날 오후가 되어서였다.

"어, 내가 이것밖에 자지 않았나? 허허허."

어제 정오에 잠들었다가 하루를 꼬박 지내고 오후가 된 것이었으나 표영은 같은 날 정오에 잤다가 같은 날 오후에 일어난 것으로 생각했다.

"벌써 내가 이렇게 부지런해졌단 말인가? 어머니께서 기뻐하시겠는걸."

씨익 웃으며 표영은 눈을 비비고 일어났다.

"그럼 이제 서서히 개방으로 가볼까."

자리를 털고 몇 걸음을 옮길 때였다.

"이보게, 소형제. 같이 가세."

30대 중반의 거지 차림의 사내가 허겁지겁 달려오며 표영을 불렀다. 표영은 그가 거지임을 알고 절로 반가운 마음이 일었다.

"이렇게 반가울 수가. 거지님이시로군요. 어서 오세요."

중년의 거지는 친한 척 옆에 앉았다.

"아, 거참, 선선한 게 낮잠자기 딱 좋은 날씨지 않나?"

표영은 역시 거지라서 그런지 말이 좀 통하는 사람이구나 라고 생각했다.

"하하, 역시 그렇죠? 어디로 가시는지 모르지만 여기서 잠시 드러누워 이야기를 나누시죠."

"그럴까?"

표영이 팔을 머리 뒤로 베고 유유히 흐르는 구름을 바라보며 눕자 중년 거지도 표영 옆에 벌러덩 하늘을 향해 누웠다.

"그런데 자네 눈은 참 특이하게 생겼군. 어디 아픈 데라도 있는 건가?"

"아프긴요. 전 어렸을 때부터 이랬는걸요."

"그래? 그럼 다행이군. 근데 자넨 어디로 가는 길인가. 보아하니 귀한 집 자제인 것 같은데 혼자서 길을 가고 있는 겐가?"

"저는 앞으로 거지가 되려고 감숙성 쪽으로 가는 길이에요."

중년 거지는 의아한 시선으로 고개를 돌려 표영을 바라보았다. 곱상한 얼굴에 새하얀 피부를 가졌지만 눈동자 주위가 푸르스름한 데다가 말하는 게 어수룩해서 혹시 바보가 아닐까 라는 생각이 들었다.

"거지가 되려고 한다라……."

그는 자세히 표영을 살폈다. 값비싼 목걸이에 고운 비단 옷, 그리고 옆에 놓아둔 두툼한 행장이 눈에 들어왔다. 그는 침을 꿀꺽 삼켰다.

'이 녀석은 바보인 것 같으니 적당히 속여보아야겠구나.'

"이보게, 자넨 거지가 된다고는 하지만 차림새를 보아하니 거지가 되긴 어려울 것 같네."

중년 거지의 눈이 탐욕스럽게 변한 것도 모른 채 표영은 순진하게 물었다.

"어렵다구요? 어라, 그러면 안 되는데……. 그럼 거지가 되려면 어떻게 해야 하죠?"

"자네 목에 걸린 목걸이를 그대로 차고 갔다간 아무도 받아주지 않을 게야. 그건 나한테 주는 게 어떤가? 사실 나는 지금은 거지지만 이젠 청산할 때가 됐다고 생각하고 있거든."

표영이 듣자하니 말이 그럴싸했다.

"정말 그렇군요. 아, 이거 거지님을 뵙지 않았다면 아주 큰 실수를 할 뻔했네요."

그러더니 목걸이를 풀어 중년 거지에게 건넸다.

"자, 여기 목걸이 받으세요. 저는 앞으로 개방으로 가면 뭐 이런 것 필요없을 테니 좋은 데 쓰도록 하세요."

표영은 애초에 삶 자체가 재물에 대한 욕심을 가져 본 적이 없었기에 아깝다는 생각조차 하지 않았다. 하지만 중년 거지는 설마 진짜 주리라고는 생각하지 못했다가 이리도 쉽게 얻게 되자 눈이 휘둥그레져서 목걸이를 받아 쥐고 입이 찢어져라 좋아했다. 그의 눈은 재물로 인해 탐욕스러움을 여실히 드러낸 채 번들거렸다.

'이 녀석 정말 바보였구나. 오늘 정말 운이 좋구나. 이건 족히 금한 덩어리의 값어치는 될 것 같지 않은가.'

"흐흐흐, 고맙구나."

"고맙긴요. 제가 얼마나 감사하고 있는데요."

벌떡 몸을 일으킨 거지는 이번에는 옆에 놓아둔 봇짐에 눈이 갔다.

"이보게, 자네 옆에 놓인 봇짐 안에는 돈이 꽤 들어 있는 것 같은데 그것도 굳이 필요할까? 거지란 본래 구걸을 하며 하루하루 사는 것이니 돈 같은 것은 애초에 지닐 필요가 없지 않겠나?"

중년 거지의 눈은 욕심에 이글이글 타오를 지경이었다. 더불어 수

틀리면 주먹다짐까지라도 할 양으로 두 손을 매만졌다.

"음··· 이건 어머니께서 가는 길에 쓰라고 하신 것인데······ 어떻게 하지? 좋아요. 거지님 말씀대로 어차피 저는 앞으로 거지가 될 텐데 이런 것이 무슨 필요 있겠어요. 자, 받으세요."

"흐흐··· 참 똑똑한 친구로군. 자넨 필시 훌륭한 거지가 될 수 있을 것이네."

"훌륭한 거지라··· 그거 듣기 좋은걸요. 하하하하······."

'이 녀석은 정말 바보 중에 최고 바보로구나. 세상에 이런 바보가 어디 있을까.'

그는 속으로 비웃고 겉으로는 다른 말을 했다.

"흐흐··· 내가 원래 틀린 말은 하지 않는 사람일세."

그는 주먹을 어루만지던 손을 풀고 얼른 봇짐을 받아 들었다. 겉에서 손으로 매만져 보니 은전이 제법 많게 느껴졌다.

"아, 거지님 말씀대로 하고 나니 정말 홀가분하네요."

하지만 중년 거지는 아직도 뭔가 미련이 남아 있는 듯 표영을 바라보았다. 아니, 좀 더 정확하게 말해 표영이 입고 있는 옷을 뚫어져라 쳐다보고 있었다.

욕심이란 이렇듯 끝이 없는 것인가. 하나를 가지면 다른 것이 부럽고 자신의 큰 재물보다 남의 작은 재물이 더 좋아 보이는 모양이다. 그래서 옛말에 이르길 '문둥이 콧구멍에 박힌 마늘 씨도 파먹겠다' 라는 말이 있는 것이 아닐까.

"흐흐··· 이보게··· 자네 옷도 조금 문제가 될 것 같은데 어떻게 생각하나? 그 옷도 나에게 주는 것은 어떨까. 자넨 거지니 차라리 내 옷을 입고 다니는 것이 더 어울리지 않겠나?"

모든 말이 표영의 귀에 쏙쏙 들어오는 말들뿐이었다.

"하하하, 정말 섬세한 분이시네요. 하마터면 제일 중요한 것을 빠뜨릴 뻔했는걸요."

원래 표영은 집에서도 옷 갈아입는 것을 아주 귀찮게 여기고 지냈던 터였고 새 옷은 쉽게 때가 탈 것이라 더러운 옷을 입는다 생각하니 절로 마음이 편해졌다.

"자, 옷 받으세요. 그리고 저는 거지님의 옷을… 하하하."

중년 거지도 신바람이 났다.

'상식으로는 이해할 수 없는 이 녀석 덕에 나도 이제 세수하고 머리만 감는다면 어엿한 부자로 행세할 수 있겠구나.'

중년 거지의 체격이 표영과 비슷했기에 옷을 바꿔 입었지만 둘 다 크게 어색하지는 않았다.

"야, 정말 멋진데요. 냄새도 아주 구수하구요. 으흐흐……."

다 떨어진 누더기 옷을 입고 두 팔을 활짝 펼쳐 보이며 빙글 돌기까지 하며 좋아했다. 여기저기 냄새를 맡아본 표영은 크게 만족했고 중년 거지또한 탐욕스런 눈길로 걸쳐진 비단 옷을 바라보며 기쁨에 겨워 어쩔 줄을 몰라 했다. 일방적인 착취라 할 수 있지만 착취당하는 쪽이 더 기뻐하고 있었다. 중년 거지는 이제 마음이 급했다.

'내 이 녀석에게 취할 만한 것은 다 취했으니 속히 이곳을 떠나야겠다. 바보 녀석이 마음이 변할지도 모르잖은가.'

그는 매우 급한 일이라도 생긴 양 다급한 기색으로 말했다.

"이보게, 소형제. 내게 급한 일이 있는 것을 깜박하고 있었군. 여기서 이만 작별해야겠네. 당부하건대 부디 소원을 이루어 꼭 거지가 되게나."

'흐흐흐… 이 바보는 이미 알거지가 되었음을 알고 있을까?'

"하하하, 그러시군요. 그럼 전 못 잔 잠을 더 보충하고 길을 떠날 테니 먼저 가세요. 오늘 이렇게 훌륭한 거지님을 만난 것도 천복을 받은 것 같아요."

표영은 고개 숙여 인사까지 올렸고 중년 거지도 흐뭇하게 웃으면서 서둘러 길을 떠났다.

"자, 그럼 해도 저물어가고 밤이 되어가는 것 같으니 잠을 자볼까."

해는 중천에 솟아올라 있을 뿐 어디에도 저무는 기색이라곤 찾아볼 수가 없었다. 하지만 표영의 눈에는 정오가 조금만 벗어나도 이미 그것은 해가 저물고 있는 것이나 다를 바가 없었다. 햇살이 따가워 나무 그늘 쪽으로 이동한 후 표영은 바로 깊은 잠에 빠졌다.

중년 거지는 서둘러 언덕을 넘다 뒤돌아 표영을 바라보며 생각했다.

'세상엔 참 별의별 미친놈에 바보들이 있다더니 사실이었구나. 좋은 집을 놔두고 거지가 되겠다니. 하지만 너 같은 멍청이가 있기 때문에 나 여방만(呂放晩)의 인생이 활짝 피는 것이 아니겠느냐.'

중년 거지 여방만은 언덕을 넘으며 행복한 꿈에 젖었다. 천지간의 모든 것이 밝게 빛나고 아름답게 보여지는 순간이었다. 기쁨에 가득 찬 여방만이 불과 몇 걸음이나 옮겼을까. 귓전에 낯선 시비조의 음성이 들려왔다.

"어이, 형씨. 옷 좋은데. 요즘 거지는 비단 옷을 입고 다니나 보군."

여방만은 흠칫 놀라 소리의 진원지를 찾았다. 앞쪽에서 흉악한 몰골의 세 남자가 걸어오고 있는 것이 아닌가. 너무 좋아하는 통에 앞에서 다가온 흉악한 몰골의 세 사람을 미처 보지 못한 것이었다. 그들의 옷차림은 특별히 누구라고 밝히지 않더라도 '나 산적이야!' 라고 말하고 있는 것이나 다를 것이 없었다.

"왜, 왜 그러시오?"

방금까지 탐욕 속에서 꿈을 키우던 중년 거지 여방만의 목소리가 두려움으로 덜덜 떨렸다. 표영을 만나기 전 아무것도 가지지 않았을 때라면 산적을 만나더라도 전혀 거리낌도 없고 두려울 것도 없었을 것이다. 하지만 이제 값진 보물을 지니고 있다 보니 그걸 지켜야 한다는 생각에 온갖 걱정과 번뇌가 교차했다. 인생지사 새옹지마(塞翁之馬)란 말은 이래서 생긴 것이리라.

산적 중 구레나룻이 멋있게 자라고 호랑이 눈을 가진 중년인이 비웃음을 던졌다. 이 비웃음은 아까 여방만이 표영을 바라보며 짓던 것과 같은 것이었다. 그런데 이제 그와 똑같은 비웃음을 자신이 받게 될 줄이야 그가 상상이나 했겠는가.

"클클클… 왜 그러는지 몰라서 묻나. 이렇게 눈치가 없어서야 원. 날 봐, 뭐 느껴지는 것 없어? 나 산적이야, 산적. 좋은 말로 할 때 가지고 있는 것을 모두 내놓는 게 좋을 거야. 행색을 보아하니 꽤나 부유하게 사는가 보군. 물론 얼굴은 딱 거지 새끼지만 말야. 으하하하하!"

한바탕 깔깔거리던 산적은 다시 얼굴을 굳히고 말을 이었다.

"음… 가진 것을 고스란히 내놓도록 해라. 그럼 오늘은 기분이 좋으니 갈비뼈 한 대만 부러뜨리는 것으로 끝내주지."

갈비뼈 한 대가 뉘 집 개 이름인 양 구레나룻 산적은 굉장한 선심이라도 쓰는 듯 검지를 세워 올린 후 태연하게 말했다. 그러자 그 옆에 있는 산적이 도무지 이해할 수 없다는 표정을 지으며 반문했다.

"형님, 갈비뼈 하나라뇨. 그러다가 우리 명성에 흠집이 생기는 일이 생길까 두렵습니다. 적어도 세 개 정도는 되어야죠."

"맞습니다, 형님. 우리 청해삼마(青海三魔)의 명예도 생각하셔야죠."

두 동생의 말을 듣자 두목 산적은 심각하게 머리를 끄덕였다.

"음… 그래, 아우들아. 그걸로는 아무래도 좀 약하겠지? 그래도 명색이 청해삼마인데 말이야."

이들의 목소리는 자부심으로 완전 무장한 상태였다. 무림에 대한 사정을 잘 모르는 누군가가 이들 청해삼마가 비분강개하며 자신들을 소개하는 말을 들었다면 마치 이들이 무림을 쩌렁쩌렁 울리는 마두일 것이라 생각했을 것이다. 하지만 실제로 이들은 이곳 청해성 고호산(孤虎山) 부근에서만 근근이 활동하는 보잘것없는 녀석들일 뿐, 청해삼마라는 것도 그저 스스로 지어낸 것에 불과했다. 그들이 명예 운운하며 열을 올릴 때 여방만이 말했다.

"이, 이건 내 물건이오. 왜 내가 당신들에게 이것을 줘야 한단 말이오."

"훗, 이보게. 인생은 말이야, 돌고 도는 거야. 그리고 돈도 돌고 도는 것이라구. 오늘의 운세를 보니 자네의 재물은 우리한테 돌아오도록 돼 있더군."

"킬킬킬… 형님, 언제 보셨수? 눈도 빠르시구려."

"킬킬킬… 형님, 다음엔 함께 좀 봅시다 그려."

여방만은 이제 막 오른 희망봉을 이렇게 쉽게 내려가고 싶지 않았다. 오로지 방법은 하나, 도망치는 것 외에는 다른 선택의 여지가 없었다. 그는 혼신의 힘을 다리에 실어 언덕 너머로 뛰었다. 이건 말 그대로 젖 먹던 힘까지 다 뽑아낸 것이었다. 하지만 탐욕에 가득 찬 거지의 연약한 발걸음은 보잘것없었다. 강호에서 잔뼈가 굵은 세 명의 산적을 따돌리기엔 역부족이었던 것이다. 얼마 가지도 못해 목덜미가 잡힌 여방만은 집단 구타가 무엇인지 즉시 체험해야만 했다.

"이 자식아, 네놈이 도망을 가. 오늘 죽어봐라. 간다. 토극권(吐極拳)!"

"청해삼마가 그렇게 만만하게 보이더냐. 왕룡십팔장(王龍十八掌)!"

"봉마장법(鳳魔掌法)이다. 이얍!"

퍼퍽— 퍽퍽—!

약 차 한잔 마실 정도의 시간 동안 엉터리 같은 초식 이름을 남발하며 폭력을 행사하던 산적들은 목걸이와 봇짐을 챙기며 득의한 웃음을 지었고 여방만은 갈비뼈 세 대가 부러지고, 왼쪽 어깨가 탈골되고, 발목이 부러진 채로 바닥에 고꾸러진 채 숨만 깔딱거렸다. 몇 발자국 떼보기도 전에 상황이 이렇게 급반전될 줄 어찌 알았으리요.

"아, 역시 우린 말이야, 너무 마음이 착해서 탈이란 말야."

셋 중 제일 형님 되는 산적의 말에 두 산적은 클클거리더니 여방만의 가슴을 발길로 툭툭 찼다. 그러다 한 산적이 뭔가 생각난 듯 입을 열었다.

"형님, 아까 보니 언덕 너머에 웬 놈이 나무 밑에서 잠자고 있던데 어떻게 할까요? 우리 눈에 걸린 놈을 곱게 보내준 데서야 청해삼마라고 할 수 있겠습니까?"

"그렇지. 그건 있을 수 없는 일이지. 전례(前例)를 남기면 안 되는 법이거든. 가서 우리의 무서움을 보여주자."

산적들은 걸음을 옮겨 표영이 있는 곳에 이르렀다.

"뭐야, 이거, 새파랗게 젊은 거지잖아. 어떻게 하죠, 형님?"

산적 두목은 심각하게 바라보다가 이내 얼굴이 숙연하게 변해 침묵을 지켰다. 워낙에 진지하다 보니 두 동생 산적들은 말 한마디조차 붙이기 힘들었다. 잠시 후 두목이 입을 열었다.

"가만 둬라. 거지를 패봐야 무엇이 나오겠느냐. 게다가 거지를 함부로 팼다가는 옛날부터 죄받는다고 했어. 알겠냐? 너희들도 앞으로 명심해라. 이런 놈들은 불쌍한 놈들이야. 잠들어 있는 이놈 얼굴을 봐라. 왠지 불쌍해 보이지 않냐. 어린 놈이 기구한 운명을 타고난 것이겠지."

그는 잠시 고개를 들어 하늘을 바라본 후 비장한 얼굴로 다시 말을 이었다.

"우린 이놈처럼 되지 않은 것만으로도 하늘에 감사해야 돼. 자, 이럴 것이 아니라 우리 모두 이놈을 위해 기원해 주자."

세 명의 산적은 잠시 표영을 둘러싼 채 눈을 감았고 두목 산적이 대표로 중얼거렸다.

"하늘과 땅이시여, 이 거지를 불쌍히 여기시고 날마다 굶지 않도록 일용할 양식을 푸짐히 주옵시고 배고픔으로 인해 시험에 들지 않게 하소서. 우리도 꽤나 어렵게 살지만 이놈은 장난 아니게 불쌍한 놈인 것 같습니다. 도우소서~ 끝. 앗, 추가로 몇 마디만 더 하겠습니다요. 오늘 확실한 건수를 챙기게 되었음은 이 모든 것이 하늘의 은덕이며 감사함입니다. 무슨 말로 감사한들 다 표현할 수 있겠습니까……."

두목 산적은 그 다음에 무슨 말을 해야 할지 생각이 안 나는지 한참을 망설였다. 그러다 머리를 박박 긁더니 말을 이었다.

"…진짜 끝."

"동감입니다."

"동감입니다."

이들은 가끔씩 하늘을 향해 기원을 올려보았는지 꽤나 호흡이 잘 맞았다. 눈을 뜬 산적들은 다시 한 번 표영을 불쌍하다는 듯 안쓰럽게 쳐다보았다.

"봇짐에 은전이 있는지 살펴봐라."

둘째 산적이 여방만에게서 빼앗은 봇짐을 뒤지다가 황홀한 표정으로 말했다.

"이야~ 상당히 많은걸요. 운수대통입니다, 형님."

그의 손엔 가득 은전이 쥐어 있었고 아직도 많은 은전이 봇짐 안에 자리하고 있었다.

"킬킬, 우리가 다 하늘을 향해 기원한 덕분이지."

"하나만 주고 갈까요?"

"하나 주면 정 없다. 두 개 넣어줘라."

산적들은 은전 두 개를 꺼내 표영의 품에 잘 갈무리해 준 후 길을 떠났다.

마음을 비운 표영에겐 화가 복으로 바뀌고 탐욕이 들어간 여방만은 화를 당했으니 참으로 인생은 알다가도 모를 일이다. 만일 여방만이 표영의 옷을 바꿔 입지만 않았더라도 오히려 불쌍히 여김을 받았을 테고 표영의 갈빗대가 부러졌을 텐데 말이다.

"아, 잘 잤다~ 개운한걸."

표영은 부스스 눈을 뜨며 기지개를 활짝 켰다. 자는 동안에 무슨 일이 일어났는지도 모른 채 꼬박 만 하루를 꿈나라에 가 있다가 이제야 깨어난 것이다.

"자, 이젠 서서히 길을 떠나볼까."

표영은 느릿느릿한 걸음으로 감숙성 쪽으로 향했다. 한편 어제 산적들에 의해 몰매를 맞은 여방만은 언덕 너머에서 맥없이 혼절해 있었다. 사실 어제 저녁, 밤새 10장여(약 30미터) 떨어진 언덕 너머에서 여방만은 고통에 찬 신음과 함께 살려달라고 비명을 질러댔었다. 그에게 있어 유일한 희망은 자신이 농락한 어수룩한 바보 녀석뿐이었기에 오직 속히 깨어나 주길 바라는 마음뿐이었다.

하지만 그의 희망은 표영에 대해 너무나 무지했기에 좌절 또한 그에 비례해 더욱 클 수밖에 없었다. 혹시라도 그의 목소리가 벼락치는 소리보다 컸다면, 혹은 그가 표영의 모친 화연실의 자애로운 목소리를 낼 수 있었더라면, 땅을 기는 수백만 마리의 개미를 조종해 물어뜯게 할 수 있었다면 모를까 그게 아니라면 목을 놓아 부른들 모두 허사인 것이다.

여방만으로서는 자신이 바보 녀석의 옷까지 뺏어 입은 것에 앙심을 품고 바보가 억지로 코를 고는 시늉을 하며 놀려먹고 있는 줄로만 생각하게 되었다. 그는 목이 쉴 때까지 부르다 지금은 힘이 다 빠져 혼절한 상태였다. 하지만 정작 표영으로서는 둔덕에 가려져 있는 그를 볼 수 없는 터라 그저 여유로이 발길을 옮길 뿐이었다.

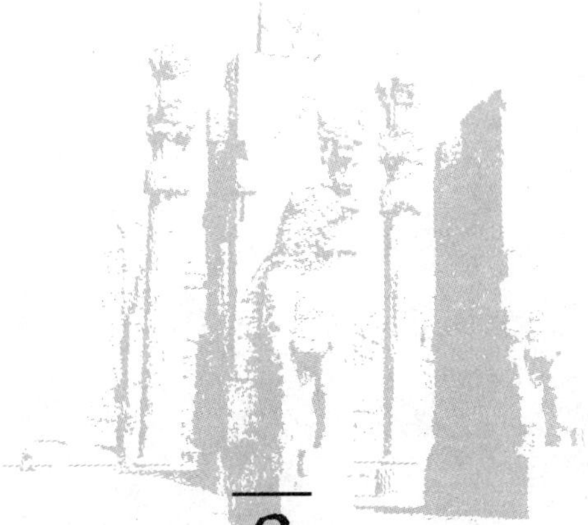

8장

개방에 들어오려거든

개방에 들어오려거든

얼마쯤 갔을까? 어느새 해가 저물고 있었다. 식사를 한 지 꽤나 긴 시간이 지났는지라 뱃가죽과 위장에서는 꼬르륵꼬르륵 연신 밥 달라며 요란스런 농성 소리가 들려왔다. 표영이 농성 소리에 굴복해 어디 밥 얻어먹을 만한 곳이 없나 하고 기웃거릴 때였다. 얼마 가지 않아 눈앞에 학운장이라 쓰여진 근사한 이름의 큰 장원을 발견하게 된 것이다.

"음, 학운장이라… 이름이 아주 좋은걸. 오늘부터는 철저히 거지 생활을 하며 몸에 익숙해지도록 해야겠어. 그래야만 개방에 들어가기도 쉬울 테니 말이야."

표영은 숨을 고르며 길게 외쳤다.

"밥 좀 주세요~ 여기 거지가 왔습니다~ 밥 좀 주세요~ 저는 거지거든요~"

한참 동안 거지니까 밥을 달라는 괴상한 논리를 펼치며 외쳐 보았지만 아무도 나오는 사람은 없었다.

"저 거지라니까요~ 밥 좀 주세요~"

목소리가 작아서인가 싶어 더욱 큰 소리로 계속해서 외쳐 보았지만 여전히 어떤 반응도 얻지 못하자 표영은 서서히 지치기 시작했다.

'아무도 없나? 이거 처음부터 성공하지 못한 데서야 체면이 깎이는 일 아닌가. 음… 어쩌면 구걸하는 방법이 잘못된 건지도 몰라. 그렇지, 아무래도 목소리만 내서는 효과가 별로일 거야. 구걸을 하더라도 성의를 보여야 하는 것이겠지. 흐흐흐… 역시 난 똑똑하단 말씀이야.'

표영은 생각을 고쳐먹고 덩실덩실 춤을 추기 시작했다.

"워워… 둥실둥실… 밥 주세요… 워워… 밥 주세요. 둥실둥실… 나는 거지라네. 워워… 처음이라 서툴지만 그래도 난 거지라네… 덩실덩실… 울라울라……."

어깨를 들썩거리고 엉덩이를 씰룩거리며 한참 동안 노래와 함께 '워워', '덩실덩실'을 외쳤다. 하지만 여전히 대문은 열릴 기미조차 없었다. 장장 일 식경(30분) 정도를 온몸을 흔들어대자 피곤이 몰려들었다.

"음… 좀 쉬었다가 다시 한 번 시도해 보자. 옛말에 이르길 칠기팔전이라고 하지 않던가? 응? 칠팔전기인가? 칠전팔기(七顚八起)인가? 헷갈리네… 칠기팔전이 맞을 거야. 하하하, 어찌 됐든 일단 쉬자."

학문에 그다지 노력을 기울이지 않은 표영은 칠전팔기를 칠기팔전으로 제멋대로 고쳐 버린 후에 대문 앞에 새우처럼 웅크린 채 잠들어 버렸다. 표영이 잠든 후 얼마 지나지 않아 그 앞에 청의 무복을 입은 무사 둘이 나타났다.

"어라, 이거 웬 떨거지야."

"학운장을 대체 뭘로 보길래 거지 녀석이 겁도 없이 대문 앞에 퍼질러 자고 있단 말인가."

그들은 학운장의 무사로 악강과 신풍이었다. 학운 장주를 비롯해 모든 식솔들이 청운 지역의 청향 장주 부친의 고희 잔치에 참석차 떠난 터라 둘은 잠시 주변을 경계하며 둘러보러 갔다가 돌아오는 길이었다. 뒤쪽에서 살피고 있을 때 괴이한 거지의 외침을 듣지 못한 것은 아니었지만 설마 하니 학운장의 대문 앞에서 떼를 쓰고 있을 줄은 몰랐던 것이다.

"이 녀석 혼 좀 내줘야겠군. 야, 이 거지야, 어서 일어나."

"자는 척해도 소용없다. 이 어르신이 버릇을 단단히 고쳐 주마."

악강과 신풍이 이처럼 낯선 거지에게 모질게 구는 이유는 한 달 전에 벌어진 한 사건 때문이었다. 그 사건이란, 한 스님이 학운장으로 시주를 받으러 왔다며 찾아왔기에 공손히 대접하고 쌀을 퍼준 일이 있었다. 그런데 그날 밤에 도둑이 들어 학운장의 무사들이 대거 달려들어 잡고 보니 놀랍게도 그의 정체는 낮에 시주를 왔던 중년 스님이지 않은가.

그 일이 있은 후로는 거지나 스님, 혹은 도사들이 도와달라고 오면 곱지 않은 시선으로 바라보게 된 것이었다. 악강이 표영의 머리를 밟으며 발로 마구 흔들었다. 딱딱한 바닥과 머리가 거칠게 마찰을 일으키며 조만간 불꽃이라도 일 것 같았지만 표영은 끄떡도 없었다.

"어쭈, 이거 봐라. 오냐, 끝까지 자는 척 하겠다 이거렷다."

원래 사람이란 묘하게도 상대가 반항을 한다 싶으면 더욱 난폭해지는 법이다. 둘은 누가 이기나 해보자는 식으로 달려들어 무차별적인 발길질을 퍼부었다.

퍼퍽— 퍼퍽— 퍼퍼퍼퍽—

"혼 좀 나봐라, 이놈!"

"죽어라, 이 나쁜 놈아. 죽어!!"

연속적으로 가슴과 등이며 얼굴까지 타격을 가했지만 그때까지도 젊은 거지는 전혀 아무런 반응이 없었다. 급기야 신풍은 '어쭈, 이것 보게나' 라는 말과 함께 얼굴이 시뻘겋게 달아올라 회심의 발길질을 가슴에 날렸다. 이번에는 꽤나 힘을 준 터라 표영은 휘이익 날아 벽에 '퍽' 하고 부딪혔다. 그것은 마치 아무런 힘도 없는 짚단이 허우적거리며 날아가 튕겨 나오는 것처럼 보였다. 표영은 등판에 큰 충격을 받고 바닥으로 곤두박질쳤다.

"으워워……."

곧 이어 표영은 비명인지 잠꼬대인지 구분할 수 없는 괴이한 소리를 지른 후 허공을 향해 손발을 휘젓다가 '음냐… 음냐……' 하며 몸을 몇 번 뒤척이더니 이내 죽은 듯 꿈쩍도 하지 않았다. 그때였다.

"벌건 대낮에 이 무슨 해괴한 짓이냐?"

악강과 신풍이 고개를 돌려보니 송충이 눈썹에 호랑이 눈을 가진 거구의 40대 초반의 사내가 어느새 가까이 다가와 있었다. 둘은 그를 보자 마음이 뜨끔하여 머리를 숙여 인사했다.

"장 포두님이시로군요. 헤헤헤… 이 거지 녀석이 대문 앞에서 워낙에 소란을 피우기에 조용히 말로 가라고 했더니만 전혀 말을 들으려 하지 않고 도리어 저희에게 죽일 듯이 덤벼들지 않겠습니까. 그래 저희들도 가만히 있……."

악강의 장황한 설명은 포두 장추의 고함치듯 외치는 말에 의해 중

단되었다.

"무슨 헛소리를 지껄이고 있는 것이냐! 내 눈이 그리도 허술하게 보였더란 말이렷다! 내 아까 전에 이곳을 지날 때 젊은 거지가 불쌍하게 자고 있는 것을 보았고 또한 멀리서 너희들이 다짜고짜 사람을 업수이 여김을 보았는데도 감히 내 앞에서 거짓말을 하려 하다니, 관(官)에 끌려가 뭇매를 맞아야 정신을 차릴 모양이구나!"

호랑이 눈을 부라리며 당장이라도 주먹을 날릴 기세에 악강과 신풍은 연신 머리를 조아리며 사죄했다.

"죽을 죄를 지었습니다. 실은 포두님을 기만하고자 함이 아니라 요사이 동정을 구하는 듯하면서 뒤로는 패악을 끼치는 무리들이 있어 저희가 과민한 반응을 보인 듯합니다."

"용서해 주십시오."

관내의 치한을 담당하는 장추 포두의 지위나 무공이 대단한 줄을 알고 있었기에 둘은 자신들이 지을 수 있는 최대한의 죄송한 표정과 불쌍한 표정을 얼굴에 드러내느라 혼신의 힘을 다했다. 특히 장 포두가 약하고 힘없는 이들을 업수히 여기고 괴롭히는 것을 다른 무엇보다 싫어함을 두 사람은 잘 알고 있었기에 더욱 그러했다.

"이 거지 친구의 몸에 이상이 있을 시엔 용서치 않겠다."

장 포두는 여전히 자고 있는 표영이 크게 다친 것은 아닌가 하고 맥을 짚어보았다.

"음… 크게 이상은 없는 것 같군."

그리고 엄지와 검지로 눈을 열고 살펴보았다.

"어헉! 이, 이게 어떻게 된 거지. 큰일이다."

옆에서 지켜보던 악강과 신풍도 거지의 눈동자 주변이 푸르스름하게 변한 것을 보고 심장이 철렁 내려앉았다.

"저, 저희는 눈을 때린 적은 없습니다만……."

장 포두는 둘을 매섭게 노려보며 다급히 말했다.

"몸에 이상이 생겼기에 눈이 저리 된 것이 아니겠느냐. 당장 아이를 업어 안으로 데려가도록 하라. 빨리 손을 쓰지 않으면 생명을 보장하기 힘들지도 모른다."

악강과 신풍은 거지 녀석이 죽게 되면 살인죄를 쓰게 될 것이라 생각하니 식은땀이 흘러내렸다.

'이씨… 몇 대 때린 것도 아닌데 이렇게 위중한 걸 보면 원래부터 몸이 좋지 않은 거지였을 텐데 우리가 뒤집어쓰게 생겼구나.'

신풍은 재수 옴 붙었다는 생각으로 표영을 등에 업어 장원 안의 자신들의 거처로 옮겼다. 침상에 눕혀진 표영에게 세 명은 추나요법 등으로 전신을 주물렀다.

"죽어선 안 되네. 제발 깨어나 줘."

"정신 차리게나… 정신 차려. 죽으면 안 돼."

악강과 신풍은 죽어선 안 된다고 말하고 있었지만 실제 본 뜻은 생략된 상태였다. 그들의 바람은 거지가 깨어나 '어, 저는 원래 몸이 좋지 않아 오늘내일 하고 있었습니다. 이분들은 아무 잘못도 없습니다.' 이렇게 말한 뒤 깨끗이 죽었으면 하는 것뿐이었다. 하지만 그들의 원(願)과는 달리 거지는 깨어날 기색이 없었고 장 포두의 성난 외침만이 들려올 뿐이었다.

"영약을 가져오도록 하라!"

장 포두는 학운장의 가세가 크고 무사들이 많기에 필시 영단 같은 것을 가지고 있으리라 짐작했다.

"저… 그게……."

악강과 신풍은 3개월 전 장주로부터 특별히 포상의 대가로 받은 기환단(奇幻丹)을 몸에 지니고 있던 터였다. 자신들이 위급한 상황에 처하게 될 때를 대비해 고이 간직하고 있던 것이었다. 하지만 이내 장 포두가 잡아먹을 듯 노호를 터뜨리자 품에서 기환단을 꺼냈다.

'이씨… 이게 어떤 건데… 흐흑…….'

'흐미… 차라리 진작 먹을 것을……. 어이구 아까워라… 정신을 맑게 하고 내공을 북돋는 데 탁월한 효능을 지닌 것이건만 보잘것없는 거지가 먹게 될 줄이야.'

기환단이 기사회생의 영약은 아니었지만 그들로서는 보물과 같이 여기고 있던 것이라 그 안타까움이란 말로 다 형용할 수 없을 정도였다.

"저, 저, 이거 절반만 드리면 안 될까요?"

"이것들을 그냥 콱!"

장 포두는 들을 가치도 없다는 듯 거칠게 손을 뻗어 기환단을 빼앗은 후 표영의 입에 넣어주었다.

표영은 그때까지도 꿈을 꾸고 있었다. 처음 꿈은 갑작스레 주먹만 한 우박이 떨어지며 머리며 가슴, 팔, 다리할 것 없이 얻어맞았다. 그러다 장면이 급작스럽게 바뀌더니 우박은 사라지고 하늘에서 아리따운 선녀들이 내려왔다.

선녀들은 한폭의 꽃과 같이 아름다웠는데 화사한 웃음을 지으며 온몸을 주물러 주는 것이 아닌가. 우박에 맞았던 통증이 풀리고 기분이 좋아진 표영은 절로 콧노래가 나왔다. 선녀들은 주무르기를 다 했는지 아쉬운 표정으로 천도 복숭아 두 개를 꺼내 입에 넣어주었다. 복숭

아는 향긋하고 청명하여 목으로 넘어가자마자 머리와 몸을 시원하게 했다. 그러면서 표영은 서서히 꿈에서 벗어나 잠에서 깨어났다.

"이런, 아직까지 눈이……."

정신을 차리긴 했지만 눈동자 주위에 여전히 청광이 어려 있는 것을 보고 장 포두는 안타까워했다. 혹시나 시력을 잃은 것은 아닌가 하여 조심스럽게 다섯 손가락을 펼치며 물었다.

"이보게, 젊은 친구. 이게 몇 개인 줄 알아보겠나?"

"하하하, 아저씨도 참. 다섯 개잖아요. 제가 공부를 게을리했기로서니 그 정도도 모를 것이라 생각하시나 보죠? 하하하."

장 포두는 다행이라는 듯 안도의 한숨을 내쉬고 물었다.

"어디 아픈 곳은 없나? 자네 눈의 눈동자 주위가 파랗게 변했지 뭔가. 내 조금만 더 일찍 왔어도 이 지경까지 되지는 않았을 텐데……."

표영은 원래부터 그랬던 것이라 대수롭지 않게 말했다.

"아, 눈은 태어난 지 1년 정도 됐을 때부터 줄곧 이랬으니 너무 신경 쓰지 마세요."

그 말에 악강과 신풍은 땅이 꺼져라 탄식했다. 기환단이 아까워 죽을 지경이었던 것이다.

'이씨… 원래부터 그랬다는데 장 포두님은 괜히 우리만 가지고 난리야…….'

하지만 장 포두의 생각은 달랐다. 그는 가슴이 뭉클해지며 눈물을 글썽였다.

'나이도 별로 많지 않은 친구가 마음이 참으로 넓구나. 자기를 때린 사람들을 변호해 주기 위해 이런 거짓말까지 하다니.'

그는 목이 메인 소리를 내며 말했다.

"뭐 필요한 거 없나? 말해 보게."

그때 시기도 적절하게 표영의 배에서 우레와 같은 꼬르륵 소리가 울려 나왔다.

"어! 지금 배가 고픈 게로군."

장 포두는 악강과 신풍을 향해 매섭게 말했다.

"뭣들 하느냐. 생명의 은인에게 어서 식사를 내오지 않고. 이 친구가 잘못되었다면 너흰 모두 참수를 면하지 못했을 것이다."

그리곤 다시 표영에게로 고개를 돌려 부드럽게 물었다.

"뭐 특별히 먹고 싶은 거라도 있나?"

"아이고, 이러시면 안 됩니다. 이거 참… 이러면 안 되는데… 하하하… 만두로 하죠 뭐. 하하하……."

"어서 만두를 가져와라."

표영은 대체 무슨 일이 일어났는지는 잘 모르겠지만 어쨌든 기분이 매우 좋았다.

'아… 참으로 세상은 따뜻한 곳이구나. 거지도 제법 할 만한걸. 하하하.'

표영은 감숙성까지 가는 동안 크게 어려움없이 거지 생활에 적응해 갔다. 어느 집에서건 춤과 함께 펼쳐 내는 놀라운 철면피적인 말들로 인해 누구든지 밥을 퍼주지 않고는 배겨낼 수 없도록 만들었다. 더불어 하루가 다르게 눈에 띌 정도로 구걸 실력이 일취월장하여 이 정도라면 개방에 들어가는 것은 누워서 떡 먹기일 듯싶었다.

'감숙성의 장령이라고 했지.'

표영은 녹의를 입고 집에서 함께 나왔던 아저씨의 말을 떠올리고 부지런히(?) 걸음을 옮겼다. 보통 사람 같으면 두 달 안으로 갈 수 있는 거리였지만 표영 나름대로 부지런히 발길을 재촉한 덕분에 장령 지방에 이르게 될 때까지는 고작 1년이라는 시간밖에 소요되지 않았다. 만성지체를 타고난 표영으로서는 대단한 노력이 아닐 수가 없었다. 가는 동안 가끔씩 아버지, 어머니의 얼굴이 떠오르며 그리움이 밀려들었지만 그때마다 어머니께서 드렸던 기도의 내용이 명백하게 떠올라 새로운 각오를 다지게 해주었다.

'하루 속히 훌륭한 거지가 되도록 하자. 어머니께서는 내가 거지가 되어야만 훌륭한 사람이 될 수 있다고 기원하지 않으셨던가. 개방이여, 기다려라. 이 표영 나리께서 나가신다.'

감숙성의 장령 땅에 이르게 되었을 때 표영의 몸은 어느 누가 보아도 최고의 거지로 인정해 줄 수 있을 정도로 변신해 있었다. 머리는 너풀너풀거렸고 기름기가 좔좔 흘러 짜내기라도 하면 당장 항아리 가득 받아낼 수 있을 것만 같았다. 사기꾼 여방만과 바꿔 입었던 회색빛 거지 옷은 아예 새까맣다 못해 검은 윤기로 번들거릴 지경에 이르렀으며, 또 몸의 때는 겹겹이 온몸을 감싸 삼 층을 이루게 되었는데 이것을 가리켜 표영은 '삼겹 때' 를 이루었노라며 좋아했다.

장령 지방의 사람들은 난데없이 등장한 추접하기 이를 데 없는 거지를 보고 모두 한결같이 고개를 내젓고 혀를 내두르며 한마디씩 내뱉는 것을 잊지 않았다.

"내 살다살다 저런 거지는 처음 보는군. 저래 가지고도 살겠다고 돌아다니는 것을 보면… 쯧쯧……."

"부모가 누구인지 몰라도 저런 놈을 낳고도 미역국을 먹었을 테지.

미역국이 아까워 미역국이…….”

“80평생을 살면서 수많은 사람들을 보았지만 저렇게 추접한 놈은 처음이다. 거지 경연 대회라도 연다면 단연 일등은 따놓은 당상이겠군.”

“얼굴이 어떻게 생겼는지 보려고 해도 코와 입이 어디에 붙어 있는지 구분이 가질 않는군. 거참, 괴이할세.”

워낙에 얼굴이 새까맣다 보니 머리카락과 이마의 선을 나누는 경계가 어디인지 알 수 없었다. 곱상한 얼굴은 이미 때 속에 파묻혀 그 형상이 가려진 지 오래였고 눈에서 번져 나는 청광(青光)도 언뜻 봐서는 잘 알아보기가 힘들 정도가 되었다.

이런 이야기들은 평범한 사람이 들었을 때는 욕이겠지만 거지가 되겠다고 나선 표영에겐 오히려 모든 말들이 격려와 칭찬으로 들렸다. 흐뭇함과 함께 가슴 가득 밀려드는 벅찬 감동에 주체할 수 없이 몸을 부르르 떨었다.

“나도 이 정도면 경지에 오른 것이로구나. 하하하.”

만족스럽게 흐뭇한 미소를 지은 후 표영은 주위를 두리번거렸다.

“자, 이제 본격적으로 개방 사람들을 찾아볼까.”

표영은 지역의 이곳저곳을 기웃거리며 다녔다. 하지만 쉽게 찾으리라 생각했던 개방인들은 그리 쉽게 눈에 띄질 않았다. 길거리에 아무렇게나 누워 잠을 자고 있는 거지들이 그럴싸해 보여 물어보았지만 한결같이 자신들은 개방이 무엇인지도 모른다는 말뿐이었다.

표영은 슬슬 다리도 아파오고 해서 골목 귀퉁이에 아무렇게나 쭈그리고 앉았다.

‘다들 어디로 간 걸까? 단체로 야유회라도 간 것일까.’

멍하니 어디서 그들을 찾을까 고민하던 표영의 눈에 옆쪽으로 일장여(약3.3미터) 정도 떨어진 곳에 앉아 있는 다섯 명의 사내들이 보였다. 언뜻 보았을 때는 잘 몰랐는데 자세히 보니 그들의 옷차림은 보통 사람하고는 다른 데가 있었다.

'어라, 그러고 보니 저들이 입은 옷이 전에 집으로 찾아왔던 녹의를 입은 아저씨랑 비슷한걸.'

그들의 옷은 깨끗한데 반해 이곳저곳을 고의로 꿰맨 자국이 나 있었다. 그것은 그저 거지인 척 꾸미려 하는 것 같았고 연극을 하는 사람들처럼 보였다. 표영은 혹시나 하는 마음에 저들에게 물어나 보자는 마음으로 입을 열었다.

"거기 앉아 계신 분들… 혹시 개방이라고 들어보셨습니까?"

그들은 웬 떨거지냐는 표정으로 쳐다보았는데 그중 우두머리로 보이는 이가 귀찮다는 듯이 대답했다.

"우리가 개방인들이네만, 거지 친구는 우리에게 무슨 볼일이라도 있나?"

"엥? 개방이라구요? 정말입니까?"

표영은 반가운 마음에 몸을 일으켜 그들 곁으로 가서 앉았다.

"하하하, 이렇게 반가울 수가… 제가 얼마나 찾아다녔는지 모르실 겁니다."

실제로는 한나절밖에 찾지 않았지만 표영은 굉장히 수고로웠다는 듯이 말했다. 하지만 정작 개방인들은 표영이 옆으로 바싹 다가앉자 썰물처럼 떨어졌다. 자신들도 거지파라곤 하지만 이건 진짜 거지인 것이다.

"왜 우릴 찾아다닌 건가?"

"하하하, 생긴 것 답지 않게 눈치가 없으시네요. 저를 딱 보시면 뭐 느껴지는 것 없으세요? 저 거집니다, 거지! 앞으로 개방에 들어 훌륭한 거지가 되고자 이렇게 찾아온 것이죠."

"음… 몰골을 보아하니… 심각하긴 하군. 근데 개방에 투신하겠다라… 음……."

다섯 명의 개방인들 중 우두머리는 지금 입을 연 주동(柱棟)이었다. 깔끔한 외모를 가진 그는 나이가 이제 23세밖에 되지 않았지만 어린 나이에 개방에 입방하여 7년 차된 지금은 장령 지타의 은영조 조장이라는 직함을 가진 이였다.

"음… 거지 친구, 자네가 하는 말이 무슨 뜻인지는 대충 알겠네. 하지만 개방은 말일세, 거지들을 받아들이는 곳은 아니라네. 그저 거지 노릇을 하려는 것이라면 스스로 무리를 만들어보는 것이 좋을 거야."

표영은 대수롭지 않게 여기고 말했다.

"그래도 거지를 할 바에야 개방에서 해야죠. 집을 나설 때 저희 부모님께서도 개방으로 들어가면 좋은 일이 많이 생길 거라고 말씀하셨거든요."

히죽거리는 얼굴을 보며 주동은 '허허' 하며 작은 소리를 내고 기도 안 찬다는 듯 말했다.

"내 말을 잘못 알아들은 모양인데… 잘 듣게나. 거지가 된다는 것은 크게 어려울 것이 없네만 개방에 들어온다는 것은 그리 쉬운 것이 아니라네. 우리 개방은 자네가 말한 바대로 거지 중에 최고의 거지가 아닌가. 무림인들도 개방이라면 한두 수 접어둘 정도로 꽤나 괜찮은 거지들이라 할 수 있지. 하지만 그만큼 들어오는 방법 또한 여간 까다로운 것이 아니라네."

표영은 그럴 줄 알았다면서 크게 웃었다.

"하하하하, 제가 그럴 줄 알고 집에서 이곳까지 오는 동안 씻지도 않고 날마다 구걸을 하면서 거지 춤도 얼마나 연습을 많은 했는데요. 이 정도로 더러우면 되지 얼마나 더 해야 되겠어요? 자, 여기 보세요. 삼겹 때라니까요. 봐요, 봐. 층이 보이죠? 여기가 삼 층, 그 밑이 이 층, 제일 끝이 일 층으로 총 삼 층으로 이루어져 있다구요."

자랑스럽게 하는 말에 주동을 비롯한 개방인들은 지층의 구조처럼 쌓인 때들을 보고 벌어진 입을 다물지 못했다.

"어? 어… 어… 그래… 저, 정말 신비롭군."

"어때요? 이 정도면 충분하죠?"

주동은 의외로 끈질긴 거지 녀석을 어떻게든 떼놓아야겠다고 생각했다.

'이놈이 무림인이 된다면 최악의 무인이 되겠군. 정말 타고난 거지가 아닌가. 하지만 그렇기에 더욱이 개방에는 들여서는 안 되지. 오염은 막아야 되니 말이야.'

"음, 좋아. 그럼 내 친히 자네가 거지로서의 기본 자질이 있는지 한번 시험해 보도록 하겠네. 어때, 한번 도전해 볼 텐가?"

"시험도 보는군요? 하하하, 아주 재밌겠는걸요. 한번 해보죠 뭐"

"재밌긴 하지. 자, 나를 따라오게."

표영이 주동을 따라간 곳은 어디서나 볼 수 있는 평범한 집이었다. 대문 앞에 이르러 주동이 헛기침을 한 후 말했다.

"험험… 이 집엔 말일세, 제법 사나운 개가 있다네. 그렇다고 진짜 무서운 개는 아니지. 이 정도의 개들은 지천에 널려 있으니까 말이야.

험험…….”

주동이 헛기침을 한 이유는 실제 이 집의 개는 장령 지방에서 사납기로 첫손에 꼽히는 유명한 개였기 때문이다.

“자네가 개방 제자가 되려면 먼저는 개들을 제압할 줄 알아야 하고 두려워해서는 안 된다네. 구걸을 하는 데 제일 먼저 상대해야 할 족속들이 바로 개들이거든. 자, 들어가서 저 개를 한번 요리해 보게나. 자, 여기 몽둥이를 받게.”

표영은 몽둥이를 받아 쥐고 슬금슬금 안으로 들어갔다. 들은 말대로 집 안에는 거대한 개 한 마리가 흉악한 이빨을 드러낸 채 으르렁거렸다. 표영은 먼저 반갑게 인사했다.

“하하하… 견형(犬兄), 미안하지만 나한테 몇 대만 맞아줘야겠어. 수고스럽겠지만 부탁해. 알겠지?”

표영의 느릿느릿한 걸음과는 달리 개는 앞뒤 안 가리고 득달같이 달려들었다.

‘그놈 참, 성질도 급하군.’

표영은 개가 뛰어오르는 것을 보고 옆으로 한 걸음 잽싸게 피한 후 몽둥이로 머리를 가격해 버렸고, 개는 깨갱 소리를 내며 바닥으로 떨어졌다.

하지만 안타까운 건 이것은 단지 표영이 머리 속으로 생각한 멋진 장면일 뿐이라는 것이었다. 실제 상황은 정반대로 참담하기 그지없었다. 어느새 오른쪽 허벅지가 쇠갈고리 같은 개 이빨에 의해 물리게 된 것이다. 개머리가 빠개지는 소리 대신 표영의 비명이 길게 울려 퍼진 것은 물론이고.

“으아악~!!”

표영은 괴성을 질러대며 손으로 개머리를 잡고 뜯어내려 했다. 하지만 개는 보통 독종이 아닌지 더욱 세게 물고 늘어질 뿐이었다. 늘 집에서 잠만 자고 게으름을 떨던 표영이 이렇게 개에게 물려본 적이 있었겠는가. 이런 고통을 당해본 적이 없는 표영인지라 이 상황을 어떻게 돌파해야 할지 몰랐고 그저 눈앞엔 하늘만 빙빙 돌았다.

"놓으란 말이다, 이놈아! 으악~ 표영 살려!"

표영은 계속 이러다간 살점이 떨어져 나갈 것 같았기에 어떻게든 대책을 간구해야겠다고 생각했다. 뼈 속까지 아픔이 밀려드는 가운데 표영의 부릅뜬 눈에 개의 뒷다리가 크게 확대되어 들어왔다.

"나쁜 개 같으니라구. 정녕 네놈이 안 놓겠다 이거렷다! 그래, 좋아. 그럼 나도 손해볼 수만은 없지. 나도 물어주겠어. 에라, 이 나쁜 놈아!"

표영은 몸을 숙여 개의 뒷다리를 있는 힘껏 물어버렸다. 이젠 개와 표영은 서로의 허벅지를 문 채 죽기 아니면 살기로 매달렸고 이빨 사이로 피가 방울방울 맺혔다.

일이 이렇게 되자 당황한 쪽은 개였다. 그런대로 여유를 가지고 '조금만 물고 이제 놓아야지' 라고 생각했건만 뜻밖에 거센 반격을 당한 것이다. 그것도 허벅지가 장난 아니게 아팠다.

「뭐 이런 자식이 다 있어?」

개로서는 이제까지 무수히 많은 불청객들을 물어뜯어 보긴 했어도 지금처럼 사람에게 물어뜯겨 보기는 처음이었다. 표영과 개는 서로의 이빨을 서로의 살점에 박은 채 땅바닥을 구르며 거친 숨을 토해냈다.

"씩씩… 씩씩……."

「훅훅… 훅훅…….」

개도 개지만 표영도 만만치 않았다. 개는 점점 갈수록 다리가 떨어져 나가는 것같이 아파 이젠 끝냈으면 했는데 젊은 놈의 이빨은 더욱 힘이 더해가는 것 같아 함께 물고 늘어질 수밖에 없었다. 여기서 물러선다고 해도 상대가 놓아주지 않을 것만 같았다.

둘의 싸움은 이제 기세 싸움으로 변했다. 서로 대화는 통하지 않았지만 한데 엉켜 상대에게 기를 토해냈다.

「표영:누가 이기나 보자. 난 한 가지에 매달리면 그건 아주 잘한다구.」

「개:쌍, 이제 그만 하자. 오늘 왜 이리 운수가 사납냐. 세상엔 별 희한한 놈이 다 있구나. 나도 개지만 넌 진짜 개 같은 놈이다. 쌍…….」

밖에서 빼꼼이 이 광경을 지켜보고 있던 개방의 주동은 입이 귀까지 찢어지고 눈은 주먹만큼 커다랗게 변했다. 이런 기막힌 상황이 벌어지리라곤 상상이나 했었던가. 그로선 개와 한데 엉켜 누구의 이빨이 더 센지 내기라도 하듯이 씩씩거리는 모습은 머리에 털 나고 생전 처음 보는 광경이었던 것이다.

'절대로… 절대로 저 녀석은 개방에 들어오도록 해선 안 되겠어. 그렇게 되는 날엔 개방은 정말이지 진짜 거지들의 소굴이 돼버리고 말 거야.'

주동은 슬금슬금 몸을 빼 사라졌다. 하지만 표영과 개는 여전히 처절하리만큼 치열한 접전을 벌였다. 그 광경은 마침 밖이 왜 이리 소란스러운가 하고 마당 쪽을 바라보던 집 주인의 눈에 포착되었다. 집 주인의 얼굴은 아까 주동이 보여주었던 표정과 똑같았다. 살다살다 이런 미친 짓이 있으리라고는 생각지도 못한 그였다. 그는 간신히 정신을 수습하고 허겁지겁 마당으로 뛰어갔다.

"개나 거지 새끼나 모두들 미쳤구나."

주인은 손에 잡히는 대로 몽둥이를 잡고 사정없이 표영과 개에게 달려들어 누구 가릴 것 없이 패기 시작했다.

퍽퍽— 퍼퍼퍽—

그때서야 비로소 표영은 표영 대로 개는 개대로 비명을 질러대느라 서로를 물고 있던 입을 벌리고 떨어졌다.

"으악! 사람 살려. 표영 살려~!"

깨갱깨갱—

얼마나 맞았을까. 한동안 그렇게 신나게 두들겨 맞고 나서 표영과 개는 마당에 쫘악~ 뻗어 널브러졌다. 주인은 손을 탈탈 털고 간신히 숨만 내쉬고 있는 표영의 두 발목을 잡고 집 밖으로 질질 끌고 가더니 패대기쳤다.

"이 미친놈아, 무슨 마음으로 우리 집에 와서 난리법석을 떠는 게냐. 왜 걸핏하면 우리 집에 와서 거지들이 소란을 피우는 거냐구. 한 번만 내 눈에 띄면 그땐 가만 두지 않겠다. 알았어? 카악~ 퉤!"

표영은 이마에 묻은 침이 귓가로 흐르는 것을 닦을 생각도 하지 않고 푸르른 하늘을 바라보았다. 양떼 구름들이 포근하게 내려다보고 있었다.

'하하하… 이 정도면 충분하겠지?'

표영은 만족스럽게 여기고 잠시 후 발을 절룩거리면서 개방 제자들을 만났던 곳으로 향했다.

"어허허, 어때요? 이 정도면 잘한 것 같지 않아요?"

여기저기 얻어터져 추레한 몰골이었지만 표영은 주동을 향해 밝게 웃었다. 주동은 약간 미안한 마음에 눈을 마주치지 못하고 시선을 다른 데 두고 말했다.

"음, 자네의 기상은 정말이지 남다른 데가 있더군. 그 기상만큼은 아주 훌륭했어. 험험… 근데 말이야, 그 정도 실력 가지고는… 험험… 솔직히 개방에 들어오기는 힘들다네. 미안한 말이네만 그냥 포기하고 집으로 돌아가는 것이 좋을 것 같군."

"어? 내가 개 다리 물어뜯는 거 못 보셨어요? 그거 굉장했는데……."

나름대로 자신감이 가득한 표영의 음성에 주동이 순간 헛바람을 들이켰다.

'헉—!'

아까 보았던 그 험한 광경이 떠오른 것이다.

'맞아, 보긴 잘 봤지. 그리고 대단한 것도 사실이었어. 하지만 너 같은 놈이 들어왔다간 개방은 진짜 거지들이 우글거리는 곳이 돼버리고 말 테니 그건 절대 용납할 수 없지 않겠느냐.'

그는 생각을 정리하고 쫓아낼 빌미를 생각하고서 말했다.

"음… 그렇긴 해. 하지만 말야, 그것도 좋았지만 그보다 훨씬 뛰어나야 한다네. 완전히 제압할 수 있을 때까지는 힘들겠네. 우린 적어도 눈빛만으로도 개를 눕힐 수 있는 정도가 아니면 받아들이지 않거든."

주동의 말은 과장된 허풍이었다. 무릇 거대 방파인 개방에서 고작 개 때려잡기로 입방을 결정할 리는 만무한 것이다. 하지만 세상 물정 모르는 표영은 그 말을 심각하게 받아들이고는 고개를 끄덕였다.

"음, 그러니까. 눈빛만으로도 개를 잡아야 한다는 것이로군요. 거참, 대단한 분들이시네요."

진지한 표정으로 고개를 끄덕이는 표영에게 주동은 왠지 불안한 마음이 솟아오름을 느꼈다.

'뭐, 뭐냐, 이놈은. 진짜로 믿는 것 같지 않은가. 허허.'

정말이지 곧이곧대로 믿고 끝내 배워올 것만 같았다. 그러다 그는 표영의 허벅지에 새겨진 개 이빨 자국을 보고 안쓰러운 마음이 일어 가까이 불렀다.

"그건 그렇다 치고 먼저 개에게 물린 곳에 약을 발라주겠네."

주동은 품에서 구치환(狗齒丸)을 빼내 손으로 으깼다. 그리고 물병에서 물을 조금 부어 묻힌 후 끈적끈적하게 만든 다음 허벅지에 발라주었다.

구치환은 거지들의 상비약으로 여러 가지 상처에도 상당한 효험이 있었지만 뭐니 뭐니 해도 개에게 물린 데는 이보다 더한 특효약은 없었다.

"아주 시원한데요! 그럼 제가 개 비법을 터득해서 눈빛만으로도 개를 다스릴 수 있게 되면 꼭 허락해 주셔야 해요?"

순진무구하게 말하는 표영의 말에 개방 제자들은 일순 뜨악한 표정으로 변했다.

"어? 어… 그래……."

'저, 정말 배워 가지고 올 모양이다. 정말이지 세상은 넓고 희한한 놈들은 널려 있구나.'

9장

첫 번째 사부를 만나다

첫 번째 사부를 만나다

표영은 뒹굴뒹굴거리며 여기저기 싸돌아다니며 생각했다. 이젠 어떻게 하면 개 비법을 터득할 수 있을 것인가가 문제였다.

'개 비법… 개 비법… 개를 눈으로 제압해야 하는 법.'

그렇게 장령 지방에 한 달 간을 이리저리 뒹굴거리며 빈둥거리고 있을 때였다. 한참을 자다가 길 쪽을 멍하니 바라보고 있던 표영의 눈이 찻잔처럼 휘둥그레졌다.

그가 본 것은 한 노인과 여섯 마리 개들의 행진이었다. 비쩍 마른 노인이 앞에 걸어갔고 그 뒤로 개 여섯 마리가 일정한 간격을 유지한 채 고개를 푹 숙이고 쫄쫄쫄 따라가고 있었던 것이다. 끈이나 줄 같은 것은 어디에도 찾아볼 수 없었다. 개들은 덩치가 엄청 컸고 면상도 우락부락한 것이 하나같이 성질이 난폭하게 보였다. 하지만 지금은 잔뜩 풀이 죽어 있는 게 애처롭게 보일 정도였다.

'와~ 대단한걸. 어떻게 험악한 개들이 저리도 잔뜩 쫄게 되었을까. 내가 저 할아버지처럼만 될 수 있다면 개방에 드는 것은 식은 죽 먹기일 텐데. 흐흐흐……'

표영은 배시시 웃으며 개들 뒤쪽으로 쫄레쫄레 따라갔다.

늙은 개 장수는 뒤따르는 표영을 힐끔 쳐다보며 웬 떨거지냐는 표정으로 인상을 찌푸렸지만 그렇다고 따라오지 못하도록 막지는 않았다. 개 장수를 따라 도착한 곳은 장령 지방의 변두리였다.

개 장수의 집은 아주 특이했다. 대개의 집이 돌담으로 이루어져 있는 데 반해 개 장수의 집은 담벼락 대신 개 우리가 담을 대신해 빙 둘려져 있었던 것이다. 이건 뭔가 달라도 확실히 다르다는 느낌을 주기에 충분했다. 개 장수가 개 우리 사이로 지나자 덩치가 큰 개부터 시작해서 작은 강아지까지 모두들 꼬리를 흔드느라 정신이 없었다. 인기 만발의 대대적인 환영 인사였다.

'정말 대단한걸.'

표영은 개 장수의 집에서 약간 떨어진 곳에서 멈춰 서서 어떻게 하면 개 장수에게 비법을 배울 수 있을까를 생각했다.

'그냥 들어가서 한 수 배우겠다고 말할까? 음… 혹시… 이거 너무 어려운 난관을 거쳐야만 터득할 수 있는 것은 아닐까? 만일 그렇다면 여간 골치 아픈 일이 아니겠는걸.'

무엇인가를 배운다는 것을 제일 싫어하는 표영인지라 생각만으로도 피곤이 몰려들었다. 개방에 들어가야 한다는 생각은 변하지 않았지만 정해진 틀이나 규칙적인 생활을 제일 두려워했기에 이곳까지 와서 다시 망설여진 것이다.

'왜 이리 복잡한 거야. 에라, 모르겠다. 잠이나 자자.'

표영은 머리가 복잡해지자 잠을 자고 나면 어떻게 해결될 것이라고 굳게 믿었다. 그리고 곧 바닥에 눕자마자 잠에 빠져들었다.

꿈속에서 오랜만에 그리운 어머니의 모습이 보였다. 언제나 보아도 또 보고 싶은 어머니의 모습이…….

'어머니, 훌륭한 거지가 되겠습니다. 조금만 기다려 주세요.'

그렇게 몇 날을 표영은 어떻게 해야 할지 결정하지 못하고 개 장수 집 근처를 배회했다. 그런데 그렇게 지내는 데 있어서 문제가 있었으니 그건 바로 끼니를 해결해야 한다는 점이었다. 잠을 자면서 버티는 것도 한계가 있었기에 배는 마치 구멍이라도 난 듯 허전하기 이를 데 없었다. 조금 떨어진 곳으로 가면 마을이 있는 것을 이곳에 오면서 보았지만 거기까지 간다는 것은 여간 귀찮은 일이 아니었다.

이러지도 저러지도 못하고 있는 입장에서 오 일이 지났다. 오 일 간 아무것도 먹지 않고 지내다 보니 뱃가죽이 뼈와 찰싹 달라붙어 숨을 쉬면 가죽이 뼈에 부딪치며 아파올 정도로 배가 고팠다.

그러다 문득 표영은 기발한 생각을 해냈다. 그 생각이란.

'당장 눈에 띄는 것을 아무것이나 먹자. 귀찮다.'

이것이었다. 오로지 중원 천지에서 만성지체를 타고난 표영만이 생각해 낼 수 있는 발상이 아닐 수 없었다. 근데 중요한 건 당장 눈에 띄는 것이 다름 아닌 개 밥뿐이라는 것이었다.

'이보다 더 좋은 방법은 어디에도 찾을 수 없구나. 개들에겐 미안하지만 나도 살아야 하니 어쩔 수 없잖아. 고심 끝에 내린 결정이니 개들도 이해할 거야.'

물론 그보다 더 좋은 방법은 수도 없이 널려 있지만 표영의 눈엔 오로지 개 밥밖에 안 보였다. 마음의 결정을 내린 표영은 처음엔 개들이 모두 잠들어 있을 때를 노렸다. 밤중에는 주로 그릇에 건더기보다는 국물만이 남아 있었는데 개들이 자다가 목마를 때 한 번씩 일어나서 혀로 국물을 핥아먹기 위해 남겨놓은 것들이었다.

표영은 그나마 미안한 마음에 국물만을 먹어치운 것이었다. 표영 딴엔 자신의 이 갸륵한 마음을 개들이 분명 알아줄 것이라고 생각했지만 개들 입장은 전혀 그렇지 못했다.

개들은 아침이 되면 마른 목을 축일 국물이 하나도 남아 있지 않음에 분노했다. 혹시나 조금이라도 남아 있을까 하고 자세히 들여다보았지만 놀랍게도 남김없이, 깔끔히, 여지없이 그릇은 비워져 있었던 것이다. 개들에게 있어서 그 황당함은 소변을 보려고 했는데 느닷없이 대변이 나와 버리는 것과 비교할 만큼 엄청난 것이었다.

「이게 무슨 조화란 말인가?」

「혹시 주인님이 국물을 버리신 걸까?」

「목말라~」

개들은 자기들끼리 멍멍, 왈왈, 짖어대며 이 불가사의한 사태를 파악하려 노력했지만 전에 없던 일이라 어떤 개도 진상을 알지 못했다. 하지만 개들이 문제의 진상을 파악하는 데는 그리 오랜 시간이 걸리지 않았다. 밤을 새가며 그릇을 지키던 몇몇 개들이 얼마 후 범인을 찾아낸 것이다.

「저… 저놈은 이 근처에서 어슬렁거리던 빌어먹을 거지 아니야!」

「빼어먹을 게 따로 있지 우리 것을 빼어먹어. 꼴에 또 맛있는 줄은 알아가지구.」

「절대 못 준다. 내 밥은 내가 지킨다!」

결사적인 항전 태세를 갖춘 개들은 먹을 권리를 수호하기 위해 눈을 부릅뜨고 그릇을 지켰다. 하지만 표영도 살아야 한다는 처절한 생존논리에 입각해 빠른 손놀림으로 개 밥그릇을 수중에 넣고 그릇을 비워 나갔다.

그런데 이런 상황에서 특이한 점은 그릇을 가로채는 그 순간에도 개들은 전혀 짖질 않는다는 것이었다. 표영은 나름대로 자신의 동작이 워낙에 느려 발자국 소리가 나지 않아서라 생각했지만 그건 말도 안 되는 논리였다. 무슨 조화인지는 몰라도 개들은 뻔히 보는 앞에서 그릇을 탈취당했을 때 분노로 가득 찬 눈을 번뜩이고 흉악한 이빨만 드러낼 뿐 결코 짖어대는 일 따위는 없었던 것이다.

표영의 등장으로 인해 개들은 밤이면 밤마다 단 한시라도 경계의 끈을 놓을 수 없었다. 하지만 문제는 밤에만 일어난 것이 아니었다. 차츰 담이 커진 표영이 낮에도 어슬렁거리다가 개들이 밥을 먹을 때 손을 집어넣어 한 움큼씩 개 밥을 가로채곤 했던 것이다.

비록 게으른 표영이었지만 그래도 먹고 사는 것이야말로 인간의 본능인지라 창살 사이로 손을 집어넣고 빼는 동작만큼은 신속하기 이를 데 없었다. 어쩌다 한두 번 개에게 물리는 일도 있었지만 거의 대부분은 개 이빨을 피해낼 수 있었으니 놀라운 일이 아닐 수 없었다.

그런 생활 중에 표영은 가끔씩 개 장수의 예리하게 빛나는 눈과 마주치기도 했는데 이상하게도 개 장수는 아무런 제재도 가하지 않았고 단지 가끔씩 번뜩이는 눈으로 주시하며 고개를 끄덕일 뿐이었다. 그럴 때 표영은 입이 있어도 할 말이 없는지라 어깨를 으쓱해 보이며 슬며시 웃어주곤 했다.

어느덧 표영이 개 밥으로 연명한 지 삼 개월이 지났다. 누군가에게 개 밥만 먹고 삼 개월, 아니, 일주일만 보내라 해도 삶의 회의를 느끼고 차라리 죽겠노라고 말할 테지만 표영에겐 아무런 문제도 되지 않았다. 원래부터 시간 관념이 극히 희박한 고로 삼 개월은 짧게만 느껴질 뿐이었다.

그에 반해 착취당하는 입장에 놓인 개들에게 있어서 삼 개월은 지옥과 같은 나날이 아닐 수 없었다. 일이 이 지경에 이르자 개들은 거지로부터 자기들이 먹어야 할 밥을 빼앗길 때마다 스스로 분노를 삭일 만한 방법을 찾아야만 했다. 그 방법들은 각 개들의 성격과 특성에 따라 다양하게 나타났는데 제일 많은 개들이 취한 행동들을 순위대로 5위까지 분류해 보자면 이러했다.

1위, 화를 참지 못해 우리 안에서 발광을 하며 창살에 머리를 박아대는 바람에 머리가 터진 개들.

2위, 밥을 지키느라 잠을 못 자 눈이 시뻘겋게 변한 채 불면증에 시달리는 개들.

3위, 밥을 빼앗겨 점점 비쩍 말라가며 신경쇠약증에 걸린 개들.

4위, 드물게 나타났으나 혀를 물고 자살을 시도한 개들.

5위, 자포자기한 것인지, 아니면 도를 터득한 것인지 뻗어가든지 말든지 그저 멍한 눈으로 푸른 하늘만 바라보는 개들.

그렇게 다시 석 달이 더 지나 개 장수 근처에서 개 밥을 축낸 지 총 여섯 달이 흐르게 되었을 때였다. 표영은 이날도 어김없이 개 밥으로 배를 채우고 한숨 잔 후 멍한 눈으로 허공을 응시하고 있었다.

"이보게, 자네는 어디서 온 누구인가?"

목소리의 주인공은 소탈한 옷차림의 늙은 개 장수였다. 비쩍 마른 몸에 얼굴엔 주름이 가득했지만 눈빛만은 노인답지 않게 강렬했다.

"네? 아, 개 장수님이시군요. 아이고, 이거 제가 그동안 밥을 축내면서 가끔 뵙습니다만 인사도 제대로 드리지 못했습니다요. 죄송해서 어떡하죠."

육 개월 동안 공짜로 밥을 얻어먹은 것이 그래도 미안했는지 자리에서 일어나 머리를 숙였다.

"괜찮네. 개보다는 사람이 먹고 사는 게 중요하지 않겠나. 다시 묻네만 이곳엔 무슨 목적으로 온 겐가?"

노인은 진지하기 이를 데 없었다.

"제가 여기 온 이유는 사실 개방에 들어가려는 생각 때문이었답니다. 전 훌륭한 거지가 될 참이거든요. 그런데 그게 간단한 문제가 아니더라구요."

그 말에 노인의 얼굴이 어두워졌고 표영은 어깨를 한번 으쓱해 보이며 말을 이었다.

"개를 잘 다룰 줄 알아야만 개방 제자가 될 수 있다지 뭐예요. 음… 그러니까 눈빛만으로도 개를 제압할 수 있어야 하는, 뭐 그런 수준에 올라야 한다고 하지 않겠어요."

표영은 사실 이 말이 개 비법을 좀 배우면 안 되겠냐는 뜻을 간접적으로 한 것이나 다름이 없어서 멋쩍은 듯 머리를 긁적거린 후 말을 이어나갔다.

"그래서 개 비법을 배우려고 이곳까지 오긴 왔는데 막상 배우려니 귀찮은 생각이 들어서 이렇게……."

표영이 말꼬리를 흐리자 개 장수가 조심스럽게 말했다.

"음… 그렇군. 그럼 자넨 아예 이 기회에 개방에 들어가는 것을 포기하고 개 장수가 돼보는 게 어떤가?"

표영은 가만히 고개를 가로저었다.

"아, 다른 건 몰라도 그건 곤란해요. 저는 꼭 거지가 되어야 하거든요. 그것도 꼭 개방에 들어가야 하구요."

개 장수의 얼굴엔 실망한 기색이 가득했다. 이 개 장수의 이름은 원구협으로 집안 대대로 개 장수의 길을 걸어온 원가의 명문 후손이었다.

"그렇군. 자네가 정 싫다면야 어쩔 수 있겠나. 또 보세."

그는 쓰게 입맛을 다시며 돌아섰다.

밤중에 개 장수 원구협은 밖을 나와 표영의 행동을 살펴보았다. 살금살금 다가가 개 밥그릇을 가로채는 모습을 보고 절로 한숨이 나왔다.

"휴……."

그가 낮에 표영에게 한 말은 결코 빈말이 아니었다. 실제로 그는 진정한 후계자를 물색 중이었다. 나이는 벌써 60대 중반이 되어가지만 아직까지 대를 이를 자식이 없다 보니 이러다 대대로 물려받은 비법이 사라지지나 않을까 염려하고 있는 상황이었다.

'요즘 같은 시대에 저런 아이를 발견한다는 것은 참으로 어려운 일이건만…….'

그가 이처럼 아쉬워하는 이유는 요즘 젊은 것들은 무공이나 기타 학문에 관심을 기울일 뿐 도통 개 비법에는 마음을 두지 않는 점 때문이었다. 그러던 차에 표영의 놀라운 재능을 발견하게 되었는데 그 역시 뜻을 다른 곳에 두고 있으니 마음은 착잡하기 그지없었다.

물론 개 장수가 되겠노라고 지망하는 이들이 없는 것은 아니었다.

하지만 모두들 삼 일도 견뎌내지 못하고 하루 만에 도망가 버리기 일쑤였다. 그 원인은 개들의 왕이 되는 첫번째 단계를 넘기기가 무척이나 어려웠기 때문이었다.

그 첫번째 단계는 견식식탐(犬食食耽)이라 불렀다. 견식식탐이란 개밥을 약 6개월여에 걸쳐 먹는 것을 뜻하는 것으로, 그 과정에서 어지간히 비위가 강한 사람들조차 열흘을 넘기기 힘든 것이다. 아니, 열흘 정도라면 그나마 대단한 것이라고 할 수 있을 지경이었다. 아무리 개장수라는 직업이 전망과 수입이 좋다 해도 흔들림없이 6개월 간 개 밥을 먹는다는 것은 보통 사람이 할 수 있는 일이 결코 아닌 것이다.

그런데… 그런데… 놀라운 일이 벌어진 것이다. 대수롭지 않게 여겼던 애송이 같은 떨거지가 하라고 한 것도 아니건만 견왕지로(犬王之路)의 1단계인 6개월 과정의 견식식탐을 스스로 달성해 버린 것이다.

그러니 원구협으로서 욕심이 생기지 않을 수 있겠는가 말이다. 그 동안 개들이 짖지 않았던 것은 원구협이 표영을 더 관찰해 보고자 개들에게 엄명을 내렸기 때문이었다. 개들로서야 그 말을 거역할 시 바로 식탁에 놓여지게 될 것을 잘 알고 있었기에 어떤 개도 짖지 않았던 것이다. 개 장수 원구협은 이대로 포기할 것인가, 아니면 비법이라도 전수를 해야 할 것인가 갈등에 휩싸였다.

'내가 살아 있는 동안 이런 기재를 다시 만나게 될지는 알 수 없는 일이다. 비록 개방에 들어간다고 해도 가르쳐야 되지 않을까? 나의 대(代)에서 비전이 사장(死藏)된다면 조상님들을 무슨 면목으로 대한단 말인가. 그래, 이 녀석을 통해 후대(後代)에나마 전수될 수 있도록 하자.'

다음날 원구협은 표영을 앞에 두고 굳센 어조로 말했다.

"음… 자네가 나중에 개방에 가든 가지 않든 그것은 상관하지 않겠네. 하지만 내 모든 것을 자네에게 전수해 주고 싶은데 자네 생각은 어떤가?"

표영은 느닷없는 제안에 머리가 아팠다. 밥을 먹은 지 얼마 되지 않아 트림을 꺼억~ 하고 토해낸 후 곰곰이 생각해 보았다.

'나야 손해볼 것이 없지만 개 장수님은 큰 손해를 보는 것이잖아.'

또 한편으론 이런 생각도 들었다.

'운학 할아범이 말하길 세상에는 공짜가 없다고 했는데 나중에 괜히 귀찮은 일이 생기는 것은 아닐까.'

사람이란 원래 하라고 하면 하기 싫고 하지 말라고 하면 하고 싶어지는지라 왠지 내키지 않았다.

"음… 개 장수님의 말씀은 고맙지만 생각해 보니 배우지 않는 게 좋을 것 같아요. 제가 원래 뭔가를 배운다는 것을 굉장히 싫어하거든요."

원구협은 이렇게까지 양보했는데도 일거에 거절당하자 얼굴이 딱딱하게 굳어졌다. 그래도 꾹 눌러 참고 더 부드러운 어조로 권했다.

"제발 부탁이네. 나의 평생의 소원이네."

"안 되겠어요. 아, 신경 썼더니 굉장히 피곤하다. 저 이만 잘래요. 앞으로 조금만 더 얻어먹고 다른 곳으로 갈게요."

표영은 그 자리에서 몸을 누이고 바닥을 뒹굴뒹굴 구르며 한껏 여유를 부렸다.

뒹굴뒹굴…….

원구협은 자신에게 대를 이을 만한 자식이 없다는 것이 너무나 원망스러웠다. 안타깝게도 나이 마흔에 자녀 없이 부인이 먼저 세상을 떠나는 바람에 직계 후손에게 견왕지로(犬王之路)의 비전을 전할 수 없게 된 그였다. 그렇다고 이제 와서 새로 혼인할 수도 없잖은가. 나이가 65세이기에 언제 죽을지도 모르는 일이다. 원구협은 귀한 인재를 놓쳐서는 안 된다는 생각에 마음이 조급해졌다.

'어떻게 해서든 제자로 삼아야만 한다.'

그의 눈이 일순 빛을 발했다. 강렬함에 강렬함이 더해져 핏빛까지 어른거릴 지경이었다. 그는 걸음을 옮겨 바닥에 떨어져 있는 몽둥이를 집어 들었다. 그와 동시에 몸에서는 살기가 사방으로 뻗어 나가며 주변을 압도했다.

표영은 개 장수 주위로부터 일어난 기세에 주변 공기가 차가워지자 등골이 오싹해지면서 머리가 쭈뼛 섰고 하체가 부들부들 떨려옴을 느꼈다.

'뭐, 뭐지… 이건? 무, 무, 무서워…….'

이런 두려움은 이제까지 살아오면서 처음 느끼는 것이었다. 주변을 돌아보니 근처에 있는 개들도 두려운지 일제히 낑낑대며 몸을 비비 꼬고 괴로운 듯 바닥을 기고 있었다. 이러한 현상의 원인은 개 장수 원구협이 견왕지로의 6단계인 구혈잠혈(狗血潛血)을 운용했기 때문이었다.

"개, 개 장수님, 왜, 왜 그러세요?"

표영이 잔뜩 쫄아서 말을 더듬었다.

"흐흐흐, 배울 거냐, 안 배울 거냐."

"하, 한번 생각… 은 해볼게요."

덜덜덜…….

머리부터 발끝까지 오한이 걸린 듯 떨었다.

"생각은 해보겠다구? 흥!"

원구협은 코웃음을 치더니 몽둥이를 사정없이 휘둘렀다. 가문의 비전인 타구일일(打狗日日)로 익혀온 몽둥이질이 발휘되는 순간이었다.

퍼퍽퍼퍽—

"으악! 어거거……."

인정사정없이 퍼부어지는 몽둥이질에 표영은 바닥을 구르며 연신 비명을 내질렀다. 하지만 표영은 거의 반 시진(1시간) 동안이나 숨돌릴 겨를도 없이 두들겨 맞음에도 불구하고 비법을 배우겠노라는 말은 꺼내지 않았다. 무공도 익히지 않은 몸인 것을 감안하면 대단한 오기가 아닐 수 없었다.

표영은 언뜻 게으르기 때문에 그저 하자는 대로 다 할 것처럼 보이나 실은 그와는 정반대였다. 보통 사람들이 생각하는 것과는 달리 게으른 사람일수록 원래 오기가 강하기 마련이다.

그 이유는 주위의 수많은 갈굼과 따가운 시선에도 꿋꿋이 버텨내면서 자연적으로 철면피적인 기질이 몸에 배어가기 때문이다. 오기는 게으름을 피운 나날이 길면 길수록, 혹은 그 정도가 심한 사람일수록 더 강하다 할 수 있었다. 게다가 표영으로 말할 것 같으면 이제껏 중원 천지에 비견될 만한 사람이 없을 만큼 게으른 만성지체가 아니던가. 그러므로 그 오기와 버팀이 대단한 것이었다.

이렇듯 철면피신공(?)을 기본 내공으로 간직하며 들었던 말도 못 들은 척하기와 극악한 환경에서도 잠 이루기를 실천해 온 만성지체의 표영인지라 몽둥이 찜질을 당하면서도 선뜻 개 비법을 배우겠다고 말하지 않는 깡다구를 부렸다.

하지만 표영도 기괴한 인물이지만 그에 못지 않게 개 장수 원구협도 결코 만만한 인물은 아니었다. 이제까지 잡아온 개가 수천 마리에 해당하는 그로서는 하루 종일 팬다고 해도 전혀 거리낌을 갖지 않을 사람이었던 것이다.

이렇게 한 사람은 전심전력으로 몽둥이질을 하고, 한 사람은 얻어 터지는 데 온 힘을 기울인 가운데 두 시진(4시간)이 지났다. 이 정도면 어느 한쪽이 포기할 법도 하건만 여기서 끝난 것이 아니었다. 잠깐 숨을 돌리고 다시 원구협은 두 시진을 쉬지 않고 패버린 후 밧줄로 꽁꽁 묶어 나무에 대롱대롱 매달아놓고 집 안으로 들어갔다. 저녁 식사를 하기 위함이었다.

표영은 몸이 저려오는 가운데서도 아직까지 의지는 굳건했다.

'이 난관을 타개하기 위해서 어떻게 하는 것이 좋을까? 음… 그래, 잠을 자야겠구나. 얼른 자자. 자야 해. 자장… 자장… 자장…….'

스스로에게 자장가를 불러주는 사상 초유의 행위를 하면서 잠을 청하려 했다. 하지만 만성지체도 사람인지라 뼈마디가 욱신거려 잠들 수가 없었다. 그때 '꺼억' 하는 경쾌한 트림 소리가 들렸다. 원구협이 저녁 식사를 마치고 나오며 낸 소리였다.

그는 아무 말도 없이 몽둥이를 집어 들고 다시금 사정없이 패기 시작했다. 무심의 극치를 달리듯 얼굴엔 아무런 표정 변화도 찾아볼 수 없었다. 그것은 마치 '나는 당연히 해야 할 일을 하는 것뿐이다' 라고 말하는 것만 같았다. 너무나 태연했기에 혹여 누군가 원구협의 모습을 보았다면 그 또한 당연하다는 듯 고개를 끄덕거렸을 것이다.

퍼퍼퍼퍽— 퍽퍽— 퍼퍼퍽—

"으아악… 사람 살려……!"

이렇게 이어진 타격 소리와 비명 소리는 놀랍게도 삼 일이라는 시간 동안 울려 퍼졌다. 그 처절한 울림에 하늘과 땅이 놀라고 산과 들이 숨을 죽였으며 더불어 주변의 개들도 숨소리를 죽여야만 했다. 말이 좋아 삼 일이지 그건 차라리 전쟁이라고밖에는 표현할 길이 없었다. 그것도 아주 일방적인 전쟁…….

가끔 큰 충격으로 인해 표영이 혼절하기도 했지만 그런 상황에서도 원구협은 개의치 않고 팼기에 그 아픔으로 인해 혼절에서 깨어나 또 비명을 지르고 또 혼절하는 상황이 반복되었다.

삼 일이 지나가고 사 일째가 되려고 할쯤 표영은 비로소 현실의 두터운 벽을 인식했다.

'목숨을 부지하려면 개 비법을 배워야 한다. 일단 살고 보자.'

개 비법이 아무리 어렵다 해도 이렇게 맞는 것보다는 쉽겠지 라는 생각이 이제야 든 것이다.

"하라부지(할아버지) 비우께어(배울게요). 그마(그만) 때르어(때려요)."

이 말을 간신히 내뱉은 표영은 곧 풀려날 줄 알았다. 하지만 웬걸, 발음이 명확치 않아 반항하는 것으로 오해한 원구협이 반 시진을 더 패버린 것이다.

그 후 다섯 차례에 걸쳐 계속된 표영의 말로 인해 본 뜻을 이해한 원구협은 비로소 환한 미소를 지으며 밧줄을 풀어주었다.

"하하하! 장하다. 잘 생각했어. 좀 아팠지? 하하하!"

표영의 고개가 푹 처졌다.

'좀 아팠냐구요? 이거 정말 너무하시는군요.'

그날 밤 표영은 온몸에 붕대를 친친 감고 오랜만에 진짜 밥다운 밥을 먹을 수 있었다(물론 팔다리가 부러졌기에 원구협이 떠 먹여주는 것을 누워서 간신히 먹었지만). 하지만 그 맛이란 개 밥과는 비교할 수 없는 것이었다.

그 후 한 달 정도가 지나 표영의 몸이 회복되자 원구협은 사제의 연을 맺는 의식을 거행했다. 그는 개 장수의 업(業)을 어느 무림 문파보다도 더욱 소중하게 여겼고 자신의 일에 대한 자존심이 누구보다 강했기에 마치 무공을 전수하는 사부처럼 구배지례를 행하도록 했다.

표영은 무릎을 꿇고 한 번 한 번 절을 하기 시작했다. 하지만 절을 아홉 번이나 해야 한다는 것은 참으로 힘든 일이 아닐 수 없었다. 세 번째부터는 급격히 속도가 떨어져 고의적으로 느린 동작을 보이고 있는 것이 아닌가 하는 착각이 들 정도였다.

'아! 그냥 엎드려 잤으면 좋겠네.'

아직 몸이 완전히 회복된 것이 아닌지라 몸에 힘이 없는 데다가 밥을 먹은 지 얼마 안 된 터라 잠이 몰려온 것이다.

원구협은 사랑스런 제자가 느릿느릿 절하는 것을 보고 크게 만족했다. 그 모습은 달리 보면 깊은 성의가 담겨 있는 듯 보였다. 그렇게 아홉 번째 절을 받은 후였다. 이제 막 거둬들인 제자가 무릎을 꿇고 머리를 조아린 후에 도무지 일어날 기미가 보이지 않음에 가슴이 뭉클해졌다.

'얼마나 감동했으면 저럴까. 내가 사람 하나는 잘 골랐지. 암, 그렇고 말고. 흐뭇하구나.'

그렇게 일 다경(15분) 정도가 지날 때까지도 표영은 꿈쩍도 하지 않았다. 다시금 일 다경이 지났다. 원구협은 이제 기다리는 것이 슬슬 지겨워지기 시작했다. 하기사 표영이 머리를 들 때까지 지금껏 참았다는 것도 대단한 일이 아닐 수 없었다.

"이제 그만 일어나거라. 너의 충성된 마음은 내 잊지 않으마."

원구협은 표영의 어깨를 흔들었다. 그러자 작게 미는 힘에 의해 표영의 몸이 흔들흔들하더니만 그대로 옆으로 허물어졌다. 입가엔 어느새 침이 질질 새어 나오고 있었다. 이미 잠든 지 오래인 것이다.

원구협은 이 황당한 상황에 벌떡 일어났지만 어떻게 대처해야 좋을지를 몰라 할 뿐이었다.

"뭐, 뭐냐, 이건……."

눈보라가 몰아치고 있었다. 어찌나 추운지 동굴 안에서 두꺼운 이불로 온몸을 친친 감고 있어도 그 추위는 가시지 않았다. 으으… 추워하며 떨고 있는데 천장에 매달린 고드름 세 개가 떨어지며 옆구리를 때렸다.

"으어어~!"

극심한 고통에 번쩍 눈을 떠보니 개 장수, 아니, 이젠 사부라고 불러야 할 원구협이 노려보고 있었다. 아까 잠결에 느낀 추위는 구혈잠혈로 공포 분위기를 이끌어 낸 때문이었고 고드름 세 개는 타구일일의 몽둥이 찜질 세 번이 꿈으로 나타난 것이었다. 그동안 지켜보면서 새로 받아들인 제자가 게으르다는 것을 간파한 원구협이 이런 방법으로 깨운 것이었다.

"이놈, 어서 일어나라. 오늘부터 본격적인 수업에 들어가겠다."

표영은 도저히 이해할 수 없다는 애매한 표정을 지었다.

"네? 잠 좀 더 자면 안 될까요?"

그 말이 떨어지자마자 표영은 다섯 대를 벌었다.

"으아악~!"

원구협은 표영과 마주 보고 앉아 근엄한 표정으로 말했다.

"가르침을 베풀기 전 우리 가문의 비사(秘史)를 네게 알려주겠다. 이 사부의 이름은 원구협(願狗俠)이라고 한다. 원래 우리 집안은 대대로 개 장수의 집안으로 전 중원에 우리를 따를 만한 집안은 없다고 할 수 있느니라. 나의 할아버지, 즉 너에게는 사조님이 되시는 분의 존함은 원구제(願狗帝)로 전설적인 개의 황제로 군림하셨던 분이다. 그분의 얽힌 이야기는 참으로 경이롭다고밖에는 달리 표현할 말이 없을 만큼 대단하단다. 어허, 이놈 보게!"

원구협은 기가 막힌 듯 고함쳤다. 평상시와 비교할 수 없으리만큼 잠을 못 잔 표영이 침을 흘리며 졸고 있었던 것이다.

"정신 차리지 못할까!"

옆에 놓아둔 검은색 죽봉이 여지없이 날아와 머리를 가격했다.

따악—

표영이 몸을 꿈틀하더니 소매로 침을 닦으며 말했다.

"사부님, 계속 말씀하십시오. 제자 열심히 듣고 있었습니다."

워낙에 야무진 대답 소리에 원구협이 물었다.

"정말이냐?"

"사부님, 계속 말씀하십시오. 제자 열심히 듣고 있었습니다."

"무슨 소리를 하고 있는 것이냐?"

연거푸 똑같은 말을 하자 원구협은 화가 치밀었다.

"사부님, 계속 말씀하십시오. 제자 열심히 듣고 있었습니다."

"이 녀석이 장난하겠다는 것이냐?"

"사부님, 계속 말씀하십시오. 제자 열심히 듣고 있었습니다."

"이런 고얀 놈……!"

원구협은 더 이상 참을 수 없어 흑죽봉을 들어 빠르게 휘갈겼다.

"으어억! 무슨 일이에요, 사부님?"

실은 표영으로서는 이제야 깨어난 것이었다. 사부가 말하는 도중에 몰래 잠자기 위해서 머리 속으로 한 번씩 대답이 나오도록 정해놓았는데 처음에 한 대 얻어맞으면서 그게 흐트러져 말끝마다 나오게 된 것이었다. 점점 천한 생활을 하다 보니 만성지체의 천재성이 조금이나마 발휘된 것이다.

"허허… 이놈 보게나. 다시 졸면 그땐 용서치 않겠다."

"하하하."

표영은 멋쩍음을 달래기 위해 크게 웃은 후 말했다.

"그럴 리가 있겠어요. 정성을 다해 듣겠습니다."

"좋다. 음, 어디까지 이야기했더라. 그렇지. 중원에 있는 개들치고 할아버지 앞에 머리를 조아리지 않은 개가 없었고, 그 위력은 하늘을 두르고 바다를 뒤덮을 만한 것이었다. 그런 할아버지께도 어려운 시절이 없었던 것은 아니란다. 할아버지께서는 원래 20세 때에 목숨을 끊으려고 하셨다. 그 이유는 어린 나이에 일찍이 부모님을 여의어 그만 가문의 비전을 전수받지 못하셨기 때문이지. 개 장수가 되지 못하고 일생을 평범하게 산다는 것은 차라리 죽는 것보다 못하다고 생각하신 게야. 아마도 그때 할아버지께서 스승님을 만나지 못하고, 그리고 기연을 얻지 못했다면 오늘날의 나 또한 없었을 것이다. 바로 그때부터 우리 집안은 진정한 견왕지가(犬王之家)가 될 수 있었던 거란다."

개 장수 원구협은 마치 그 시절 속으로 들어가기라도 하듯이 지그시 눈을 감았다 뜨며 말을 이었다.

"아까도 말했다시피 할아버지는 자신의 대에 이르러 개 비법을 전수받지 못하게 되자 삶이 의미를 잃고 그로 인해 절벽에서 뛰어내리시게 되었단다. 근데 놀랍게도 절벽에서 떨어지는 할아버지를 마침 그곳을 지나시던 조사님께서 날아와 할아버지를 구하시게 된 것이지. 그리고선 목숨을 끊으려 하셨던 이유를 들으시고 크게 웃으셨단다. 이렇게, 으하하하하!"

원구협은 실제 크게 웃음소리를 흉내 냈다. 그 모습을 표영이 눈에 힘을 주고 바라보자 약간 멋쩍어진 원구협이 헛기침을 하며 말을 이었다.

"험험… 그냥 한번 웃어봤다. 험험… 계속 이야기하마. 그렇게 웃으시곤 견왕지로의 비결을 자세히 알려주시고 유유히 사라지신 게지."

표영은 사부의 말에 눈이 휘둥그레졌다. 절벽에서 떨어졌는데 어떻게 중간에서 구해냈다는 말인가. 걸음을 옮기는 것조차 싫어하는 표영인지라 사람이 날아다니듯 몸을 움직일 수 있다는 것에 강한 호기심이 일었다.

'나도 그렇게만 할 수 있다면 힘들게 걷지 않아도 될 테니 얼마나 편하고 좋을까. 그나저나 조사님은 정말 대단한 분이시로구나.'

한 번도 보지 못한 조사님이었지만 왠지 보고 싶다는 생각이 들었다.

"사부님, 그분은 어떤 분이셨나요?"

"사조님은 모든 것이 신비에 싸인 분이라고 할 수 있지. 그분의 존함은 양정이라고 한다. 그리고 사모님은 하영이라는 이름을 쓰신다고 하더구나. 그 후에 백방으로 수소문을 해도 찾을 수가 없었기에 제자로 삼으시고 비전을 전수해 주신 그날을 우리 가문에서는 큰 명절로 삼아 기념하고 있단다."

표영은 왠지 모를 전율에 휩싸여 조용히 '양정' 이라는 말을 중얼거렸다.

"양정이시라구요?"

"그렇다. 그때부터 우리 가문은 번창하게 되었고, 지금에 이르러서는 중원 최고의 개 장수 가문으로 군림할 수 있게 된 것이란다. 내가 너를 처음에 받아들이려 했던 것은 이 나이가 들도록 아직 내게 아들이 없는 터라 외부인 중에서라도 일생을 걸고 충성을 다할 제자를 구할 수만 있다면 꼭히 전수해 주려고 한 것이었다. 사실 이 비전은 아무에게나 전수하는 것은 아니다. 하지만 사조님께서도 그 놀라운 비법을 외인이셨던 할아버지께 전수해 주시고 제자로 받아들여 주셨으니 그 뜻을 받들어 비록 네가 개방에 마음을 두고 있다고는 해도 그 재능이 아까워 받아들이게 된 것이다. 그러니 너는 마음을 다해 전심으로 배움에 열심을 다해야 할 것이다."

"네, 사부님. 그런데……."

"뭐냐?"

"혹시 배우기 힘든 것은 아니겠죠?"

그 질문에 원구협의 표정이 굳어지자 표영이 얼른 말을 바꿨다.

"하하… 뭐, 물론 그렇다고 제가 배우지 않겠다는 것은 아니구요… 그냥 물어본 거예요."

원구협도 얼굴을 풀고 여유있게 말했다.

"하하하, 네 녀석이 해온 6개월 동안 개 밥을 뺏어 먹는 일이 제일 어려운 것이었다. 나머지는 훨씬 수월한 것들뿐이니 염려하지 말아라. 게다가 네놈은 사흘 간 몽둥이질을 당하고도 버티는 깡다구가 있지 않더냐. 하하하!"

원구협은 몽둥이질에 대한 말을 꺼낸 후 약간 미안한 감이 있어 너털웃음으로 무마하려는 듯 크게 웃어젖혔다.

"뭐 그렇다면 문제될 것이 없죠."

이때까지만 해도 표영은 험난한 고난의 길이 기다리고 있으리라고는 짐작도 하지 못했다.

원구협은 다시금 근엄한 표정을 지으며 구결을 전수코자 입을 열었다.

"잘 들어라. 이제 네가 앞으로 배워야 할 것은 이름하여 견왕지로(犬王之路)라 한다. 견왕지로라 함은 개들의 왕이 걸어가는 길로써 사람과 제일 가까이에 있는 개들을 잘 다스려 모두에게 유익을 끼치는 참된 삶을 말하는 것이다. 늘 스스로를 돌아보고 성찰하는 삶을 살아야만 한다."

한마디 한마디가 오랜 수양을 거친 도사처럼 거창하기 이를 데 없었다. 그의 말이 이어졌다.

"견왕의 길은 일곱 관문을 넘었을 때 비로소 완성될 수 있는 것이다."

원구협은 견왕지로의 일곱 관문의 큰 흐름을 설명해 주었는데 그 내용은 이러했다.

첫째, 견식식탐(犬食食耽).

개 밥을 탐냄과 동시에 오히려 즐길 수 있어야 한다는 것이 핵심이다. 반 년 동안은 스스로 밥을 지어먹거나 돈을 내어 사먹어서는 모든 것이 물거품이 되는 바이니 오로지 시전자는 개 밥만을 탐내고 개 밥으로 연명해야만 한다. 이렇게 함은 개와 가까워질 수 있는 계기가 되는 것으로 이 과정이 없이는 결단코 다음 단계로 넘어갈 수 없다. 거의 대부분의 평범한 사람은 삼 일을 넘기기 힘들고 비범한 사람은 두 달 정도는 버틸 수 있다. 하지만 그 뒤 주화입마에 빠져 미쳐 버리는 경우도 종종 발생할 수 있다. 진정한 기재와 인연자는 6개월의 기간을 마치 짧은 며칠인 것처럼 여기며 대수롭지 않게 생각하게 될 것인바 그런 자야말로 견왕의 자격에 합당한 자라 할 수 있다.

둘째, 견치지겁(犬齒知怯).

견치지겁이라 함은 개 이빨의 무서움을 안다는 것으로 견식식탐과 마찬가지로 6개월여에 걸쳐 수행해야만 다음 단계로 넘어갈 수 있다. 이 과정은 견식식탐을 수행했을 때라야만 연마할 수 있는 것으로 1단계를 통과한 자는 어렵지 않게 견치지겁을 맞아들일 수 있다. 그 까닭은 반 년 동안 개들은 밥을 빼앗긴 원한에 사무쳐 있는 터라 그를 가만히 두지 않을 것이니 물리는 것은 어렵지 않을 것이기 때문이다. 이때는 개의 이빨에서 하루를 시작하고 하루를 끝마쳐야만 한다. 이 공부의 목적은 개 이빨의 무서움을 알아야만이 비로소 다스림도 가능하다는 데 있다. 그래서 예로부터 아픈 만큼 성숙해진다는 말이 있는 것이다. 무서움과 고통을 알고서야 비로소 진정한 지존의 자리에 오를 수 있을 것이다.

세째, 견육다식(犬肉多食).

약 세 달에 걸쳐 수련해야만 한다. 이때는 오로지 모든 식사를 개고기로만 해야 할 것이며 다른 음식을 입에 대서는 절대 안 된다. 이렇게 함으로써 온몸에는 개들이 두려워할 기운이 쌓이게 되는 단계에 접어들게 되어 이때부터는 개들로서는 약간의 두려움을 갖게 될 것이다. 견육다식에 이르게 되면 비로소 입신(立身)에 이르게 된다.

넷째, 흉악육식(凶惡肉食).

이때는 개보다 더욱 흉포한 동물들을 잡아먹도록 해야 한다. 견육다식의 과정에서 개들을 먹어치운 것과 같이 늑대나 살쾡이, 심지어 호랑이나 곰 같은 것을 주식(主食)으로 삼아야 한다. 만일 하루하루 이런 흉악한 맹수들을 먹을 수 없을 때는 그 대신에 개고기로 대신하도록 하되 이때도 다른 것은 절대 입에 대서는 안 된다. 기간은 두 달이다.

다섯째, 타구일일(打狗日日).

타구일일이라 함은 하루하루 개를 두들겨 패야 한다는 뜻으로 흉악육식으로 쌓은 기세를 빌어 닥치는 대로 개들을 패버려야 한다. 기간은 석 달. 매일 하루도 걸러서는 안 되는 것은 앞의 단계와 동일하다. 마음이 나태해져 하루라도 쉬게 된다면 이제까지 쌓은 대법이 하루아침에 무너질 것인즉 게으름을 피워서는 안 된다. 석 달 동안의 타구일일을 거치게 되면 몸에서는 개들이 위축될 만한 기운이 암암리에 풍겨 나와 어느 개라 할지라도 꼬리를 내리고 말 것이다. 하지만 여기에서 그친다면 뛰어난 개 장수는 될 수 있을지 모르나 진정한 견왕지로의 지존이 될 수는 없게 된다.

여섯째, 구혈잠혈(狗血潛血).

말 그대로 개 피를 뒤집어쓰고 있어야 하는 것으로 개 피를 목욕할 때처럼 가득 담아놓고 하루 세 번 각기 한 시진(두 시간)씩 총 세 시진에 걸쳐 온몸을 담그도록 해야만 한다. 기간은 석 달. 반드시 하루도 거르지 말고 피를 뒤집어쓰고 있어야 하는 것이 중요하다. 여기까지 이르게 되면 비로소 몸에는 살기(殺氣)로 가득 차게 될 것이며, 그 살기를 쏘인 개들은 하나같이 꼼짝 못하고 꼬리를 내리는가 하면 오줌을 갈기고야 만다. 이 과정에서 주의해야 할 점은 혹여 개 피를 한 모금이라도 마시게 되는 날이면 심각한 부작용을 경험하게 된다는 것이다. 어떤 후유증이 있을지는 피를 마신 분량에 따라 다르게 나타나게 된다. 하지만 마지막 단계인 심신평정을 온전히 수행한다면 주화입마에서 어느 정도 벗어날 수 있을 것이다.

일곱째, 심신평정(心身平定).

심신평정이라 함은 이제까지 쌓은 모든 것을 마음에 정리하고 그동안 몸에 배인 개에 대한 살기와 욕망을 버리는 것이다. 한 달에 걸쳐 수련하며 심신을 맑게 하여 평정한다면 비로소 평범한 가운데 있으나 비범의 경지인 지존의 자리에 있게 되고 지존의 자리에 있으면서도 평범해 보이는 경지에 이르게 될 것이다. 더불어 살기를 뿜어냄에 있어서도 뿜고 거둬들임이 자유자재의 경지에 이르게 될 수 있는 것이다.

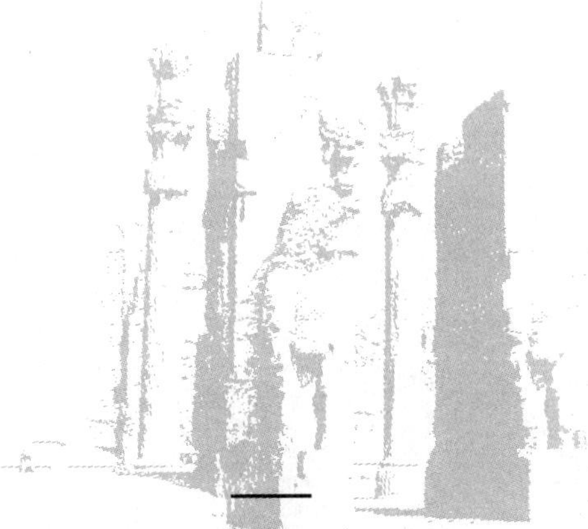

10장

처절한 수련

처절한 수련

표영은 잠에 빠져 달콤한 꿈을 꾸고 있었다. 표영이 제일 좋아하는 꿈의 형태는 역시 만성지체답게 꿈속에서 곤하게 자는 것을 의미했다. 이게 심할 경우 어떤 날은 꿈속에서 잠을 자고, 그 자는 가운데 다시 꿈을 꾸는 경우도 있었다. 바로 지금이 그러했다. 한참 꿈 안에서 잠을 이루다 부스스 눈을 뜨는데 안개가 회오리치듯 사방을 휘몰아치다가 홀연히 눈앞에 모락모락 연기를 뿜어내며 밥상이 떡하니 등장했다. 밥상에는 국그릇이 놓여 있었고 국그릇 옆에는 친절하게 이 국이 무슨 국인지 큰 글씨로 기록되어 있었다.

견육국(개고기국).

표영은 출출함을 느끼고 한참 동안 고깃국을 떠먹었다. 냠냠쩝쩝

맛있게 먹고 있는데 갑자기 입 안에 까칠까칠한 것이 느껴졌다.

'뭐지?'

씹던 고기를 빼내 보니 고기에 개털이 촘촘히 박혀 있었다. 까칠까칠한 것은 개털이었던 것이다. 기분이 상해 '퉤퉤' 하고 뱉어내는데 그때 마침 고깃국에서 잇몸까지 연결된 누런 이빨이 서서히 떠오르는 것이 아닌가.

'어거거…….'

표영이 의아한 시선으로 바라보는데 누런 이빨들은 국물 위를 배회하더니 짖어대기 시작했다.

월월… 월월… 으르릉……!

'헉! 이, 이건 뭐야! 이것들이 뜨거운 국물 속에서도 살아 있었단 말인가?'

어지간히 황당한 일에도 그러려니 하는 성격의 소유자인 표영이지만 이런 경우는 그 도가 지나친 것이었다. 근데 더 황당한 것은 그 다음이었다.

쉬익—

국물 위를 떠나니던 이빨 하나가 솟아오르더니 표영의 어깨를 덥석 물어버렸다.

'으악~!'

얼마나 아픈지 고통이 뼈 속까지 파고들었고 비명이 터져 나왔다. 손으로 잡아떼려고 해도 떨어지지 않고 개 이빨에서는 거품이 뚝뚝 흘러내리고 있었다. 그것이 전부가 아니었다. 그 작은 국그릇에서 연달아 수십 개의 이빨들이 솟아올라 표영의 온몸을 잘근잘근 물어뜯기 시작했다.

'으악~ 살려줘! 이거 뭐야.'

너무나 큰 고통에 표영은 비명과 함께 깊은 잠에서 번쩍 하고 눈을 뜨며 꿈의 세계에서 현실 세계로 돌아왔다. 하지만 꿈이나 현실이나 악화일로(惡化一路)의 사태는 그게 그거였다. 한 마리의 개가 어깨를 물어뜯고 있는 중이었고 주위에는 대여섯 마리의 개들이 산발적으로 치고 빠지는 수법으로 물어뜯고 있었다. 물어뜯고 있는 족속은 개들만이 아니었다.

표영 또한 다른 개의 머리통을 깨물고 있는 중이었는데 꿈속에서 개털이 입 안에 걸린 것은 지금 이 상황이 꿈으로 형상화된 것이 분명했다.

표영은 손발을 어지럽게 뒤흔들며 개들과 일대 격전을 벌였다. 오늘로 견치지겁에 돌입한 지 한 달 정도가 지났다. 그동안 마음껏 자본 적이 언제였던지 옛날이 그립기만 했다.

사실 사부 원구협이 표영이 잠들 때든 깨어 있을 때든 시도 때도 없이 개들을 풀어 물어뜯도록 했기 때문에 표영의 신경도 예전과 비할 수 없이 날카로워질 수밖에 없었다. 어느덧 견왕지로를 향해 달려가는 가운데 서서히 만성지체는 작은 변화를 일으키고 있었다. 물론 아직까지 표영의 눈자위는 푸르스름한 기운을 잃지 않았지만…….

수련 5개월째, 견치지겁 중(中).

"으아아악~!"

깨갱깽… 낑낑…….

사람의 비명 소리와 개들의 절규가 사방으로 울려 퍼졌다. 지금 공터에서는 뿌연 연기 속에서 개와 표영의 처절한 혈투가 벌어지고 있었다. 대략 개들은 삼십여 마리 정도가 넘을 것 같았고, 그 가운데 표영과 개들이 서로 물고 물리고 뜯고 할퀴느라 정신없는 지경을 연출하고 있었다. 표영의 물어뜯는 솜씨가 여간한 것이 아니어서 누가 개고 누가 사람인지 분간이 안 갈 지경이었다.

"잘한다, 잘해. 힘내!"

"어… 어, 위험해… 옆으로 피해!"

"그래, 바로 그거야. 콱 물어버려!"

공터의 주변에는 약 100여 명의 사람들이 둘러앉아 열심히 표영을 응원하는 중이었다. 개들과 악전고투를 벌이고 있는 표영은 죽을 맛이었지만 주변 마을 사람들로서는 참으로 손에 땀을 쥐게 하는 순간순간에 모두들 흥분을 감추지 못했다.

그들의 면면을 살펴보면 다양하기 그지없었다. 아이들로부터 시작해서 가정 주부, 농부, 장삿꾼들, 할아버지, 할머니 등등 직업과 사회계층을 막론하고 연령과 직업을 뛰어넘는 대단한 응원단이 아닐 수 없었다.

표영은 지금 견치지겁의 5개월째 과정을 밟고 있는 상태로 그동안 거의 삼백여 마리의 개들과 혈투를 벌이며 수많은 개들에게 부상을 입혔다. 물론 그 과정에서 표영도 말로 형용할 수 없는 상처를 입고 고난을 당한 터였다.

처음에는 잔머리를 굴려 개들에게 크게 물리면 상처가 나을 때까지는 편하게 쉴 수 있을 것이라 생각했지만 천만의 말씀이었다. 사부 원구협이 구환보신단(狗患補身丹)이라는 영약을 복용시켰기 때문이다. 구환보신단은 개에게 물렸을 때 빠른 회복을 돕는 영약으로 복용 후 하루만 지나면 씻은 듯이 나았기에 다시 아침이 되면 언제 그랬냐는 듯이 혈투를 벌여야만 했다. 그 효능으로 따지자면 개방의 구치환(狗齒丸)은 비교조차 할 수 없을 만큼 대단한 것이었다.

게으른 표영으로서 이렇게 버틴다는 것이 신비로울 지경이었지만 사부 원구협은 상황이 그렇게 하지 않으면 안 되도록 만들어갔다. 견치지겁의 과정 중 늘 원구협이 하는 말은 이것이었다.

"늘 깨어 있어야 하느니라. 눈만 떴다 하면 개들과 얼굴을 맞대어 싸우고 물려야 하며 잠을 자다가도 갑작스러운 기습에 대비할 수 있어야 한다. 식사 도중에도 갑작스런 공격이 이루어질 수 있음을 명심하여야 한다."

표영이 받는 정신적인 고통은 말로 다 형용할 수 없었다. 입술이 부르트고 혓바늘이 돋는가 하면 잠을 이루지 못해 개들과 싸우다가도 중도에 픽픽 쓰러져 험하게 뜯기곤 했다. 그 와중에 표영이 힘을 내 버틸 수 있었던 것은 주변 마을 사람들의 뜨거운 성원 때문이었다.

이건 사실 사부 원구협조차 예상치 못한 일이었다. 마을 사람들이 이 괴상한 대결을 구경하는 재미에 흠뻑 빠져들게 된 것은 표영이 견치지겁의 두 달 과정을 이루고 있을 때부터였다. 심지어 나이 많은 노인들조차 응원의 열기는 뜨겁기 그지없었다.

관직에 있다 은퇴하고 소일하는 칠순 나이의 소하봉 노인의 말이다.

"내 이제껏 살면서 개들끼리 싸우는 개싸움은 많이 봐오고 돈도 걸어봤지만 사람과 개들이 하루도 쉬지 않고 싸우는 것은 머리에 털 나고 처음이야."

그뿐만이 아니었다. 나이 12세부터 18세까지의 소년 소녀들은 '청안견투사(青眼犬鬪士) 응원단'을 결성하여 격투(?)가 벌어지는 곳이 어디든지 따라가 뜨거운 성원을 보냈다. 그들은 청안견투사가 승기를 잡는 날에는 자기 일처럼 기뻐했고 개들에게 물어뜯기는 날에는 자기 몸이 아픈 것처럼 안타까워했다.

"나이도 우리와 별 차이가 나지 않건만 어찌 저리도 용감할까."

그들은 또 한참 감수성이 예민한 때라 수많은 편지를 써 위로하기도 했다.

오늘 청안견투사님의 대결을 보고 너무 마음이 아팠답니다. 식사도 많이 하시고 운동도 열심히 하셔서 내일은 꼭 좋은 모습을 보여주세요. 늘 지켜보고 있답니다.

—금향이가.

표영은 개들과 격투를 벌이는 짬짬이 이런 격려의 편지를 읽으며 다시금 새로운 힘을 내곤 했다. 이런 열정은 동네 아줌마들도 예외는 아니었다. 그들은 몸에 좋은 것이라며 지렁이탕이나 개구리탕, 자라탕 등을 끓여와서는 힘내라고 어깨를 두드려 주곤 했던 것이다.

또한 어린아이들에게도 표영의 인기는 하늘을 찌를 듯했다. 하루 일과가 끝나면 어린아이들은 집에 갈 생각은 않고 제일 먼저 표영에게 달려와 이름이 적힌 친필 서명을 받기 위해 길게 줄을 늘어섰다. 표영이 직접 적어준 서명은 아이들 사이에서는 그 어떤 것보다 가치 있는 것이 되었으며 비싼 장난감과 교환도 가능한 보물과 같이 사용되었다.

표영은 견치지겁을 거치는 사이 인기인이 돼버린 것이다. 이런 별 우여곡절 끝에 표영은 6개월까지의 과정 동안 악전고투했고 끝내 모든 개들과 양패구상할 수 있는 단계까지 오를 수 있었다.

"장하다, 제자야. 넌 역시 보통 사람이 아니로구나."

원구협은 만족스러운 미소를 지으며 표영의 어깨를 두드려 주었다. 하지만 표영은 아직도 견치지겁의 후유증에서 벗어나지 못한 상태였다. 예전의 여유로움은 어디로 갔는지 늘 좌우를 두리번거리는가 하면 잠을 자다가도 개들의 습격이 있을까 봐 벌떡벌떡 깨어나곤 했다. 견치지겁이 끝난 후에도 며칠 간은 불안한 듯 눈을 굴리며 초조한 목소리로 묻곤 했다.

"사부님, 정말 이제는 견치지겁이 끝난 거죠?"

"그렇다. 하하하. 이제 힘든 과정은 다 끝난 것이나 다름이 없으니 편안한 마음을 가지거라."

사부의 위로가 있었으나 표영은 6개월 동안의 습관이 몸에 배어 쉽사리 믿어지지 않았다.

"고생했으니 긴장을 풀고 푹 좀 쉬도록 하거라."

표영은 사부의 배려로 마음의 여유를 찾고 7일 정도 긴 잠을 잘 수 있었다. 참으로 오랜만에 가져본 휴식이었다.

"자, 이번에는 견육다식의 과정이다. 그동안 견치지겁의 어려운 관문을 잘 통과해 주었으니 내일부터는 편안한 마음으로 식사만 하면 되느니라. 일전에 말했듯이 모든 식사는 개고기만 먹도록 한다. 알겠지?"

"……."

표영이 고개를 숙인 채 아무런 대답이 없자 원구협이 다시 물었다.

"왜 그러느냐. 함께 치고 박은 개들을 잡아먹는 게 마음에 내키지 않아서 그러는 것이냐?"

원구협은 참으로 마음이 여리고 감상적인 제자라고 생각했다.

'이렇게 나약한 마음을 가져서야 원…….'

"고개를 들어보거라."

서서히 고개를 드는 표영의 눈은 눈물을 주르르 쏟고 있었고, 얼굴은 환희로 가득 차 있었으며, 입은 귀까지 닿을 듯 벌어져 있었다.

"이~ 야~ 호~!"

너무나 기쁜 나머지 눈물이 다 나올 지경이었고 야호를 외치는 데 시간이 좀 걸린 것뿐이었다.

"뭐, 뭐냐… 허허… 참."

원구협은 그저 기가 막힐 뿐이었다.

원구협의 말에 따라 그날부터 표영은 일체 모든 식사를 개고기로 대신했다. 이때를 기점으로 견치지겁 수련 시 표영으로부터 원한을 샀던 개들은 쥐도 새도 모르게 하나둘씩 모습이 사라져 갔다.

개들은 아침에 눈을 뜨면 서로를 확인하며 서로 무사한지, 안녕한지를 살폈다. 아침에 일어나면 첫 인사는 '간밤에도 안녕하셨나' 였고 잠을 자기 전에는 '오늘도 무사하길 비네' 가 보편적인 인사말이 되었다. 그러다 갑자기 친구가 보이지 않게 되면 오싹한 기분에 몸을 부르르 떨었다. 오늘은 목숨을 부지하고 있지만 다음 차례는 자신이 되지 않으리라는 보장이 없는 가운데 하루하루 불안한 마음으로 살아갔다.

또한 개들이 사라진 순서는 표영의 지목에 따라 이루어졌기에 그날부터 모든 개들의 태도는 180도 달라졌다. 표영이 지나가기라도 하면 굴욕적인 자세를 취하며 꼬리를 살랑거리느라 정신이 없었던 것이다.

"너! 너! 너! 너! 오늘 식사로 변해라."

혹은…

"거기 너!"

이렇게 외치면 지목받는 개는 기겁을 하게 된다. 그때 다시 말하길.

"…말고 옆에 있는 놈."

이런 식이다 보니 개들로서는 자나 깨나 몸조심이었다. 이렇게 지목을 하게 되면서 표영은 점점 개들로부터 경외의 대상이 되어갔고, 그런 것은 보이지 않는 힘으로 표영의 몸에 쌓여갔다. 그렇게 다시 삼 개월이 지났다. 그동안 먹어치운 개의 숫자는 대략 오십여 마리 정도. 원래대로 하자면 30여 마리도 먹어치우기 힘든 상황이겠으나 견치지겁으로 이를 갈고 있던 표영인지라 오기로 하루에 한 마리씩 잡아먹어 버릴 정도였기에 숫자가 늘어난 것이었다. 불굴의 의지를 발휘해 먹고 게워내고 먹고 게워내고를 반복한 끝에 이루어낸 인간 승리라고나 할까. 그로부터 표영의 입에서는 노린내가 진동했고 몸을 움직일 때마다 고기 냄새가 주변을 압도해 부근에 있는 개들은 모두 표영을 똑바로 쳐다보지도 못했다.

그 다음으로 표영은 흉악육식에 이르렀다. 이때부터는 말 그대로 흉악한 성정을 지닌 짐승들을 먹는 시간이다. 원구협은 사냥을 가기 전 표영에게 물었다.

"뭐가 좋겠느냐?"

"음, 사부님! 호랑이가 어떨까요?"

"그거 좋지. 내 잠깐 다녀오마."

표영은 사부가 어떻게 나오나 보려고 말한 것이었는데 대답은 너무 간단했다. 마치 '고양이 한 마리 잡아가지고 오마' 라고 말하는 것 같았다. 그래도 명색이 맹수의 왕이 아닌가 말이다.

'허허… 사부님도 참 말을 너무 쉽게 하시는군. 호랑이가 그리 쉽게 잡힐라고.'

하지만 두 시진(약 4시간) 뒤 표영은 생각을 정정해야만 했다. 사부가 두개골이 빠개진 호랑이를 질질 끌고 온 것이다. 원구협은 호랑이를 빨랫감 던지듯 뜰에 던져 놓고 뜨악한 표정을 짓고 있는 표영에게 대수롭지 않다는 듯이 말했다.

"먹자."

"네? 아… 네… 먹어야죠."

그 후로도 사부 원구협은 열흘에 한 번씩 산에서 여러 맹수들을 잡아왔다. 내장이 갈가리 찢긴 늑대, 혹은 그냥 머리를 푹 숙인 채 쓸쓸히 따라오는 살쾡이, 간교하다는 여우 등… 참으로 그 짐승들도 다양하기 그지없었다. 그러던 어느 날 원구협은 표영을 데리고 산을 올랐다.

"사부님! 오늘은 뭘 잡으실 거죠?"

"반달곰이다. 먹는 것도 중요하지만 한 번 정도는 보아두는 것이 수련에 도움이 될 것이다. 게다가 곰은 잡아도 너무 무거워서 옮기기 귀찮으니 거기 머물면서 먹고 내려오자꾸나."

"허허……."

표영도 어지간하지만 사부를 보고 있노라면 자신이 초라하게 느껴질 지경이었다. 얼마쯤 산을 올랐을까. 표영이 가다 쉬다 가다 쉬다

하는 통에 재촉하느라 잔소리를 늘어놓던 원구협이 조용히 말했다.

"바로 저기다."

그가 가리킨 곳은 큰 동굴이었다.

"곰의 집이로군요?"

호기심 가득 표영이 묻자 원구협이 씨익 웃었다.

"그래, 곰 녀석의 집이지. 아직 나서기엔 수련이 부족하니 너는 이곳에서 지켜보고 있거라."

"네, 사부님."

원구협은 성큼성큼 걸어가 동굴 앞에 이르러 큰 소리로 외쳤다.

"야! 나와라! 여기 견왕이 왔느니라!"

우렁찬 소리에 동굴에서 어슬렁거리며 반달곰이 나왔다. 한참 낮잠을 즐기고 있던 중에 잠을 깨운 것이라 곰은 분노를 띠고 포효했다. 하지만 원구협이 어떤 사람인가. 호랑이 잡길 파리 잡듯이 하는 이가 아니던가.

"이놈! 어디서 감히 노려보느냐! 내가 손을 쓰기 전에 어서 스스로 배를 갈라 간과 쓸개를 공손히 바치지 못할까!"

뒤쪽 바위에 몸을 숨기며 바라보고 있던 표영은 실소를 금치 못했다.

'허허… 거참, 사부님도……. 곰이 어찌 말을 알아듣는다고 저러실까. 거참… 아무리 제자에게 멋있게 보이려고 한다 해도 좀 심하잖아.'

곰의 생각도 표영과 비슷했다. 그저 시끄러울 뿐이라 어서 때려 죽여야겠다는 마음뿐이었다.

크헉—

곰은 1차 경고의 뜻으로 위협적인 소리를 내질렀다. 아마도 '까불면 죽는다' 라는 뜻인 것 같았다.

"이 미련 곰탱이 같으니. 이리도 사람을 알아보지 못하더란 말이냐!"

원구협은 구혈잠혈을 최대한으로 이끌어 올려 삽시간에 주변을 공포 분위기로 만들어 버리고 똑바로 곰의 눈을 쳐다보았다. 반달곰은 눈이 딱 마주치자 그때부터 다른 곳으로 시선을 돌릴 수가 없었다.

그리고 그 눈을 통해 보여지는 영상에 반달곰은 몸을 부르르 떨기 시작했다. 원구협의 눈을 통해 반달곰은 호랑이들이 죽어가는 모습, 늑대, 뱀, 여우, 개, 그리고 여러 곰들이 속절없이 죽어가는 광경을 본 것이다. 눈빛만으로도 모든 짐승들을 두려움에 떨게 하는 진정한 견왕의 경지였다. 약 일 식경(30분) 정도를 그렇게 원구협과 반달곰은 서로를 뚫어져라 노려보았다. 오히려 뒤에서 지켜보는 표영이 지겨울 지경이었다.

'사부님도 사부님이지만 저놈의 곰은 명성에 어울리지 않게 왜 저렇게 다리를 후들거리며 서 있는 걸까? 설마 둘이 사귀는 것은 아니겠지?'

그렇게 표영이 별 쓸모 없는 생각을 하고 있을 때였다. 변화가 나타났다. 갑자기 곰이 다리를 구부리고 원구협 앞에 머리를 푹 숙인 것이다. 원구협은 예상했다는 듯이 고개를 끄덕이더니 표영을 불렀다.

"영아, 큰 짱돌을 들고 오너라."

표영은 사부가 곰과 싸우지는 않고 짱돌을 가져오라고 하자 괴이하게 여기며 물었다.

"뭐 하실려구요?"

"녀석아, 먹으려면 잡아야지."

"그, 그럼 끝난 것이로군요?"

"그래, 이 녀석이 죽기로 결정 봤다. 어서 가져오너라."

"겨, 결정 보셨군요."

납득이 되지 않았지만 결정 봤다는 데야 뭐라고 말한 순 없었다. 표영은 주위를 살펴 양팔에 가득 들어올 만큼 큰 돌을 들어 낑낑대며 사부 옆에 놓았다. 원구협이 곰에게 근엄한 목소리로 말했다.

"견왕에게 죽는 것을 영광으로 알아야 한다. 넌 복받은 거야."

그리곤 옆에 있는 짱돌을 들어 내리쳤다.

퍼억!

머리가 터지고 피가 바닥을 적셨다. 한방에 즉사였다. 원구협은 만족스러운 듯 고개를 끄덕이며 말했다.

"먹을 준비 해야지?"

"네??!!;;"

이렇듯 2개월 정도의 과정으로 흉악육식을 지나게 되었을 때 표영의 몸에는 작게나마 살기가 뻗어 나왔고, 그때부터 모든 개들은 표영의 눈을 마주 대할라 치면 몸을 비비 꼬고 창살에 몸을 비벼대는 등 생 난리를 치곤 했다. 그건 표영의 피부 하나하나, 몸에 난 터럭 하나에까지 고기 냄새로 절어 있었기 때문에 어지간한 개들은 그 냄새만으로도 자신이 반찬거리가 되지나 않을까 전전긍긍할 수밖에 없었던 까닭이다.

표영 스스로는 자신의 냄새를 맡지 못했지만 후각이 극히 발달한 개들은 그 냄새만으로도 이미 공포감을 느낀 것이다. 특히 흉악육식 후에는 호랑이마저 간식으로 먹어치울 정도가 되었기에 개들로서는 절로 고개가 숙여지며 경외하는 마음을 가지지 않을 수 없었다.

흉악육식을 끝마친 후에 원구협이 표영을 앞에 두고 말했다.

"너는 역시 아무리 봐도 천하의 기재로구나. 휴~ 하지만 너 같은 기재가 개방으로 간다니 개방이 부럽기 그지없구나."

그는 잠시 말을 멈추고 눈을 감은 채 말을 이었다.

"자, 이젠 다음 과정으로 타구일일(打狗日日)을 수련할 차례다. 너는 이곳을 떠나 석 달 동안 사방팔방을 싸돌아다니며 닥치는 대로 개들을 패버려라. 이 과정에서 중요한 요결은 최소한 매일 세 마리 이상의 개를 두들겨 패야 한다는 것이다. 물론 그 이상 패는 것은 아무런 문제가 없다. 잘할 수 있겠지?"

"사부님, 염려마십시오. 닥치는 대로 패버리겠습니다."

평소와는 달리 비장미가 물씬 풍기는 어조로 표영이 답했다. 아직까지도 견치지겁 때의 원한이 남아 있는 데다가 견육다식과 흉악육식을 거치면서 살기가 몸에 넘쳐 났기 때문이었다.

"장하다. 하하하. 타구일일을 위해서 너에게 선물을 한 가지 주겠다. 자, 받아라."

원구협은 옆구리에서 검은 죽봉을 꺼내 표영에게 주었다.

"이것은 시조님께서 사용하셨던 것으로 견왕(犬王)의 신물이다. 이 죽봉의 이름은 견왕봉(犬王棒)이라고 부르는데 흑룡강성 북쪽 지역에서 우연히 발견한 흑죽(黑竹)을 사조님께서 제련하신 것이다. 그 어떤 나무들보다 강해 개를 패는 데는 이보다 더 좋은 것이 없느니라. 게다가 이 견왕봉에는 수많은 개들과 흉악한 짐승들의 피가 묻어났던 터라 어지간한 짐승들은 이 견왕봉만 보고도 두려움을 느끼게 될 것이다. 이제 앞으로 견왕봉은 너의 것이다. 너는 이것으로 타구일일을 연마하고 귀히 간직해 잃어버리는 일이 없도록 하거라. 알겠느냐?"

표영은 견왕봉을 받아들었다.

"네, 사부님. 명심하겠습니다. 사부님의 기대에 어긋나지 않게 개들을 후려 패는 데 몸과 마음을 다 바치겠습니다."

표영의 말에 사부 원구협의 입가에 만족스런 웃음이 번졌다.

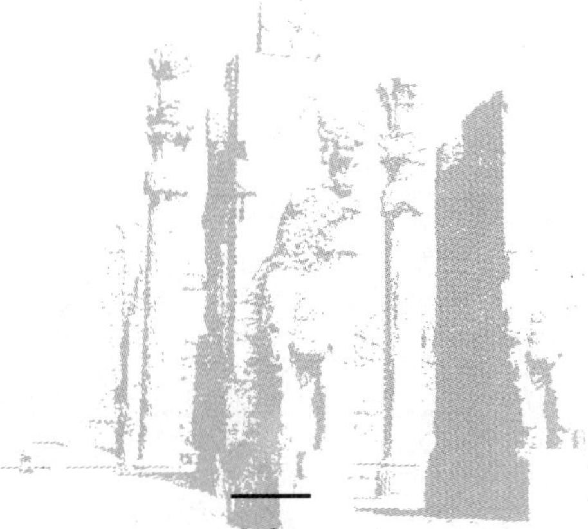

11장

개를 보면 개를 때리는 자

개를 보면 개를 때리는 자

감숙성의 유중(柳重) 지역은 구견구타자(狗見狗打者)의 등장으로 인해 소란스럽기 그지없었다. '구견구타자'란 개를 보면 개를 때리는 놈이란 뜻이다. 그건 갑작스럽게 등장한 괴상한 거지 녀석의 별호였다.

한동안 마을 사람들은 개들이 힘이 없이 바짝바짝 말라가는 것을 괴이하게 여겼다. 혹시 먹지 못해서 그러는가 싶어 개 밥그릇을 살펴보면 늘 깨끗이 비워져 있는데 아무것도 먹지 못한 양 축 처져 있었기 때문이다. 이런 현상을 개 주인들이 의아하게 받아들이며 고개를 갸우뚱거리기만 할 뿐 실질적인 핵심을 파악하지 못하고 있을 때 개들로서는 생존의 위협을 받고 있었다.

꿈에도 생각지 못한 일, 즉 인간 중에 개 밥을 뺏어먹는 놈이 있을 줄 어찌 알았으랴. 개들은 큰 타격을 받았지만 그럼에도 불구하고 어떤 개조차도 이에 반발하지 않았다. 아니, 할 수가 없었다. 개들로서는 개 밥을 가로챈 상대가 보통 인간이 아닌 견왕의 수제자임을 알아본 것이다. 그러니 마음만 애타하며 그저 바라만 볼 수밖에…….

물론 처음 몰랐을 땐 반항해 보지 않았던 것은 아니었다. 반항의 선봉은 유중 땅에서 포악하기로 첫손에 꼽히는 초씨 세가의 검둥이였다. 하지만 검둥이는 덤비려고 갔다가 물기는커녕 짖어보지도 못하고 기절할 때까지 얻어터진 뒤로 모든 개들은 반항이나 저항, 개김, 대들기, 불순종 따위는 생각해 볼 수도 없게 되었다. 개들은 모였다 싶으면 구견구타자에 대해 이야기하며 살길을 모색했다.

흰둥이:왈왈… 와르르 왈왈…….

「해석:그분의 몸에서 품어져 나오는 냄새 맡아봤나? 우리 동족(同族)의 냄새는 물론이거니와 괴이하고 흉악한 맹수의 냄새가 뭉게뭉게 뿜어져 나오니, 감히 그 앞에서 숨도 제대로 쉬기 힘들더군.」

바둑이:크르르… 바워우워…….

「해석:말도 말게. 나도 그것 때문에 가슴이 울렁거리고 살이 떨려와 삼 일 간 아무것도 먹고 싶지가 않더라니까.」

똘똘이:낭낭… 낭낭낭…….

「해석:나 같은 경우엔 며칠 전 집에서 뵀다네. 배가 고프신 건지 내 그릇을 깨끗이 비우시더군. 옆에서 보니 부족한 듯싶더라구. 더 드리지 못해 어찌나 송구스럽던지, 민망해서 혼났네 그려.」

멍멍이:캉캉… 크르크르… 캉캉…….

「해석:그래도 자네들은 나은 편이군. 어제였었지. 가볍게 산책하러 골목을 돌고 있는데 그분을 거기서 뵙게 되었지 뭔가. 근데 무엇 때문인지 몰라도 다짜고짜 몽둥이를 휘둘러 두들겨 패지 않겠나. 내가 중도에 기절한 척하지 않았다면 지금 자네들과 이야기도 나누지 못했을 것이네. 요즘 같아선 하루하루 사는 게 너무 힘드네. 계속 계시게 되면 살아남을 동료가 몇이나 되겠나.」

멍멍이의 짖는 소리에 다른 개들은 침묵에 잠겼다. 이건 생존에 관한 문제였다.

개들이 이렇듯 한참 동안 어려운 나날들을 보내고 있을 때 개 주인들이 사태의 진상을 알게 된 것은 한 달 정도가 지난 뒤였다. 그들은 아끼는 개들이 밖으로 나갔다 하면 어딘가 터지거나 부러져서 오는 것을 보게 되었다. 처음에는 그 이유를 크게 생각진 않았다. 각기 자기 집 개만 그러려니 생각했기 때문에 그럴 수도 있겠거니 한 것이다. 그러나 얼마 후.

"우리 집 개가 요즘 통 밖을 나가려고 하질 않네. 그리고 집에서조차 개 집을 벗어나려고 하질 않지 뭔가. 이상한 일이야."

"어라, 우리 집 개도 그러던데……."

"거참, 난 우리 집만 그러는 줄 알았는데."

"우리 집도야."

"나도 그래, 나도."

사람들은 이렇듯 이야기를 나누다가 개 키우는 모든 집이 동일한 피해를 입었음을 알게 되었다. 개 주인들은 이것이 무슨 조화인지 알아보기 시작했다. 그리고 얼마 지나지 않아 그 모든 사건이 구견구타자에 의해 벌어진 것이라는 것을 알게 되었다. 그들은 서로에게 일어난 일들을 이야기하며 다시금 경악을 금치 못했는데 그중 장씨가 들려준 이야기는 모두의 입을 다물지 못하게 만들었다.

"아, 글쎄 말이야, 우리 집 개가 보통 개가 아니잖은가? 난 우리 집

개가 보이지 않기에 어디로 갔나 찾아보았다네. 또 어디서 엉뚱하게 사람이나 물고 있지나 않을지, 혹은 다른 개들을 괴롭히지나 않는지 걱정하고 있었던 거였지. 자네들도 알지 않나. 전에 길 가던 중년인을 이유도 없이 물어버려 내가 얼마나 곤욕을 치렀느냔 말일세. 그래서 난 이번에도 또 어디서 사고를 치고 있는 것이라 생각한 거지. 그런데 웬걸, 골목 모퉁이에서 고양이 앞의 쥐 꼴로 머리를 숙이고 눈물을 뚝뚝 흘리며 등판을 얻어맞고 있는 것이 아니겠나. 그 괴상한, 거지 같은, 그리고 황당하기 그지없는 구견구타자(狗見狗打者) 앞에서 말일세. 나는 하도 어이가 없어서 몰래 지켜보았지 뭔가. 구견구타자 그놈은 글쎄 일 다경(15분) 정도를 팬 후에 한 식경(30분) 동안 일장연설을 늘어놓더군. 무슨 말이었냐구? 나도 몰라. 별 쓰잘 데기 없는 말들뿐이었으니 말이야. 지금 대충 기억을 되새겨 보자면 뭐 이런 식이었지. '앞으로 말 잘 들을래 안 들을래' 로부터 시작해서 바른 생활을 실천하는 개가 되기 위해서는 어떻게 어떻게 하라고 하는 말들이었던 것 같았어. 기억은 잘 안 나지만 그 외에도 무지 많았다네. 대체 개들이 말을 알아들을 수나 있냔 말일세. 그런데도 어찌나 진지하던지 나도 모르게 고개가 끄덕여지더라니까. 험험… 아, 그렇게 연설을 마지자 우리 집 개는 고개를 푹 숙인 채 터벅터벅 골목을 빠져나와 집으로 가더군. 지나는 길에 날 보았음에도 그냥 못 본 체하고 가더라니까. 허허, 기가 막히지 않나? 보지 않았으면 믿을 수나 있었겠냔 말일세."

개 주인들은 이대로 못 본 척하고 있을 수가 없었다. 이것은 개 주인으로서의 자존심에 대한 문제였다. 바쁜 일이 있는 사람을 제외하고 약 100여 명 정도의 개 장수들은 각기 자기 집 개들을 데리고 구견구타자를 찾았다.

대이동이었다. 사람 100명에 개들은 약 200여 마리 정도였는데 어떤 집에서는 두세 마리씩 키우고 있었기 때문이다. 그들은 동쪽 변두리 쪽에 이르러 구견구타자를 만날 수 있었다. 구견구타자는 나무 그늘 아래서 느긋하게 낮잠을 즐기고 있었는데 그 여유로운 모습이란 마치 한폭의 그림을 보는 것 같았으나 사람들의 마음은 그런 것을 생각할 만큼 한가하지 않았다. 당장이라도 잡아먹을 듯이 외치기 시작했다.

"네 녀석이 구견구타자냐?!"

"흥, 우리 개들을 못 살게 굴면서 네놈은 이렇듯 마음 편히 쉬고 있더란 말이냐?"

"어서 일어나지 못해!"

"자는 척해도 소용없다. 그동안의 너의 죄에 대한 대가를 치르게 해주고야 말겠다!"

100여 명이 고래고래 한동안 소리를 질러대자 구견구타자는 눈을 비비고 자리에서 일어났다.

"이거 왜 이리 시끄러운 거야."

그러다 사람들과 개들이 주욱 늘어선 것을 보고 탄성을 내질렀다.

"와아~ 장관이로다. 모두들 개들하고 단체로 야유회를 나온 모양이로군요."

구견구타자는 사태 파악을 못하고 있었다. 오늘 이 무리의 임시 대표자격인 똘똘이의 주인 모천각은 한쪽 입꼬리를 올리며 싸늘하게 말했다.

"네놈이 구견구타자렷다."

"구견구타자라구요? 사람을 잘못 찾으셨군요. 전 표영이라고 하죠."

이제까지 만행(?)을 저질러온 표영은 정작 자신이 구견구타자라고 불리운다는 사실도 알지 못했다. 손을 가로저으며 대수롭지 않게 부인하는 말에 개 장수들이 분노를 일으켰다.

"이제 와서 발뺌하려는 것이냐? 이미 때는 늦었다."

"네 옆에 차고 있는 몽둥이가 너를 구견구타자라고 말하고 있는 데도 거짓말을 하려 해? 그동안 우리 개들을 괴롭히지 않았느냐?"

그때서야 비로소 표영은 이들이 왜 이곳에 몰려왔는지를 깨닫고 크게 웃었다.

"하하하하! 그것 때문에 오셨군요. 진작 말씀을 하시지. 하하하하… 물론 제가 개들을 좀 때리기는 했답니다. 이건 저희 사부님께서 알려주신 말씀입니다만 옛말부터 이런 명언이 전해오고 있다고 합니다. 개와 북어는 삼 일에 한 번씩 패라. 그래야 삼삼해진다. 들어보셨나 모르겠네요. 하하, 저는 단지 개 주인님들께서 개를 패는 데 있어 시간도 부족하고 수고로워하실 것 같아 대신 좀 손을 쓴 것이랍니다."

표영은 자신이 생각해도 대견하다는 듯, 혹은 큰 업적이라도 쌓은 것처럼 당당했다. 하지만 이 말도 안 되는 소리에 개 주인들은 농락당하고 있다 여기고 더 이상 참을 수 없었다. 모두의 얼굴이 울그락불그락해지면서 곧 달려들 기세였다. 표영은 일이 생각보다 심각함을 비로소 느꼈다.

'어라, 이거 진짜 화났나 본데… 어떻게 하지… 음… 그래, 그게 좋겠군.'

표영으로서는 이들과 다투고 싶은 마음은 추호도 없었다. 어떻게든 설득시켜야 하는 것이다. 느긋하게 뒷짐을 지고 어슬렁거리며 입을 열었다.

"화를 가라앉히고 잠시 제 말을 들어보십시오."

"이번엔 또 무슨 소리를 지껄이려고 하는 것이냐? 시답잖은 소리 하려거든 애시당초 말을 꺼내지 말아라. 네놈이 맞아야 할 매만 더욱 늘어날 테니까 말이다."

"음… 제가 생각하기엔 피해를 입은 것은 분명 여러분들이 아니고 개들입니다. 그러니 먼저 개들이 저에게 불만을 품고 있는지, 아니면 전혀 불만이 없는지를 알아보는 것이 순서이지 않겠습니까. 정작 맞은 개들이 아무 문제를 삼지 않는다면 굳이 여러분들이 나설 필요가 없지 않습니까."

개 주인들은 뭔가 말이 안 맞는 것 같았지만 또 한편으로는 논리적인 말이라 당장에 반박할 말이 떠오르지 않았다. 표영이 다시 말을 이었다.

"저 개들은 모두 이곳에 주인이 있을 터이니 제게 불만이 있다면 명령을 내려보십시오. 지금 당장 저를 물어뜯으라고 말입니다."

개 주인들은 나름대로 일리가 있는 말이라고 생각했다. 개들에게 복수할 기회를 주는 셈이기도 하고 자신들이 굳이 손을 쓰지 않아도 되니 일석이조(一石二鳥)일 것 같았다.

모두는 '이젠 넌 죽은 목숨이다' 라는 듯이 흐흐흐… 웃으며 고개를 끄덕였다. 장장 개들의 숫자는 200마리를 상회하고 있으니 한 번씩만 문다 해도 200번을 물리는 것이다. 조금은 가혹한 것이 아닌가라는 생각은 들었지만 결국 구걸구타자가 원한 것이니 뒷날 후회한들 소용없을 것이었다.

"좋다. 네놈의 소원대로 해주마."

대표 모천각이 뒤를 돌아 모두에게 말했다.

"자, 어서들 우리 모두 각자 개들에게 명령을 내리십시다."

그러자 개 주인들은 신바람을 내며 옆에 데리고 있던 개들을 독려하며 물어뜯으라고 명령했다.

"가서 물어버려라, 멍멍아."

"저놈의 주둥아리를 물어. 알았지?"

"제대로 못하면 밥 없는 줄 알어."

각기 물어뜯어라는 말을 내뱉자 사방이 시끌벅적하게 변했다. 그때 표영은 개들을 쭈우욱~ 훑어본 다음 자리에 누웠다.

"자, 그럼 알아서들 하세요. 전 이만 잠이나 자렵니다."

개 주인들은 저 녀석이 이젠 도망갈 생각도 하지 않고 목숨을 포기한 것이라 생각하고 의기양양해졌다.

'흐흐흐… 바보 같은 녀석, 한번 봐달라고 용서라도 빌 것이지 괜한 자존심으로 인해 목숨만 날리게 되었구나.'

"자, 가라~!"

일제히 소리 높여 개 주인들이 외쳤다. 하지만 으르렁거리며 달려가 발톱과 이빨로 마구 물어뜯어 버릴 것이라고 강력히 예상했건만 정작 개들은 먼 산만을 멀뚱멀뚱 쳐다보며 딴 짓을 하고 있었다. 지금 무슨 일 있었어? 라는 행동들이었다.

'허거거걱! 뭐냐. 대체…….'

개 주인들은 황당함에 사로잡혀 손짓발짓하며 온갖 괴성을 질러댔다.

"어서 가서 물지 못해~!"

"이눔의 시키들아, 정신 차리란 말이다!"

"죽고 싶어~~"

그러자 개들은 비로소 정신을 차린 듯 맹렬한 기세로 달려갔다. 하지만 중요한 건 방향이었다. 모든 개들이 표영과는 반대 방향에 있는 집으로 뛰어가 버린 것이다.

사람들의 시야에서 개들은 점점 멀어져만 갔다. 개 주인들은 구견구타자와 개들을 번갈아 바라보면서 입을 쩍~ 벌리고 할 말을 잃어버렸다. 그때 그들의 귀로 구견구타자의 귀찮은 기색이 담긴 음성이 들려왔다.

"어서들 집에 돌아가세요. 개들은 저한테 아무런 의의를 제기하지 않잖아요."

맥이 탁 풀렸다. 개 주인들은 어쩔 수 없었다. 터벅터벅 돌아가는 길에 모두는 아무도 입을 열지 않았다. 마치 약속이라도 한 듯이…….

표영이 삼 개월째에 접어들었을 때는 당창 지역으로 옮긴 뒤였다. 당창의 한 공터에 이르른 표영은 견왕봉을 들고 손에 탁탁 박자를 맞추고 있었다. 공터에는 약 오십여 마리의 개들이 불안한 기색을 여실히 드러낸 채 초조히 표영의 행동을 살피고 오늘 무사히 살아 돌아갈 수 있기를 소망했다.

표영은 모든 개들을 한차례 훑어본 후 뒷짐을 진 채 천천히 걸음을 옮겨가며 말했다.

"제군들, 많이 기다렸나. 내가 요즘 잠을 제대로 자지 못해 신경이 여간 날카로운 것이 아니다. 그래서 오늘은 한꺼번에 일을 끝내고 오랜만에 잠을 청해볼까 생각 중이니 이 몽둥이에 피를 묻히는 일이 없도록 알아서 행동하도록. 알겠나?"

낑낑…….

개들은 일제히 몸을 부르르 떨며 끙끙거렸다.

실제로 표영은 요 근래 타구일일(打狗日日)을 연마하면서 흉악육식 때보다 여유있던 성격을 많이 잃은 상태였다. 지나친 폭력이 몸에 배다 보니 성격이 자신도 모르는 사이에 어느 정도 급해진 것이다. 그래서 오늘은 오십여 마리를 한꺼번에 처리한 다음에 푹 좀 쉬어보리라 마음먹은 것이다.

"얍! 간다~!"

표영이 개 떼들 사이로 다다닥 달려가 견왕봉을 휘둘렀다. 이미 개 떼들은 전의(戰意)를 상실한 상태였기에 그저 빨리 끝내주기만을 바랄 뿐 반항 따윈 생각조차 못했다. 잠시 후 모든 개 떼들은 대 자로, 혹은 모로 뻗어 숨만 깔딱거리게 되었다.

"음하하하하……!"

표영은 득의한 웃음을 터뜨리며 나무 그늘 아래로 향했다.

"아, 이제 좀 쉬자."

표영이 잠든 후 개들은 아픈 몸을 이끌고 꾸역꾸역 일어나 자기들끼리 작은 소리로 '월월' 거리며 서로를 위로한 후 일부는 집으로 돌아갔고 그중 덩치가 제법 되는 대여섯 마리의 개들은 표영 근처에서 절뚝거리며 호위를 섰다. 호법을 자처하고 나선 것이다. 이렇게 표영이 타구일일을 완성하는 날까지 몽둥이는 쉼없이 개털과 개살들을 누볐고 개들의 몸뚱아리는 편안할 날이 없었다.

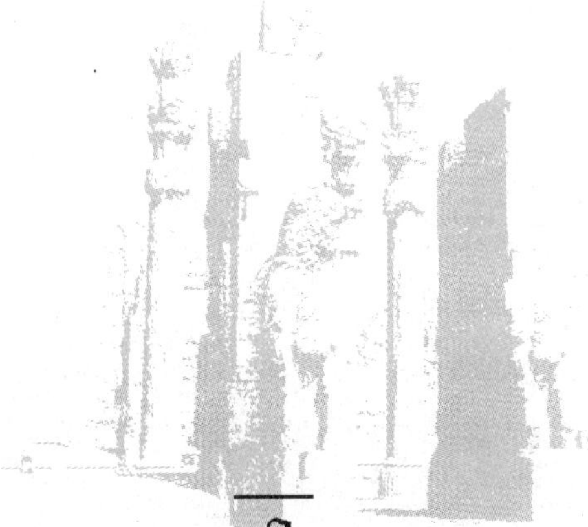

12장

구혈잠혈의 공포

구혈잠혈의 공포

사부 원구협의 집에 있는 개들은 몸서리를 쳤다. 50여 마리나 되는 개들의 주위에는 거죽만 남긴 채 널브러져 있었다. 모조리 피를 뽑힌 채 죽은 것이다. 언제 자기 차례가 될지 모르는 상황인지라 그 공포란 말로 표현하기 힘들었다. 이렇게 빼낸 뜨끈뜨끈한 개 피는 욕조통 안에 가득 담겨지게 되었다. 두 사람 정도는 들어갈 수 있는 크기의 욕조통에 담겨진 개 피는 보는 것만으로도 섬뜩함을 주기에 충분했다.

"어~ 어~"

대개 욕탕에 가면 나이 든 노인들이 뜨거운 물 안에서 시원함을 표현하며 '어~ 어~' 하듯이 표영은 연신 소리내고 있었다.

"뜨뜻하구나. 조오오타……."

보통 사람 같으면 개 피가 모아져 있는 모습만 보더라도 혐오감에 몸을 떨 일이리라. 그러나 표영은 그동안 타구일일의 단계를 거치게 되면서 워낙에 고생을 많이 한 상태였다. 그런데 이젠 편히 몸만 담그고 있으면 되는 것이니 콧노래가 나오지 않을 수 없었다. 게다가 이 과정만 지나면 견왕지로를 거의 완성하게 되는 것이나 다름없는 것이므로 개방이 한층 가까이 오는 것이니 희망에 차 있었다.

피는 몸 안에 있을 때와는 달리 밖으로 나오면 빠르게 굳어버린다. 개 피 역시 일 다경(약 15분)도 채 되지 않아 차츰 딱딱하게 응고되어 갔다. 그 속에서 표영은 석고를 뜨듯 굳어져 갔다. 원래는 하루 세 번, 오전 오후 저녁으로 각기 한 시진씩만 몸을 담그고 있어야 하지만 표영은 놀랍게도 하루 웬 종일 그곳에서 나오질 않았다.

식사도 욕조통 안에서 해결했다. 나오는 때라곤 피를 갈아주는 시간 때뿐이었다. 그때는 잠시 나왔다가 몸에 굳어져 있는 피를 떨쳐 내고 욕조통을 깨끗이 헹구게 되었는데 그 일이 끝나면 바로 다시 들어갔다. 그때만 되면 집안에 있는 개들은 경기를 일으켰다.

원구협이 피를 갈아주는 시간은 개들에게 있어서 두려움 그 자체였기 때문이다. 그나마 다행인 것도 있었다. 개 피를 뽑느라 죽어간 개의 숫자가 200여 마리에 이르자 원구협이 다른 방법을 생각해 낸 것이다. 그것은 바로 헌혈이었다.

"똑바로 줄 맞추지 못해! 거기 검둥이 너, 옆으로 튀어나왔잖아."

욕조통을 향해 100여 마리의 개가 늘어선 광경은 장관이 아닐 수 없었다. 한 마리씩 욕조통 앞에 이르게 되면 원구협은 개의 다리를 잡고 칼로 째 피를 짜냈다. 개들은 고통스러웠지만 이를 악물었다. 이렇게라도 하는 것이 고마웠던 것이다.

어느덧 구혈잠혈의 공포의 석 달 과정이 끝을 맺었다. 이제까지 죽어간 개의 숫자는 총 250여 마리. 그로 인해 표영의 몸에서는 타구일 일 때와는 비교할 수조차 없는 살기를 내뿜게 되었다. 그 위력은 대단했다. 나타난 현상으로는 표영의 근처에 이르기만 해도 모든 개들이 오줌을 지리는가 하면 기절하는 사태가 속출했다. 아직은 살기를 조절하거나 자유자재로 운용할 수 없는 상태여서 그저 일방적으로 뻗어 나갈 뿐이었기 때문이다.

"제자야, 이제 마지막 7단계 심신평정만 남겨두게 되었구나. 그러기 전 구혈잠혈의 위력이 얼마나 대단한 것인지 직접 보아두어야 할 필요가 있다. 너는 이곳에서 열흘 정도 길에 자리한 추령 마을을 한 바퀴 돌고 오너라."

"그냥 돌고만 오면 되나요, 사부님?"

"그래, 그저 느긋하게 돌고만 와라."

"네, 사부님."

열흘 뒤.

추령 마을의 모든 개들은 큰 변화를 겪게 되었다. 그 나타난 증상은 다양했다. 식욕 부진, 의기 소침, 설사, 급체, 변비, 멈추지 않는 딸꾹질, 소화 장애, 헛것이 보이는 것 등이었다.

돌아온 표영과 사부 원구협이 마주 앉았다.

"무엇을 보았느냐?"

"모두 자지러지는 것을 보았습니다."

원구협의 눈이 일렁거리며 표영의 손을 꽉 쥐었다.

"장하다."

구혈잠혈을 마친 후 표영은 휴식 기간 없이 마지막 단계인 심신평정에 들어갔다. 심신평정을 이루기 위해서 두 달 간은 봉천산(奉天山) 계곡에 있는 비천폭포 밑에서 물살을 맞으며 보냈다. 강하게 내리꽂히는 물살은 머리와 어깨를 때리며 정신과 온몸을 맑게 해주었고 그동안 몸 안에 쌓인 살기(殺氣)와 탁기(濁氣)를 순화시켜 주었다. 그렇게 거센 물살을 맞으며 표영은 사부의 음성을 떠올렸다.

"너는 그동안 타구일일과 구혈잠혈을 익히면서 지나친 살기가 몸에 배어 있게 되었다. 폭포를 맞으면서 살의(殺意)는 버리고 오직 넓은 포용력과 사랑의 마음을 갖도록 하여라. 그랬을 때라야 이제까지의 모든 것이 조화를 이루게 되어 진정한 견왕으로 나아가게 되는 것이다."

또 다른 말씀도 떠올랐다.

"심신평정에서 얻어야 할 것이 또 하나 있으니 일명 섭안공(攝眼功)이라 한다. 이 공부는 눈빛 속에서 여러 가지 개들이 두려워할 영상을 보내는 것을 말한다. 그동안 네가 보아왔던 모든 과정 등을 마음에서 피워 올려 머리에 잘 새겨두도록 하여라. 이것이 이루어지면 눈빛만으로도 어떤 짐승도 감히 대들지 못할 것이다."

표영은 그동안 보아왔던 것들을 하나둘 마음속에 갈무리했다. 호랑이 고기를 먹던 때며 개들을 후려패던 때, 개 피를 짜내던 때 등등…….

어느덧 시간은 가고 심신평정의 과정이 끝났다. 견왕지로의 모든 비법을 전수받고 견왕의 반열에 오른 것이다. 그리고 이때 표영에게는 또 다른 변화가 일었다. 푸르스름한 눈자위가 어느덧 옅게 변한 것이다. 이렇듯 빠른 변화는 처음부터 극한 고생을 함으로 인해 생겨난 것이었다. 아직까지 다 사라진 것은 아니었지만 이런 변화는 참으로 놀라운 것이라 할 수 있었다. 소공공의 예견이나 천계의 주지함이 틀리지 않은 것이다.

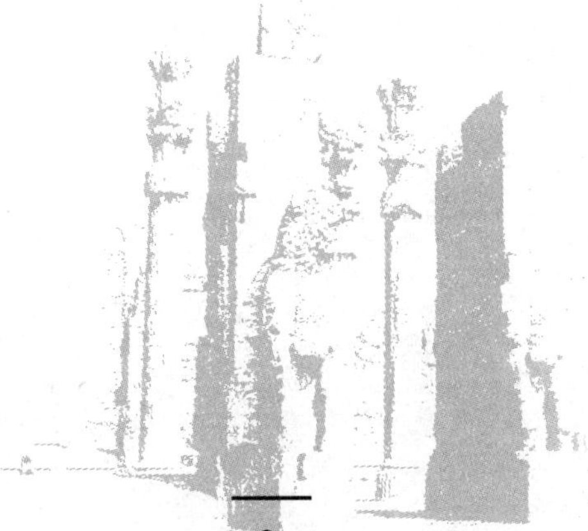

13장

믿는 도끼에 발등 찍히다

믿는 도끼에 발등 찍히다

심신평정을 끝으로 모든 수련이 마쳐졌다. 세월은 유수와 같아 어느덧 2년이라는 기간이 지났다. 표영의 나이 이제 18세. 역대 최연소 견왕 등극자의 탄생이었다. 원구협과 표영은 마주 앉아 서로 말없이 차를 마셨다. 이제 내일이면 이별이다. 수만 가지 생각이 겹쳐 서로는 선뜻 무슨 말을 꺼내야 할지 몰랐다. 표영은 찻잔을 바라보며 지난 날을 회상했다.

처음 얻어맞으며 어쩔 수 없이 제자가 되었던 때로부터 자신을 위해 호랑이와 늑대 등을 잡아오시던 사부의 모습, 그리고 자신이 견왕지로를 이룬 후에는 곁을 떠나야 한다는 것 때문에 뒤에서 한숨을 내쉬던 모습들. 그때는 힘들었지만 돌이켜 보니 잊지 못할 추억이었다.

"사부님, 이제 저는 떠나지만 저에게 베푸신 하해와 같은 은혜는 결코 잊지 못할 겁니다."

그 말에 원구협은 굳게 입술을 닫은 채 아무런 말도 하지 않았다. 하지만 눈은 아쉬움으로 많은 말보다 더한 말들을 하고 있었다.

'어느새 이놈하고 정이 든 게야. 이젠 혼자 지내야 하나.'

표영은 사부의 마음을 다 알 수는 없었지만 마음의 울림을 느끼고 작으나마 위로해 주어야겠다고 생각했다.

"사부님, 제가 개방에 들어가면 그토록 원하시던 소원을 반드시 들어드리도록 하겠습니다. 중원에는 반드시 저를 능가하는 인재가 있을 겁니다. 단지 지금은 이렇듯 훌륭한 사부님이 계심을 알지 못하기 때문에 찾지 못하고 있는 것뿐일 것이라 생각합니다. 그러니 너무 서운해하지 마세요."

"허허… 녀석, 쓸데없는 소리는……."

말은 그렇게 했지만 마음은 기뻤다.

"제가 반드시 꼭 마음에 드는 놈으로 삼 년 안에는 보내도록 할게요. 그때까지 오래오래 사셔야 해요. 아시겠죠?"

그 말에 끝내 원구협은 눈물을 흘리지 않을 수 없었다.

"어, 이런 눈에 뭐가 들어갔나 보구나."

그는 얼른 소매로 눈물을 훔치고 뒤돌아 섰고 표영의 가슴도 뭉클해졌다.

"늘 견왕으로서 자부심을 가지고 살도록 하여라. 내 비록 너를 떠나보내자니 아쉬움이 남으나 후회는 없다. 개방에 들더라도 배움을 잊어서는 안 된다. 내가 죽기 전 너의 명성이 중원을 울리는 것을 들을 수 있도록 할 수 있겠느냐?"

표영은 길을 가는 동안 사부의 마지막 말을 떠올리고 다짐했다.

'내 반드시 후계자를 찾아 보내드리고야 말리라.'

그런 다짐으로 한나절을 걸어갈 때였다. 표영의 눈에 두 중년인이 십여 마리의 개를 끌고 오는 것이 보였다. 그저 사람만 걸어온 것이라면 표영의 관심을 끌 수 없었을 것이다. 하지만 그 뒤로 개가 따라오는 것이라 견왕으로서 호기심이 일지 않을 수 없었다.

'음, 개 장수들인가? 이 길로 쭉 따라가면 사부님의 거처가 나올 텐데 이들은 사부님을 뵈러 가는 걸까?'

표영은 일단 물어봐야겠다고 생각하고 길가에 앉아 그들이 가까이 오기를 기다렸다.

"개들이 아주 훌륭하군요. 어디로 가시는 길입니까?"

두 중년인은 젊은 거지가 말을 걸어오자 약간 떫은 듯한 표정을 지었다. 하지만 개가 훌륭하다는 말에 다소나마 상대가 되겠다 싶었는지 발걸음을 멈추고 그중 한 명이 말했다.

"그래도 자넨 개를 볼 줄 아는군. 이 개들은 보통 개들이 아니지."

표영이 개들을 자세히 보니 덩치는 호랑이만했고 눈의 매서움은 늑대를 닮아 있는 것이 포악하기 그지없었다. 개들은 표영을 노려보며 약간은 긴장한 듯한 반응을 보였다. 보통 사람을 만났더라면 이미 으르렁거렸을 것이지만 상대의 기도가 상극의 기운을 은은히 발산하고 있음을 감지한 탓에 조심스럽기 그지없었다. 실제 표영이 심신평정의 단계까지 완성했기에 망정이지 그렇지 않고 그 기운을 온전히 쏘아냈다면 이처럼 개들이 빳빳하게 바라보지도 못했으리라.

"우린 구천쌍인(狗天雙人)이라고 불리는 유명한 개 장수지. 사천성에서 이름을 날리고 있는데 들어보았나?"

"아하~ 구천쌍인!!"

표영의 감탄사에 그들의 얼굴이 화사하게 변했다. 하지만 표영의 말은 그것이 끝이 아니었다.

"…못 들어봤는데요. 흐흐. 그런데 이렇게 먼 곳까지 특별히 오실 일이라도 있으신 건가요?"

개 장수들은 농락당한 것 같아 얼굴이 울그락불그락해졌지만 거지의 한마디에 민감하게 반응한다는 것도 우스운 모양이 될 듯싶어 꾹 눌러 참고 말했다.

"하하… 거지 친구, 자넨 아직 견식이 짧기 그지없군. 구천쌍인을 모르다니. 우리가 이곳에 온 이유를 알려주지. 장령 땅에 헛된 이름을 날리고 있는 개 장수가 있다고 해서 우리의 실력을 보여주려고 가는 길이라네."

이들의 명성은 사천에서는 그런대로 이름을 날리는 개 장수들이었다. 둘은 형제로 형의 이름은 청후(晴朽), 동생은 청보(晴洑)라 하는데 구천쌍인(狗天雙人)이라는 별호도 스스로 지은 것으로 고작 마을에서만 알아주는 인물들이었다. 개 장수를 시작한 것도 이제 10여 년 정도 되었을 뿐이지만 나름대로 자부심만은 대단했다.

한데 지금은 중원에서 큰 명성을 날리고 있는 원구협에게 도전해 천하 제일의 개 장수라는 명예를 얻고자 이렇게 길을 나선 것이었다. 이렇듯 허망한 생각을 가지고 원구협을 찾아가는 무리들은 1년이면 대여섯 무리들이 꼭 있었다. 하지만 정작 돌아갈 때는 하늘을 바라보고 자신이 걸어온 길이 얼마나 보잘것없었는지를 깨닫고 모두들 쓸쓸히 발길을 돌릴 수밖에 없었다.

표영은 두 사람의 허황된 말에 한 손으론 입을 틀어막고 또 한 손으로는 허벅지를 꼬집으며 웃음이 터져 나오려는 것을 겨우겨우 참아냈다.

'이런 허접 쓰레기 같은 개 장수들이 견왕인 사부님과 맞먹으려 하다니… 쯧쯧, 봉천산의 비천폭포를 대적하기 위해 오줌발을 세우려 함과 반딧불들이 달빛을 이겨보겠노라고 작당을 하는 것과 다를 바 없구나.'

"실력을 어떻게 보인다는 겁니까? 가서 싸움이라도 하시겠다는 건가요?"

"하하, 우리가 어찌 무뢰배들처럼 주먹다짐을 하겠나. 진정한 개 장수를 가리기 위해 각기 가장 용맹한 개들을 풀어 서로가 얼마나 그 개들을 잘 다루느냐로 승부를 결정짓는 것이지. 원구협이라는 노인네도 이제 개들에게 물려 처참한 몰골로 변할 시간도 멀지 않았다네."

"푸하하하하……!"

표영은 하잘것없는 개 장수들이 사부님의 존함을 들먹거리자 가소로움을 느껴 크게 웃음을 터뜨렸다. 그리곤 바로 머리를 굴렸다.

'사부님께 아무것도 드리지 못하고 왔는데 네놈들을 선물로 바쳐야겠구나.'

개 장수 청씨 형제들은 원래 우유부단한지라 젊은 거지의 돌연한 웃음에 일순 분노해야 할 것인지 참아야 할 것인지 결정하지 못하고 어찌해야 할 바를 몰라 했다. 그 틈에 표영이 싸늘하게 말했다.

"이런 시건방진 녀석들, 감히 어디를 찾아가겠다는 것이냐!"

당장 말투가 하대(下待)로 바뀌었다. 높임말 따윈 쓰고 싶지도 않았다.

"이 거지 같은 놈이 미쳤나. 갑자기 웬 개뼈다귀 같은 소리냐!"

개 장수 청후가 표영의 하대에 화를 참지 못하고 당장에라도 개들에게 명령을 내릴 기세로 소리쳤다.

“흐흐흐… 나로 말할 것 같으면 너희들이 찾는 원구협 어르신의 수제자인 표영 어르신이시다. 내 너희에게 진정한 견왕의 길을 보여주마.”

“오호라! 그래서 이렇게 시건방진 행동을 보였구나. 흥, 좋다! 썩을 놈아, 먼저 네놈의 그 흉측하게 움직이는 턱에 이빨 자국을 남겨주마.”

청씨 형제는 ‘오냐, 잘 걸렸다’ 는 표정을 지으며 열 마리의 개들에게 명령했다.

“저놈을 물어뜯어라.”

그들의 목소리에는 자신감이 철철 흘러넘쳤다. 그럴 수밖에 없는 것이 이 개들은 호랑이 추적용으로 쓰일 만큼 용맹하고 사나운 성정을 지녔기 때문에 어디에 내놓아도 손색이 없다고 생각하고 있던 터였다.

개들은 주인의 명령을 받자 두려움을 떨쳐 내고 사납게 으르렁거리며 달려들었다. 표영은 확실한 솜씨를 보여주어야만 이들이 다시는 허튼 생각을 하지 않을 것이라 생각하고 구혈잠혈의 묘용을 운용해 기운을 뿜어냈다. 그러자 순식간에 주변은 핏빛 살기로 가득 차며 개들을 감쌌고, 덤벼들던 개들은 온몸을 두렵게 만드는 진한 피 냄새로 인해 달려오다가 갑자기 벼락이라도 맞은 양 부르르 떨더니 땅바닥을 구르며 오줌을 갈기기 시작했다.

끼낑… 끼깅…….

그 모습을 지켜보던 두 명의 개 장수는 이 황당한 상황에 어찌할 바를 몰라 했다.

'뭐, 뭐냐……!'

도대체 이 상황을 어떻게 해석해야 한단 말인가. 그들은 표영이 이런 묘용을 일으켰으리라고는 생각지도 못하고 단지 개들이 갑작스럽게 미쳐 발작한 것으로만 생각하고 몽둥이를 들고 개들을 후려팼다.

"가서 물어, 이놈들아! 우리 꼴을 우습게 만들다니. 이게 무슨 추태냐!"

하지만 개들은 전혀 말을 듣지 않고 여전히 깨갱대며 땅바닥을 구를 뿐이었다.

"하하하… 이 어리석은 개 장수들아, 이 개들은 미친 게 아니다. 단지 내가 두려워서 그런 것뿐이라구."

"거지 같은 놈아, 조용히 해라. 이 개들이 미친 것을 가지고 자신의 능력이라고 뽐내다니, 이런 비열한 자식."

"하하하, 그럼 내가 멈추도록 하지."

표영이 살기를 어느 정도 거두고 개들을 향해 말했다.

"이리 와라."

살기가 거두어지자 개들은 아주 오랫동안 길들여진 것처럼 표영에게로 다가가 헥헥거리며 꼬리까지 살랑거리며 아양을 떠느라 정신이 없었다. 방금 전까지 발작했었다고는 믿어지지 않는 행동들이었다. 게다가 덩치가 호랑이만하고 얼굴이 험악하기 그지없는 개들이 어떻게 하면 귀엽게 보일까 노력하는 모습은 불가사의하기까지 했다.

"이런 개새끼들을 봤나! 이제껏 먹여주고, 재워주고, 교육시킨 주인은 안중에도 없고 뭔 짓거리들이냐!!"

그래도 개들은 청씨 형제의 말은 들은 체도 하지 않고 헥헥거리며 머리를 쓰다듬어 달라는 듯 표영의 다리에 비벼댔다. 표영이 각기 머리를 만져 주자 개들은 좋아 죽겠다는 듯 앞발을 들고 온갖 어리광을 다 떨었다.

"하하, 착한 녀석들이로구나."

"으어억… 이거 뭐냐, 대체……."

청씨 형제는 경악성을 토해내며 벌린 입을 다물 줄을 몰랐다. 눈으로 보고 있지만 믿을 수가 없었다. 아니, 믿고 싶지가 않았다. 얼마나 피땀 흘려 훈련시킨 개들이던가. 그런데 이렇게 쉽게 배신하다니…….

그들의 가슴은 찢어지는 듯 아파왔다.

"이 개새끼들아… 니들이 그럴 수 있어. 그러고도 개새끼라고 할 수 있냔 말이다."

그때 표영이 개들을 향해 근엄하게 말했다.

"자, 너희에게 기회를 주겠다. 저기 두 사람을 혼내주거라."

표영이 손가락으로 두 사람을 가리키며 와앙 물어버리라는 시늉을 하자 개들은 흉악한 기세를 드러내며 으르렁거렸다. 그리곤 있는 힘껏 달려 청씨 형제를 사방으로 몰아치며 물어버렸다.

쿠아앙… 으르르… 그르르……!

"으악! 사람 살려!"

"이놈들아, 정신 차려!"

허벅지며 가슴이며 팔이며 10마리의 개들은 인정사정없었다. 개들의 행동으로 보건대 각오가 아주 남다른 듯했다. 오로지 자신들이 살 수 있는 길은 물어뜯는 길뿐이라고 생각하는 것 같았다.

「견왕에게 잘 보여야만 된다.」

「말 잘 들으면 살 수 있을지도 모른다.」

「어설프게 행동하면 그것으로 바로 국그릇에 올라가게 될 것이다.」

「주인이고 나발이고 다 필요없다.」

「내가 먼저 물어뜯을 거야.」

「아니야, 내가 먼저야.」

이런 투철한 사명감과 불타는 의지로 덤벼드는 개들 앞에 청씨 형제는 온몸을 물어뜯길 수밖에 없었다.

"왜 그러는 거야, 이 개새끼들아. 흑흑… 으아악……!"

"정신 차려… 개새끼야. 그동안 내가 너희들을 먹여주고 재워주고 키워주었지 않느냐 말이… 크억……."

그들의 말은 아무런 효력을 나타내지 못했다. 그들은 이제 더 이상 이 개들을 통제한다는 것은 불가능한 일임을 자각하고 살길을 찾아야겠다고 생각했다.

'믿는 도끼에 발등 찍힌다더니… 믿었던 개새끼들한테 배신을 당하… 흑흑……'

둘은 온 힘을 다해 개 이빨을 뿌리치고는 오던 길로 발이 땅에 닿지 않을 만큼 전속력으로 달아났다.

"흑흑… 내 앞으로 다시 개를 키우나 봐라."

"잘 먹고 잘 살아라, 이 개새끼들아!"

절규하듯 외치며 도망가는 청씨 형제를 개들이 그 뒤를 맹렬히 추적하려 할 때 표영이 나지막하게 뇌까렸다.

"돌아와."

아주 작은 소리였지만 개들은 견왕의 말이었기에 바로 뒤돌아서 다가오더니 꼬리를 살랑거렸다. 방금 전까지 흉폭함을 드러낸 개들이라고는 도무지 믿어지지 않는 행동들이었다.

“푸하하하하… 어느 누가 있어 견왕지로의 길을 따를 자가 있겠는가.”

표영은 가까이에서 혀를 내밀고 헥헥거리며 꼬리를 살랑살랑 흔들고 있는 개들의 몸을 쓰다듬어 주었다.

‘이 개들은 사부님께 갖다 드리자. 오늘 있었던 이야기도 해드리고 나의 정성 어린 선물로 드리는 거야. 흐흐흐.’

생각을 정리한 후 표영은 개 중에 덩치가 제일 큰 놈의 등에 올라탔다. 다른 개들은 한결같이 자신이 견왕을 태우지 못함을 아쉬워하며 부러운 시선으로 동료 개를 바라보았다.

그 표정들은 이렇게 말하는 것 같았다.

「견왕을 모시다니… 우워워… 좋겠다.」

표영이 견왕봉을 꺼내 들고 크게 외쳤다.

“가자. 개자식들아. 음하하하!”

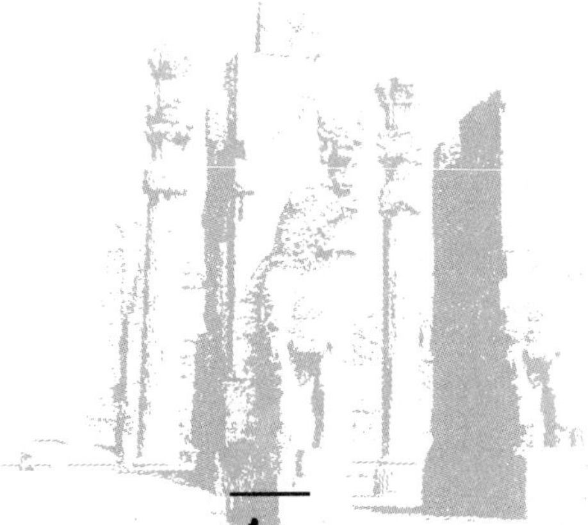

14장

미친 거지 노인

미친 거지 노인

"왜 안 된다는 거예요?"

표영은 황당함으로 마음이 끓어올라 눈알이 튀어나올 것만 같았다. 그의 앞에는 개방 제자들이 귀찮다는 듯이 앉아 있었다.

"내가 얼마나 고생고생해서 개 비법을 터득했는지 알기나 하고 하는 소립니까? 이제 와서 아무 소용이 없다니 말이 되는 소리냐구요!"

이 무슨 개미 허파 터지는 소리란 말인가? 분통을 터뜨리는 표영을 향해 개방 제자 하충이 뻣뻣하게 말했다. 그는 은영조의 조장이었다.

"이봐 젊은 친구, 무슨 말인지는 알아들었어. 하지만 그때 그 이야기를 했던 주동은 다른 곳으로 발령이 나서 떠난 지 1년이 지났다네. 게다가 지금 우리 사이에 대화의 핵심은 개방과 개는 전혀 무관하다는 사실이야. 우린 강호의 무림인이지 거지 집단이 아니란 말일세. 정녕 필요한 건 개 비법이 아니라 무공이네."

그는 귀찮다는 듯 머리를 한차례 턴 후 말을 이었다.

"그런데 자넨 어떤 무공도 익히지 않았잖은가. 그 당시 주동이 무슨 생각으로 그런 말을 했는지는 모르겠지만 괜한 시간 낭비하지 말고 그냥 자네 주특기인 개 장수로 나아가는 것이 좋을 것 같네 그려."

"허허……."

표영의 입에서는 그저 공허로운 마른 탄식이 새어 나왔다. 그렇다. 주동과 그 무리들이 떠나 버린 것이다. 이 상황에서 주동이 있었다면 어떻게 우겨볼 수도 있겠으나 지금 눈앞에 있는 거지들에게는 생떼를 써봐도 아무 소용이 없었다. 천하에 게으름의 독보적인 경지에 오른 표영이 자신을 희생해 가며 개 비법을 연마했건만 모든 것이 물거품처럼 스러진 것이다. 그래도 이렇게 허망하게 물러설 순 없는 노릇이었다.

"어쨌든 개방은 거지들의 모임이니만큼 개를 잘 잡는 사람도 필요하지 않겠습니까."

"시범으로 100마리 정도만 때려잡아 보이겠습니다."

"이 자식들아, 입방시켜 주란 말이야!"

이틀 간을 가는 곳마다 쫓아다니며 졸라댔다. 설득조로 말하기도 하고 고함도 질러대며 떼를 써보기도 했지만 결국 개방인들을 납득시킬 순 없었다. 하도 쫓아다니자 개방인들은 아예 몸을 숨겨 버렸다. 마지막으로 이런 말만 들을 수 있을 뿐이었다.

"호북성의 곡하로 가보게나. 주동은 그곳으로 갔으니 말이네. 그 친구한테 가서 따져 보라구."

어쩔 도리가 없었다.

'주동을 찾아가자. 내 이놈을 가만 두나 봐라. 개 잡는 것은 아무

필요도 없다니.'

표영은 마음이 울적해지면서 거친 기운이 온몸에 퍼짐을 느꼈다. 이럴 때는 어딘가에 화풀이를 해야 한다.

"뭐 이런 경우가 다 있냐. 으악~ 신경질나~!!"

그날… 장령 지방의 모든 개들은 하루 내내 표영에게 얻어터졌고 개들의 비명은 천지 사방에 울려 퍼졌다.

호북성까지는 섬서성을 지나야만 갈 수 있는 참으로 먼 거리였다. 하지만 표영의 걸음은 그 어느 때보다 신속했다. 지난 시간들 속에 개들에게 고난당한 것을 생각하면(비록 훌륭한 비법을 전수받는 계기가 되었지만) 주동을 만나면 견왕봉을 휘둘러 줄 작정이었다.

'기다려라, 주동. 네놈의 방자한 주둥아리를 붕어 주둥이처럼 만들어주마.'

그렇게 씩씩대며 섬서의 취운산을 지날 때였다. 취운산은 산이 깊고 넓어 길을 놓치게 되면 계속해서 산속으로 들어가게 되는 지형이 특징이었다.

"이거 아무래도 길을 잘못 든 것 같은데……."

왠지 길이 아닌 곳으로 가고 있는 것만 같았다. 이 산만 넘으면 될 것 같다가도 다시 큰 산을 맞이하곤 했다. 난감한 지경이 아닐 수 없었다. 그렇게 두리번거리며 헤매는데 갑자기 비명 소리가 요란하게 들려왔다.

"으아악~ 살려줘!"

멀지 않은 곳이었다. 음성으로 보아 노인이 어려운 지경에 빠진 것이 분명했다. 표영은 예전과는 비할 수 없이 담대한 마음으로 돌변한 상태였기에 재빨리 소리가 난 곳으로 달려갔다. 표영이 발견한 것은 잔혹한 눈빛으로 으르렁거리며 침흘리는 한 마리의 늑대와 겁에 질려 눈이 풀린 노인이었다.

"늑대가 감히……."

표영은 허리춤에서 견왕봉(犬王棒)을 꺼내 쭉 뻗어 보이며 장엄하게 외쳤다.

"멈춰라, 이 흉악한 늑대야!"

늑대는 느닷없는 불청객의 출현에 귀를 쫑긋하더니 표영의 소리가 난 쪽을 바라보았다.

「허거걱… 뭐, 뭐지… 저건?」

늑대가 바라본 것은 견왕봉이었다. 견왕봉이야말로 사조 때로부터 수십 년 간 온갖 개들과 흉악한 짐승들을 때려잡았던 신물이 아니던가. 거기에 담겨진 살기만으로도 어줍잖은 짐승들은 기겁하지 않을 수 없는 신묘함이 깃든 물건이랄 수 있었다. 늑대는 타고난 감각으로 천적이 나타났음을 직감했다. 머리에서 비상 신호가 급히 울리며 도망가는 것이 상책이라는 경고를 보내왔다.

「튀, 튀자…….」

하지만 늑대가 튀어야겠다고 생각할 때는 이미 늦은 상태였다. 표영이 구혈잠혈을 시전해 버린 것이다. 늑대는 형용하기 힘든 살기가 에워싸는 바람에 머리의 지시에도 불구하고 몸이 말을 듣지 않게 돼 버렸다. 다리가 빳빳이 굳어버렸다.

「이, 이러다간… 정말…….」

늑대가 걱정하는 상황은 바로 나타났다. 표영이 몸을 날려 견왕봉으로 늑대의 머리를 후려갈긴 것이다.

퍽!

늑대는 오들오들 떨 뿐 캐갱이라든지, 끼낑이라든지의 소리조차 내지 못했다. 혀도 입도 굳어버린 것이다. 이미 승부는 끝난 것이나 다름이 없었다. 두려움에 떠는 늑대에게 표영의 연설이 시작됐다.

"네깐 놈이 감히 무엇이기에 사람을 해하려 하느냐. 지천에 먹을 게 깔렸건만 오만 방자한 짓을 자행하다니, 정신이 있는 거냐 없는 거냐?"

늑대는 분명 알아듣지도 못할 것이 뻔한데도 표영의 연설은 계속됐다.

"…내 오늘 산중에 있는 모든 흉악한 짐승들에게 너를 통해 교훈을 주지 않을 수 없구나. 너는 죽음으로써 모두에게 짐승의 똑바른 생활이 어떤 것인지를 몸소 알려주게 되는 것이니 그나마 마지막에 좋은 일을 하게 되는 것임을 감사히 여기거라. 준비됐겠지?"

잔뜩 쫄아 있는 늑대는 그저 눈만 내리깔고 있을 뿐이었다.

"알아들었어, 못 알아들었어?"

늑대는 다 죽어가는 소리로 살기에 눌려 가늘게 흐응… 흐응… 소리만 냈다.

"이 자식이 감히 내 말을 먹어버려? 내가 니 친구냐, 이 자식아. 죽어라, 죽어, 죽어~!"

퍼퍼퍼퍽—

머리며 몸통 할 것 없이 난타를 하는 통에 늑대는 곧바로 피투성이가 되어 죽어갔다. 한쪽에서 겁에 질려 바라보던 거지 노인은 흉악한 늑대가 쓰러지자 하늘로 날 듯 뛰며 환호했다.

"와~ 잘한다, 잘해. 우리 편 이겨라. 우리 편 무조건 이겨라."

표영은 응원 소리에 힘이 나 이미 죽은 지 오래된 늑대의 몸을 몇 번 더 가격했고 거지 노인은 몸을 방방 뜨며 박수 갈채를 보냈다.

"와~ 죽었다. 우리가 이겼다. 우리가 이겼어!"

환호하는 거지 노인의 눈빛은 번들거리고 목소리의 음색이 째지고 갈라졌다. 그의 행동과 말로 보아 정상은 아닌 것이 분명했다. 하지만 표영은 그런 것은 전혀 느끼지 못하고 있었다. 표영도 다른 사람과 비하자면 괴상한 축에 드는지라 그저 응원해 준 것에 보답하듯 양팔을 들고 마구 흔들어주었다.

"워워……."

한동안 그렇게 둘은 찬사를 보내는 자와 찬사를 받는 자가 되어 신바람을 냈다. 아마 누군가가 그 모습을 옆에서 지켜보았다면 혀를 끌끌 차며 검지로 머리 쪽에 대고 빙글빙글 돌렸으리라. 그나마 정신이 돈 건 아닌 표영이 미소를 띠며 노인에게 다가가 물었다.

"어디 다친 곳은 없으세요?"

"다친 데? 응… 여기 아야 해."

노인은 금세 슬픈 표정으로 바뀌어 어린아이처럼 손가락으로 무릎을 가리켰다. 도망가다가 넘어져 약간 째진 상처였다.

"하하하… 노인장도 참, 이 정도야 무슨 문제가 있겠습니까? 다행히 제게 특효약이 있으니 염려 마세요."

표영은 특효약을 꺼내고자 눈을 지그시 감고 숨을 길게 들이마신 후 기합을 내뱉었다.

"크으윽 퉤~"

손바닥에 침이 가득 고였다. 특효약은 다름 아닌 침이었던 것이다. 표영은 노인의 무릎에 골고루 넓게 발라주었다. 이런 것을 약이랍시고 바르는 것은 표영만의 발상이겠으나 그에 반응하는 노인의 말은 더욱 한 수 위였다.

“우와!! 시원하다. 정말 하나도 아프지 않은 것 같은걸!”

표영마저도 상대방의 열렬한 반응에 의아함을 품을 지경이었다.

“좀 더 발라줘~ 응? 좀 더 많이 발라주라니까!”

“어? 네… 네…….”

다시금 표영이 가득 발라주자 거지 노인은 힘이 솟는다는 듯 무릎을 구부렸다 폈다 하면서 만면에 웃음을 지었다.

표영은 자신이 발라주고도 의아했다. 정녕 그렇게 시원하더란 말인가? 그는 침을 자기 다리에 발라보았다. 시원하고 자시고가 없었다. 하지만 상대방이 시원하다고 하잖는가.

‘음, 그래도 마음은 뿌듯하구나.’

“하하, 노인장의 몸이 나으셨다니 매우 기쁘군요. 전 이만 볼 일이 있어 떠나야 하니 부디 몸을 잘 살피시길 바랍니다.”

자리를 털고 일어서는 표영의 바지를 노인이 덥석 움켜쥐었다.

“형, 나 버리고 가면 안 돼. 나 혼자 있기 싫어. 무섭단 말이야.”

“예엣~ 형요?”

표영이 아무리 괴짜라지만 상황이 이 정도에 이르자 노인의 상태가 정상이 아닐 것이라는 생각에 도달했다.

‘음… 어쩐다… 이 노인네는 정신이 오락가락하는가 본데… 이대로 두고 가버리면 혼자서 무슨 일을 당할지 모르잖은가… 거참…….’

표영이 고민하고 있을 때 노인은 계속 슬프게 말했다.

“내가 싫어서 떠나려고 그러는 거지? 형, 미워. 늑대가 나타나면 난 어떻게 해. 엉엉…….”

"울지 마세요. 저는 형이 아니에요. 전 아직 어리거든요."

"형이 형이지, 또 뭐야. 괜히 나를 떠나려고 그렇게 말하는 거지? 다 알아. 정말 나빠… 흑흑……."

마음이 여린 표영은 측은지심이 일어 그냥 두고 떠날 수가 없었다. 개방의 주동에게 따지러 가는 것이 중요했지만 만일 이대로 떠나면 분명 후회할 것 같았다.

"음… 그럼 잠시 동안만 같이 있도록 할게요. 알겠죠? 저는 사실 다른 곳으로 가볼 일이 있거든요."

노인은 뛸 듯이 기뻐했다.

"아이 좋아라. 형, 우리 집으로 어서 가자."

노인의 거처는 산중에 있는 동굴이었다. 돌무더기들이 듬성듬성 자리한 사이로 동굴의 입구는 시커먼 입을 쩍 하니 벌리고 있었다. 입구의 크기는 장정 세 명이 어깨를 잔뜩 벌리고서 한꺼번에 들어갈 수 있을 정도의 컸으니 제법 그 안쪽도 넓을 것이었다.

"형, 여기가 바로 내 집이야. 헤헤……."

거지 노인의 목소리엔 아주 근사한 장원을 소개하듯 은근한 자랑이 배어 있었다.

"우와! 정말 좋은 데 사시는군요."

누가 봐도 전혀 좋을 것 같지 않은 동굴이었지만 표영의 눈엔 정말 좋아 보였다. 거지의 삶은 거지가 알아주는 법. 그저 부러워 죽겠다는 표정으로 감탄사를 연발했다. 동굴 입구 쪽에는 타고 남은 장작과 숯이 보였고 안으로는 밥그릇과 옷가지들이 어지럽게 널려 있었다. 더불어 안으로 들어가자 퀴퀴한 냄새가 코를 찔렀다. 거지 중에서도 정말 상거지라 할 수 있었고 추접하기로도 표영과 막상막하를 다툴 지경이었다.

'음, 정말 이 노인은 대단하구나. 개방인도 아니면서 거지로서 손색이 없이 살아가고 있으니……. 근데 왜 이곳에서 혼자 사는 것일까? 전에 운학 할아범이 이야기해 준 것처럼 아들과 며느리가 이곳에 버리고 간 것일까?'

집에서 표영을 돌보는 일을 맡은 운학 노인이 해준 이야기는 노모(老母)를 버린 사람들의 이야기였다.

"아들과 며느리는 노망이 든 어머니를 2년 간 모시고 있었답니다. 노망이 들면 간혹 엉뚱한 일들을 하게 되죠. 밥을 한다고 해놓고서 솥이 다 탈 때까지도 모르고 있는가 하면, 오줌 똥도 가리지 못하게 된답니다. 그런 생활이 언제까지 될지 몰라 두 부부는 지치고 말았습니다. 결국 둘은 팔순에 이른 모친을 깊은 산중에 버리기로 했답니다. 좋은 데 모시고 가겠다고 하고선 하루 먹을 음식을 놓아두고 돌아오게 되었죠. 그 후 지내보니 그렇게 한가하고 여유로울 수가 없더랍니다. 하지만 그것도 잠시, 부부는 허전함과 함께 큰 죄책감으로 괴로워하게 되었답니다. 둘은 마음을 바꿔 어머니를 모시고 오기로 하고 버렸던 장소로 찾아가게 되었죠. 하지만 그때는 이미 어머니는 싸늘한 시신이 된 후였답니다. 노망 든 어머니는 품에 사람 모양의 돌을 꼭 끌어안고 죽어 있었는데 그 얼굴엔 미소가 어려 있었다지 뭡니까. 그 돌에는 아들의 이름 석 자가 새겨져 있었구요. 아들은 비로소 얼마나 자신이 어리석었는지를 깨닫고 대성통곡했답니다. 도련님께서는 장주님과 마님께서 살아 계실 동안에 효도를 다하셔야 합니다."

표영은 마음이 아팠다. 지금 노인의 모습을 보고 있자니 꼭 이야기 속의 주인공같이 느껴진 것이다.

'정말 불쌍한 노인이구나. 나라도 잘해드려야지.'

그때 미친 노인이 헤헤거리며 말했다.

"형, 우리 밥 먹자. 내가 남겨둔 밥이 있거든."

"그럴까요?"

"에잉… 형, 아까부터 왜 그러는 거야… 내가 싫어졌어? 난 동생이잖아. 왜 말을 그렇게 하는 거야. 응?"

"허허… 거참……."

표영은 어이없어 허허거렸다. 하지만 굳이 예의를 차리는 것이 되려 노인의 마음을 아프게 하는 것이 될까 봐 말을 놓았다.

"자, 그럼 밥을 먹어볼까?"

"응, 형… 헤헤."

거지 노인이 가져온 밥은 상하기 일보 직전이었다. 하지만 표영은 이보다 더한 것을 주식으로 삼아왔던 터라 전혀 거리낄 게 없었다. 둘은 상하기 일보 직전의 밥을 우적우적 정성스럽고 맛깔스럽게 먹었다.

함께 식사를 한다는 것은 사람을 쉽게 친하게 만드는 법이다. 그래서 가족을 식구라고 하지 않던가. 표영과 거지 노인은 밥을 먹으며 아주 오랫동안 만나온 사람처럼 즐거워했다. 그렇게 시간은 가고 날이 어두워졌다. 동굴 밖을 돌아다니며 서로 말도 안 되는 헛소리를 주고받다가 밤이 되어 동굴로 들어와 각자 잠이 들었다. 표영이 한참 단잠에 빠져 있을 때였다.

빠악—

표영은 머리통이 깨질 듯한 충격을 받았다. 그것만이 아니었다. 몸이 갑자기 반 바퀴 도는 듯하더니 피가 머리 쪽으로 쏠리는 게 거꾸로 매달려 있는 것만 같았다. 큰 충격을 받았지만 어지간한 일은 대충 넘어가는 성격인 표영인지라 이 상황을 꿈으로 받아들였다.

'허, 이상한 꿈도 다 있네. 이런 식으로 꾼 꿈은 처음인데… 진짜로 아픈걸. 흐흐…….'

눈도 뜨지 않고 머리의 고통이 사라지기만을 기다리며 여전히 잠을 청하려 할 때였다.

턱, 턱, 턱!

표영은 몸이 거꾸로 된 상태에서 아래로 위로 내려갔다 올라갔다 하면서 턱턱거리는 소리와 함께 머리에 다시 큰 통증을 느꼈다. 꿈이라고 생각하기엔 그 고통이 너무나 컸다.

"으악… 뭐야~ 이건 꿈이 아니잖아."

눈을 뜨고 정신을 집중하자 누군가에 의해 발목이 잡힌 채 머리로 땅에 방아를 찧고 있는 상황이었다.

"어떤 놈이냐? 이것 놓지 못해. 으악~ 누구야? 아프단 말이야. 이 놈아~!"

몸을 뒤틀며 고래고래 소리를 질러보았지만 여전히 발목을 잡고 있는 손은 위아래로 왕복하며 바닥에 찧어대고 있을 뿐이었다. 그와 함께 음산한 목소리가 표영의 귓가를 때렸다.

"클클클…… 너는 도대체 뭐 하는 놈이기에 이곳에 와 있는 거냐. 나를 죽이려 온 것이렷다. 크크크… 결코 용서할 수 없다."

표영은 목소리가 왠지 낯익은 듯싶었지만 지금 그런 것을 깊이 생각할 겨를이 없었다. 이러다간 머리가 깨지든 목이 부러지든 할 테니까 말이다.

"누굴 죽이러 왔다는 거야. 어서 놓지 못해. 나중에 너 후회하지 말고 좋게 말할 때 놔라. 그리고 이곳에 있던 거지 노인은 어떻게 한 거야. 너, 그 노인 건드렸다면 인생 다 산 줄 알아라. 얼른 놓지 못해!"

이 와중에도 거지 노인의 안위가 걱정되었다. 이렇게 있다가는 자신은 물론이거니와 정신이 온전치 못한 노인은 더욱 위험해질 것이 분명했다. 아니 이미 해를 당했는지도 모를 일이었다.

"클클클… 입만 살았구나……."

괴인의 괴이쩍은 웃음소리를 듣고 표영은 말로 해서 될 일이 아님을 깨달았다. 온몸에 담겨진 '구혈잠혈'의 살기를 거세게 내뿜었다. 그러자 동굴 안은 순식간에 살기로 가득 찼고 살기는 회오리가 되어 괴인의 몸을 휘감았다.

괴인은 갑작스런 살기에 흠칫 놀랐다. 별것도 아닌 녀석이라 여겼는데 이런 살기를 내뿜을 줄은 생각지도 못했던 것이다. 그가 멈칫하는 사이 표영은 발목에 힘을 주고 손에서 벗어났다. 떨어지는 상태에서 잽싸게 몸을 굴려 허리춤에 있던 견왕봉을 빼 들었다. 상대가 얼마나 대단한 자인지는 모르지만 여태껏 개들을 패며 나날이 몽둥이 솜씨가 늘어가는 표영인지라 두려움 따윈 없었다. 살기 어린 몽둥이질은 꼭 개들만 타격을 주는 것은 아니다. 어차피 사람도 살과 피로 이루어진 것이니 맞으면 개나 다를 바가 없이 상처를 입게 마련이다.

"네놈, 잠자는 호랑이를 건드리는 것은 별일 아니겠지만 잠자는 거지를 깨우는 일이 얼마나 큰 화를 자초하는지 보여주겠다."

표영은 괴인을 노려보며 말했다. 하지만 그의 얼굴은 볼 수가 없었다. 현재 괴인이 서 있는 위치가 동굴의 입구에서 안을 바라보고 있는 형세라 달빛이 비춰주었으나 역광으로 인해 겉 테두리만 확인할 수 있을 뿐이었다. 그리고 거지 노인의 모습은 어디에도 찾아볼 수가 없었다.

'서둘러 처리하고 어서 찾아보아야겠다.'

"잠자는 거지는 그저 거지일 뿐이지. 클클클……."

"몽둥이에 맞고도 그렇게 웃을 수 있는지 보겠다."

표영은 타구일일을 시전하며 견왕봉을 휘둘렀다. 뭇 개들과 흉악한 짐승들을 복종시킨 매서운 몽둥이질이다. 일직선으로 뻗으며 괴인의 머리를 쳐나갔다. 빠르기 그지없었으나 표영의 손은 그저 허공만을 가로질렀다. 어느샌가 괴인이 몸을 틀어 피했고 그사이 주먹이 표영의 복부를 강타했다.

퍽—

"으읍."

실 끊어진 연처럼 이 장여를 붕 떠 나가떨어졌다. 하지만 표영의 맷집과 깡다구는 이 정도로 무너질 것이 아니었다.

"이놈을 그냥!"

다시 벌떡 일어나 사방팔방으로 휘두르며 달려들었다. 가히 물 샐 틈도 없이란 표현은 이런 때 사용하는 것이리라. 하지만 괴인은 그 세밀한 틈 사이를 바람처럼 뚫고 다가섰다. 표영이 그 움직임에 놀라 경악성을 터뜨릴 새도 없이 괴인의 주먹이 다시 명치에 꽂혔다.

퍽—

"으윽……."

이번에 충격은 처음 것과 비할 바가 아니었다. 온몸에 맥이 풀리고 숨을 쉴 수조차 없었다.

"꺼억… 꺼억……."

입을 크게 벌리고 간신히 꺽꺽대며 숨을 조금씩 들이쉴 뿐이었다. 그리고 앞에 선 괴인의 옷자락을 스치듯 매만지며 서서히 허물어졌다.

'이렇게 쓰러지면 안 되는데… 견딜 수가 없구나. 으음… 거지 노인은 어떻게 됐을까.'

거지 노인의 얼굴이 떠올랐다.

'그 불쌍한 노인에게 아무 일이 없어야 할 텐데…….'

옆으로 모로 누워 간신히 숨을 깔딱대던 표영은 흐릿해진 시선으로 괴인을 바라보았다. 그때 괴인이 옆으로 몸을 틀었다. 달빛을 그의 얼굴을 비춰주었다.

"으으… 이럴 수가! 당신은……."

도저히 눈으로 보고도 믿을 수가 없었다. 괴인의 정체는… 바로 낮에 보았던 그 미친 거지 노인이었던 것이다. 표영은 황당함에 파묻혀 아득히 정신을 잃고 말았다.

'세상엔 믿을 놈이 없다' 는 대대로 내려오는 진리를 생각하면서.

"형, 어서 일어나. 일어나라니까."

누군가가 몸을 흔드는 것을 느끼고 표영은 눈을 떴다.

"으어억……!"

표영은 소스라치게 놀라 몸을 일으켰다. 어제 무자비한 폭력을 휘둘렀던 거지 노인이 다소곳이 앉아 바라보고 있었던 것이다.

"형, 왜 그래. 무서운 꿈 꾼 거야?"

너무나 천연덕스러운 말과 행동에 표영은 정말 자신이 꿈을 꾼 것인가 라는 생각이 들 정도였다. 하지만 곧 꿈이 아님을 알았다. 어제 맞은 명치 끝이 찌릇찌릇 아려왔기 때문이다.

"흥, 알고 보니 사람을 가지고 논 것이로군. 노인이 불쌍하게 보여 인정을 베푼 사람에게 이런 식으로 놀려도 되는 것이란 말인가! 난 가겠어."

표영은 견왕봉을 빼 들었다. 혹시나 노인장이 기습적으로 공격해 올 것을 대비한 것이다.

"혼자 잘 먹고 잘 살아보라구. 난 이제 간다. 흥, 어제 늑대에게 곤경을 당한 것도 사실은 모두 연극에 불과한 것이겠지? 난 그런 줄도 모르고 버려진 노인네인 줄 알고 동정심을 품었으니… 내가 바보지."

서서히 동굴을 빠져나가며 하는 말에 거지 노인은 두 손을 마구 저으며 따라나왔다.

"아니야, 아니라구. 난 늑대가 정말 무서워. 형, 가지 마… 난 어떻게 살아가라고 그러는 거야. 왜 갑자기 그러는 거야. 어엉엉……."

노인이 울든 말든 표영은 동굴을 벗어나자마자 있는 힘껏 달렸다. 괜히 잡히게 되면 어제처럼 곤욕을 당할지도 모른다. 역시나 노인은 맹렬히 좇아왔다. 하지만 노인의 목소리는 가슴을 울리는 울음소리로 범벅인 채였다.

"가지 마… 엉엉… 형, 가지 마……."

"따라오지 말란 말이야! 저리 꺼지라구!"

한참 앞서 달리던 표영은 뒤돌아보다가 문득 걸음을 멈췄다. 노인은 어린아이가 엄마를 부르듯 가슴 절절이 울부짖으며, 넘어지면 또 일어나고 넘어지면 또 일어나면서 계속 따라오고 있었던 것이다. 그 모습을 보고 마음이 약해진 표영은 정말 어제는 꿈을 꾼 것이 아닐까

라는 생각이 들었다.

'이런 제길, 어떻게 된 거야.'

도무지 꾸며낸 행동으로는 볼 수 없었던 것이다.

'나는 그럼 어제 꿈을 꾼 것이었나? 내가 잠꼬대하다가 명치를 어딘가에 부딪힌 게 분명해. 설마 저 노인네가 저렇게까지 하면서 날 속일 리가 있겠어? 그동안 혼자 외롭게 있다가 오랜만에 사람을 봐서 더 마음이 아픈가 봐. 그래, 어젠 꿈이었어, 꿈.'

표영은 자기의 마음에 최면을 걸었다. 꿈이야, 꿈.

미친 노인은 여전히 울면서 뛰어왔다.

"어엉… 형, 왜 그래. 내가 뭐 잘못했는데? 왜 갈려고 그래. 나 혼자 두고 떠나지 마. 무섭단 말이야. 가지 마. 알았지?"

표영은 자신도 모르게 눈시울이 뜨거워졌다. 왜 미쳤는지는 잘 모르겠지만 애절한 한(恨) 같은 것이 느껴진 것이다.

"알았어. 가지 않을게. 그러니 이제 그만 울어."

다가온 노인의 등을 표영은 진정 동생을 대하듯 토닥거려 주었다.

'오늘 밤이 되면 정확히 알 수 있겠지.'

다시 밤이 찾아왔다. 표영은 어떻게든 잠들지 않고 지켜보아야겠다고 생각했다. 하나 만성지체가 온전히 풀리지 않은 그가 잠을 이겨낸다는 것은 쉬운 일이 아니었다. 언제 잠이 들었는지도 모르게 잠에 빠져들었다. 표영이 얼마나 잤을까?

퍼억—

등판이 바스러지는 듯한 통증과 함께 표영의 몸이 떼구르르 굴렀다. 정신을 번쩍 들게 할 정도로 충격은 컸다.

"그만 일어나는 게 어때?"

"누구냐?"

벌떡 일어나 등판을 어루만지며 발길질을 가한 놈을 찾았다.

"헉!"

표영의 동공이 크게 확대됐다. 혹시나 했었건만 역시나였다. 발길질을 가한 이는 거지 노인이었던 것이다.

"노인장, 나랑 장난하자는 거야 뭐야! 왜 그러는 거야 대체?!"

표영은 말하면서 동시에 얼른 허벅지를 꼬집어보았다.

"아얏……."

아팠다. 역시 꿈이 아닌 것이다. 어젯밤에 있었던 일도 이제 아무리 꿈이라고 믿어보려 해도 현실이 분명했다. 도대체 이게 어떻게 된 노릇이란 말인가. 자세히 보니 노인의 얼굴에서 풍겨 나오는 기운은 낮에 보았을 때와는 뭔가가 달라져 있었다. 눈은 타는 듯 이글거리고 얼굴은 두려움과 살기가 뒤섞여 있는 상태였다. 노인이 낮게 말했다.

"너는 누구냐? 누가 보내서 온 거지? 나를 죽이려고 찾아온 것이렷다."

어제와 비슷한 내용의 말이었다.

"이봐, 제발 좀 정신 차려. 나 모르겠어? 표영이라구. 우리 아까까지만 해도 히히덕거리며 재밌게 놀았잖아. 생각 안 나?"

"흐흐흐… 엉뚱한 소리로 노부의 마음을 바꾸어볼 셈이냐. 이곳에 온 이상 그냥 보내줄 순 없지."

"흥, 어제처럼 내가 당할 성싶으냐."

표영은 견왕봉을 빼 들고 마음을 가다듬었다. 상대가 빠른지라 오늘은 공격하기 보다는 수비를 하면서 그 틈을 노릴 생각이었다. 거지 노인은 성큼성큼 다가오더니 손을 쭉 뻗었다. 얼른 견왕봉을 들어 가로막는데 노인의 손이 기이하게 꺾이며 표영의 목을 움켜쥐었다.

"캐액~ 캑~!"

어찌나 세게 누르는지 눈알이 튀어나올 것만 같았다.

"클클… 다시는 헛된 행동을 하지 않도록 노부의 무서움을 보여주마."

거지 노인은 손을 뿌려 바닥으로 내동댕이친 후 밟아갔다.

퍼퍼퍼퍽— 퍽퍽—!

"으어어… 으억……!"

속수무책이었다. 맷집이 좋다고 자부하던 표영이었다. 사부에게 삼일 간을 맞으면서 버텼던 몸이며 개 이빨에 단련된 몸이지 않던가. 하지만 주먹과 발길질이 얼마나 강한지 뼈 속까지 아려왔다.

퍼퍽— 퍼퍼퍼퍼퍽—!

"어거걱… 사람 살려……!"

표영은 지렁이가 소금에 저려져 요동치듯 꿈틀거렸다. 얼마나 맞았을까. 거의 기절 직전까지 이르른 표영이 고함지르는 것도 포기한 채 맞고 있을 때였다. 어디선가 비명 소리가 났다.

"으어억~!"

희미한 눈으로 둘러보니 거지 노인이 갑자기 머리를 쥐어뜯으며 괴로워하고 있었다.

'어쭈, 이젠 아주 별 희한한 짓을 다하는구만.'

거지 노인은 고통스러운 표정으로 괴성을 지르다 철퍼덕 소리를 내며 바닥으로 허물어졌다. 표영은 다행이다 싶었지만 그래도 마음을 놓을 수가 없었다. 워낙에 돌출 행동이 많은지라 이것도 속임수가 아닐까 의심이 든 것이다. 하지만 차 한잔 마실 시간이 지날 때까지도 노인은 일어날 기색이 보이지 않았다.

'음… 저 노인이 왜 저렇게 된 거지. 어쨌든 여길 벗어나야 해. 계속 있다간 제 명에 못 살지… 끙.'

끙 소리를 내며 팔을 짚고 일어나 보려 하는데 아까 맞은 등골에서 통증이 한꺼번에 머리로 몰려왔다.

"이런… 으윽……."

표영은 팔을 펴지 못하고 푹 고꾸라져 그만 혼절하고 말았다. 일어나기엔 너무나 많이 얻어맞은 것이다.

표영은 이를 바드득 갈았다.

"도저히 용서할 수 없어."

그 앞에는 거지 노인이 무릎을 꿇고 두 손을 싹싹 빌고 있는 중이었다.

"새벽에는 그렇게 두들겨 패놓고 이제 와서 기억이 안 난다니, 그게 말이 되는 소리야?"

"난 모르는 일이야. 형, 화내지 마. 무서워."

노인은 이제 급기야 몸을 부르르 떨면서 온갖 안쓰러운 표정을 지어 보였다.

"몰라~"

표영은 말은 이렇게 했지만 가만히 헤아려 보았다. 지금의 모습과 간밤의 모습은 너무나 큰 차이를 보이고 있었던 것이다. 아무리 봐도 거짓으로 꾸미고 있는 것 같진 않았다. 그리고 간밤에 보았던 그 흉악한 모습 또한 결코 억지로 꾸민 행동으로는 보이지 않았다.

'이 노인이 미친 것만은 확실한 것 같은데 밤에는 왜 그리 난폭하게 변하는 것일까? 그것이 원래 모습일까? 아니야. 아마도 낮의 모습과 밤의 모습의 중간 정도가 정상이랄 수 있을 거야.'

표영은 밤에 경련을 일으키며 쓰러졌던 일을 떠올렸다.

"누가 보내서 온 거지? 또 나를 죽이려고 찾아온 것이렷다."

'언제 누가 이 노인을 죽이려고 했던 것일까? 아니면 그냥 헛소리를 하는 것일까. 에잇, 모르겠다. 어쨌든 무슨 사연이 있는 것 같으니 조금 더 지켜보기로 하자. 이렇게 맞아놓고 왜 맞았는지도 모른 채 도망친다면 너무나 큰 손해지. 암. 근데 이거 매일 밤 얻어맞는다면 내 몸이 버텨낼 수 있을까.'

표영은 일단 마음을 정했다.

"좋아. 가지 않을 테니 어서 일어나."

노인은 그 말에 온 세상을 다 얻은 사람처럼 기뻐하며 표영을 끌어안았다.

"형, 고마워."

"휴우~"

표영은 하늘을 보고 한숨을 쉬었고 그렇게 이틀의 시간은 흘러갔다.

그 후로 표영은 밤이면 얻어터지고 날이 새면 상황이 역전되어 꾸짖는 생활을 반복했다. 이젠 맞는 것도 이골이 났고 더불어 밤에 잠자는 것은 포기해야 할 지경에 이르렀다. 하지만 한 달 정도가 지나면서 표영은 기막힌 것을 발견했다. 얻어맞지 않을 방법을 터득하게 된 것이다. 그건 사실 아주 간단하면서도 효율적인 방법이었다. 특이하게도 거지 노인은 포악하게 변하게 되면 절대로 동굴 밖으로 나오려 하지 않았다. 그건 마치 투명한 벽이 가로막고 있는 것 같아서 한 발자국도 밖으로 빼내지 못했다.

표영으로서는 그 사실을 알고 난 후로부터 동굴 밖에서 편안하게 잠을 청할 수 있었고 거지 노인은 동굴 안에서 온갖 욕설을 퍼부어 대다가 괴성을 지르며 쓰러졌다. 욕을 듣는다는 것이 사람에게는 불면증에 시달릴 수 있는 것이겠으나 이제까지 고생해 가며 밤마다 시달린 표영에게는 그저 따사로운 자장가로 들려올 뿐이었다.

15장

낮에는 형, 밤에는 제자

낮에는 형, 밤에는 제자

근 한 달 동안 표영은 편안히 단잠을 잘 수 있었다. 사실 아무 걱정 없이 잠을 잘라 치면 낮 시간에 에라 모르겠다는 심정으로 떠나버리면 아무 근심할 것이 없을 테지만 어린아이처럼 순수하게만 보이는 노인의 마음에 상처를 주게 되지는 않을까 하는 마음에 선뜻 떠나지 못하고 이렇게 시간을 보내게 된 것이었다.

이날도 표영은 미리 저녁부터 동굴 밖에서 잠을 청한 까닭에 얻어 터질 고민을 하지 않고 꿀처럼 단잠에 빠졌다. 얼마쯤 잤을까. 표영은 누군가가 자신의 몸을 마구 흔들어대는 느낌에 아련히 잠에서 깨어났다. 간신히 눈을 떠서 앞을 바라보던 표영은 경악성을 터뜨렸다.

"허억~!"

어떤 물체가 눈에 바짝 다가와 있었기 때문이다. 그건 시금털털한 냄새를 동반한 사람의 얼굴이었다. 어떤 사람이건 간에 잠에서 깨어나자마자 사람의 얼굴을 동공 가득 담게 된다면 공포스러울 것이다. 표영은 두 팔로 밀어젖히며 허겁지겁 뒤쪽으로 몸을 주르르 제낀 후 나타난 이를 살폈다.

"어, 어떻게……?"

놀랍게도 나타난 사람은 다름 아닌 거지 노인이었다. 표영은 이해할 수가 없어 곤혹스러운 표정으로 동굴과 노인을 번갈아 바라보며 식은땀을 흘렸다. 분명 노인은 발작을 일으키면 동굴 밖으로 절대 나오지 못하도록 되어 있었다. 아니, 나와서는 안 되는 것이다. 하지만 이유야 어찌 되었든 지금 현재 눈앞에는 노인이 자신을 물끄러미 쳐다보고 있지 않은가.

'이런 제길… 이게 도대체 어떻게 된 거야. 이젠 또 맞아야 하는 건가.'

하지만 표영이 머리를 복잡하게 굴리고 있을 때 그와 반대로 노인은 평온한 미소를 지으며 고개를 들고 잔잔히 내려다보았다.

"이씨, 너, 또 때리려고 그러지?"

노인의 표정이 발작할 때와는 뭔가 달라도 상당히 달랐지만 그래도 미심쩍은 마음이 드는 건 어쩔 수 없어 움츠러든 목소리로 물었다.

"허허… 녀석, 말투가 버르장머리가 없구나. 때리다니, 누가 누구를 때린단 말이냐?"

노인의 얼굴과 말투는 약간의 장난기가 섞여 있었다. 어쨌든 이제까지 봐왔던 것과는 확연히 다른 것이 분명했다. 반말로 지껄이는 것을 구별해 내고 있으니 말이다. 지금은 낮처럼 바보 같지도 않고 밤 시간의 발작 때처럼 눈알이 번들거리며 폭력적인 미치광이의 모습도 아니었다.

눈빛은 웃음기가 가득했고 한쪽 입꼬리가 살짝 올라간 모습은 친근감마저 느껴졌다. 그건 흔히 이웃에서 볼 수 있는 할아버지와 같은 느낌이랄 수 있었다.

"너는 나를 알고 있느냐? 너는 왜 여기서 잠자고 있는 거지?"

그 말을 하고 있는 노인의 눈빛 저편에는 공허로움이 가득했다. 이런 모습은 표영으로서는 처음 대하는 것이었다.

'혹시 제정신으로 돌아온 것은 아닐까? 오호라, 그런 것이로군. 그 어느 때와도 표정이나 말투가 다르지 않은가 말이야.'

달빛이 비스듬하게 동굴 안을 비추는 가운데 둘은 서로 마주 보고 앉았다. 표영은 호기심이 가득한 눈으로 노인을 바라보았다.

"저 모르시겠어요?"

"음… 너는 나와 매우 가까운 사이였던 것 같은 느낌이 드는구나. 너는 나와 얼마 동안 함께 있었지? 그동안 나의 삶은 어떠했는지 듣고 싶구나."

노인의 말에 표영은 그동안 자신이 어떻게 이곳에 오게 되었는지와 낮 시간의 행동과 밤 시간에 폭력적으로 변하던 것들에 대해 알려주었다.

하지만 낮 시간에 자신을 부를 때 형이라고 한다는 말과 어린아이처럼 군다는 말은 차마 할 수가 없었다. 이미 그 말이 아니더라도 노인의 표정은 붉어지는가 하면 하얗게 창백해지기도 하고 다시 쓴웃음을 짓는가 하면 인상을 찌푸리며 고통스러워했기 때문이다. 만일 그런 사실까지 다 말한다면 너무 큰 충격을 받게 될 것은 불을 보듯 뻔한 것일 테니 말이다. 표영의 설명이 다 끝났을 때 노인은 길고 긴 한숨을 토해냈다.

"그랬었군, 그랬어. 허허허……."

노인은 다시 공허로운 웃음을 날리며 작게 고개를 끄덕거렸다. 표영은 노인의 목소리에서 전해지는 기운이 가슴 깊은 곳에서 우러나온 허전함과 슬픔임을 알고 드디어 제정신으로 돌아온 것이라 여겼다. 마음 한구석에서부터 감동이 밀려들며 눈물까지 나오려 했다.

'이제까지 얻어터진 것이 결코 헛되지만은 않았던 거야. 내 이 한 몸 희생해 한 사람을 구제하지 않았느냐. 이것이 바로 뿌듯함이라고 하는 것인가 보구나. 오! 기쁘다.'

감동 속에서 문득 표영은 이 노인이 어떤 사연을 가지고 있는 사람인지 궁금해졌다. 그래야만 왜 미치게 되었는지, 미쳐도 곱게 미칠 것이지 왜 밤마다 폭력적으로 변하게 되는지 알 수 있을 테니 말이다.

"그럼 할아버지는 어디에서 무엇을 하시던 분이셨죠?"

"음… 나는… 누구……."

노인은 누구라는 질문 앞에 눈빛이 몽롱해졌다.

"나는… 나는… 누구였지?"

노인 '나는… 나는' 을 계속 반복하더니 급기야 얼굴이 붉게 달아오르고 눈빛이 차츰 벌겋게 변해가며 괴성을 질러대기 시작했다.

"으으으, 우워어… 나는……!"

그는 괴로운 듯 갑자기 두 손으로 머리를 움켜쥐고 마구 흔들었다. 표영은 끔찍한 광경에 입으로 손을 가져갔다.

"뭐, 뭐야… 아직 다 기억을 회복한 것이 아니었었나? 갑자기 왜 저러는 거야."

거지 노인은 아직 온전한 정신 상태로 돌아온 것이 아니었다. 비록 자아를 찾아 돌아오긴 했지만 자신이 누구인지에 대해서는 기억하고 있지 못했다. 그나마 이 정도까지 온 것도 기적 같은 일이라 할 수 있었다. 이 정도라도 호전된 것은 그동안 혼자 지내던 거지 노인에게 표영이 곁에 있어줌으로 인해 은연중 마음이 편안해진 데다가 밤마다 쌓였던 분노를 표영을 두들겨 패는 것으로 풀게 됨으로써 맺힌 것이 풀어지며 정신을 어느 정도 회복하게 된 것이었다.

"으윽… 나는… 나는… 누구지……. 나는… 나는… 으하하하… 알았다. 나는 바로……."

"누, 누군데요?"

표영이 눈을 동그랗게 뜨고 긴장된 얼굴로 물었다.

"클클클…나는 저승 사자다, 이놈아. 으케케케."

노인은 순식간에 발작 상태로 돌입해 미치광이로 변해 버렸다.

"허걱~이게 아닌데, 저승 사자라니……."

표영은 경악성을 터뜨리고 빨리 동굴을 벗어나야 한다는 생각에 몸을 퉁겨냈다. 하지만 어느새 노인의 주먹은 표영의 뒤통수를 강타했다.

퍽―!

"으억……."

표영은 충격에 의해 바닥으로 쓰러졌고 노인은 광소를 터뜨리며 무참하게 표영을 짓밟아갔다.

"날 죽이려고 온 것이더냐. 그렇게 호락호락 죽어줄 것 같으냐. 죽어라, 이놈아, 죽어~!"

표영은 고통에 몸부림치며 점점 의식의 끈을 놓쳐 갔다.

'으윽… 이게 뭐야 대체. 정말이지 내일은 떠난다. 안 떠나면 내가 고자다. 난 가고야 말겠어. 제길… 아프긴 왜 이리 아픈 거야. 끙.'

내일 떠난다고 다짐을 했지만 표영은 다음날도 그 다음날도 떠나지 못했다. 떠나지 못했을 정도가 아니라 다시금 계속해서 폭력의 희생 제물이 될 수밖에 없었다. 표영이 떠나지 못하고 자꾸만 미련을 갖게 된 것은 늘 제정신으로 돌아오는 듯 아슬아슬해 보이는 모습 때문이었다. 오기가 있지 이대로 그냥 물러설 수는 없는 노릇이었다. 이대로 떠나 버리자니 그동안의 고생이 어떤 재물보다 아깝게 느껴진 것이다.

문제의 핵심은 '나는 누구인가?'라는 질문이었다. 그 질문에만 맞닥뜨리면 늘 머리를 쥐어뜯고 심한 발작을 일으키니 말이다. 이렇게 표영이 죽도록 맞는 일이 계속되었지만 그렇다고 늘 손해만 보는 것은 아니었다. 낮 시간 동안에는 적절하게 보복하는 것으로 화를 풀 수 있었기 때문이다. 낮에는 상황이 역전돼 거지 노인이 곤욕을 치르며 울고불고 난리가 아니었다.

"형, 그만 때려. 왜 때리는 거야."
"형, 미워. 왜 내 밥 다 먹은 거야."
"형, 떠나지 마. 앞으로 말 잘 들을게. 그러니 간다는 말만 하지 마."

이렇게 낮에는 표영이 괴롭히고 밤에는 거지 노인이 괴롭히는 시간들은 계속 흘렀다.

보름이 지나고 표영은 이날도 맞을 각오를 하고 노인의 맞은편에 앉았다.

"할아버지는 누구시죠?"

표영의 질문은 여전히 똑같은 내용으로 던져졌다. 이제 곧 머리를 쥐어뜯으며 '나는… 나는…'을 외치다가 주먹을 날릴 것이다. 표영은 눈을 질끈 감고 이를 악물었다.

'어제 맞은 가슴 쪽이 아직도 아려오는데 오늘은 엉덩이 쪽을 맞았으면 좋겠다.'

표영은 정이 많았다. 게다가 이제까지 얻어터진 것이 아까워서라도 끝을 봐야겠다는 생각을 하고 있는 터였다. 하지만 '오늘은 엉덩이를 맞았으면…'이라는 자그마한 소망을 가지고 기다리고 있던 표영의 예상은 산산이 부서졌다. 험악한 주먹 대신 노인의 기백이 넘치는 목소리가 들려온 것이다.

"나는 개방 방주 천상신개(天上神丐) 엽지혼(葉之魂)이다. 하하하……!"

"허걱, 드, 드디어… 드디어… 정신을 차리신 거로군요?"

"그래, 나는 엽지혼이다."

거지 노인은 드디어 정신을 차리게 되었고 놀랍게도 그의 정체는 전대 개방 방주인 천상신개 엽지혼이었던 것이다.

엽지혼은 동굴에서 약간 떨어진 곳에 우뚝 솟아 있는 바위 위에 앉아 자신이 걸어왔던 길에 대해 깊은 상념에 잠겼다.

'도대체 나는 얼마나 이렇게 지냈던 것일까? 1년? 아니면 10년? 그리고 지금 개방에는 무슨 문제가 생긴 것일까?

머리가 깨질 듯이 아파왔다. 눈을 뜨고 숲을 바라보고 있었지만 정면의 사물은 하나도 들어오지 않았다. 어느덧 기억 저편에서 빛이 비산하며 좌우 대칭으로 사방에서 스치고 지나갔다. 그 빛무리를 뚫고 핏빛 그림자가 번쩍거렸다. 살을 에이는 듯한 통증이 가슴을 파고들고 복면을 한 살수들의 빠른 몸놀림이 좌우 상하에서 어른거리며 무수한 검날이 짓쳐들었다.

"헉헉… 이대로 죽을 수 없어."

자신의 목소리였다.

그리고 오십여 명의 복면 살수들. 그들은 전문적인 살수 집단의 인물들임이 확실했다. 절제된 몸 동작, 오직 살인만을 위해 수련한 듯한 철저한 살검들, 오로지 죽음을 선사하는 저승 사자로 키워지고 훈련된 자들이 분명했다.

"으윽……."

그의 입에서 고통스러운 신음성이 흘러나왔다.

챙— 챙— 쉬익!

삼십여 명을 물리쳤다. 하지만 그 대가는 참혹했다. 엽지혼 자신의 몸에도 수십 개의 칼 구멍이 생겨난 것이다.

"너희들은 누구냐?"

그렇게 다시 엽지혼이 십여 명을 더 쓰러뜨렸을 때는 이미 몸은 어느 것 하나 제 기능을 할 수 없을 만큼 만신창이가 되어 있었다.

그리고…….

끝을 알 수 없는 절벽, 천지가 빙글빙글 돌며 깊은 흑암의 구렁텅이로 한없이 빠져들었다.

"으아악……!"

그는 비명 소리와 함께 어둠의 깊은 공간을 지나 현실 세계로 복귀했다.

"헉, 헉, 헉……."

그의 온몸은 땀으로 범벅이 되었는데 이마에서 턱선을 따라 비처럼 바닥으로 뚝뚝 떨어질 정도였다.

'과연 누가 보낸 자들이란 말인가. 왜 나를? 살수들은 고도로 훈련된 청부 조직원임이 틀림이 없을 터, 그렇다면 누군가 고용자가 있을 것이다. 그는 과연 누구란 말인가?'

그는 잃어버렸던 지난날을 찾았지만 밀려드는 의문에 여전히 사로잡혀 어디에서부터 과거를 회복해야 할지 갈피를 잡지 못했다. 모든 내공은 사라지고 몸은 쇠약해질 대로 쇠약해진 상태인지라 더욱 마음이 답답했다. 그때 뒷덜미에서부터 은은한 통증이 시작되었다. 통증은 삽시간에 머리 전체로 빠르게 번져 갔다.

"으으윽……."

엽지혼은 두 손으로 머리를 감싸쥐고 아득히 정신을 잃고 말았다. 그는 비록 기억을 찾긴 했지만 그렇다고 몸까지 온전해진 것은 아니었던 것이다. 그 당시 당한 극심한 상처로 인해 고작 밤 시간(그것도 일정치 않은) 중에 반 시진(약 1시간)도 안 되는 시간 동안만 제정신을 차릴 수 있게 된 것뿐이었다.

엽지혼이 혼절한 후 멀지 않은 곳에서 멍한 눈으로 바라보고 있던 표영은 길게 한숨을 내쉬며 그를 들쳐업고 동굴로 향했다.

"가슴에 맺힌 게 많은 노인이야. 근데 정말 개방 방주였을까? 개방도 생각보다 피곤한 곳인가 보군. 쩝, 개방에 드는 것에 대해 다시 생각해 봐야겠는걸."

다음날 밤 엽지혼이 표영에게 물었다.

"궁금한 게 있구나."

"네, 말씀하세요."

"너는 개방 제자들을 만나보았다고 했지?"

엽지혼은 표영이 대략 여기까지 온 경위를 들었던 터였다.

"음, 감숙성에서 처음 만나보았었죠."

"그들의 옷차림은 어떠하더냐? 더러운 옷을 입고 있었느냐, 아니면 그런대로 깔끔한 옷을 입고 있었느냐?"

"음… 다들 깔끔하던걸요. 처음에 저는 그들이 거지인 줄도 몰랐을 정도니까요. 단지 억지로 기운 듯한 시늉을 냈을 뿐이더라구요."

표영의 말에 엽지혼의 안색이 창백하게 변했고 눈은 암울한 기운을 띠었다.

"설마 그렇게 된 것은 아니겠지. 설마……."

그는 아주 작게 들릴 듯 말 듯 중얼거리더니 눈을 감고 회상에 잠겼다.

개방은 이제껏 진정한 거지의 길을 가는 오의파(汚衣派)와 세속적인 성격을 지닌 정의파(淨衣派)로 나뉘어져 있었다. 오의파가 추구하는 외형은 순수한 거지의 모습이다. 더러운 옷을 입고 다니며 주로 구걸로써 생계를 유지한다. 즉, 거지의 삶에서 크게 벗어나지 않은 채 무림에 기여하거나 강호의 여러 문제들을 해결해 나가는 것이다.

그에 반해 정의파는 깨끗한 옷을 입고 다닌다. 거지라기보다는 무림의 한 방파로서의 길을 가는 쪽이다. 가끔 정의파가 구걸을 하는 경우도 있지만 그건 어디까지나 작전을 수행하기 위한 길일 뿐, 대부분은 철저히 무림 방파로서의 길만을 갈 뿐이다.

원래의 개방에 있어 정의파라는 것은 없었다. 즉, 오의파적인 성격으로 애초에 파가 구분되어 있지 않았던 것이다. 하지만 훗날 점점 변질되어 가면서 거지의 삶보다는 무림의 일원으로서의 성격을 추구하는 이들이 나타나기 시작했다. 그들이 바로 정의파였다. 이런 흐름은 어떤 의식을 가진 방주냐에 따라 전체적인 개방의 방향이 뒤바뀌기도 했다.

근래 200여 년 가까이 오의파의 정신으로 개방은 이끌어졌고 엽지혼이 방주로 있을 때도 그런 길을 걸었었다. 그런데 표영의 말을 들어보니 지금의 개방은 정의파의 길을 따르고 있는 것이다. 그건 필시 후계 체제에 문제가 생긴 것이 틀림없었다.

'지금의 개방은 정의파의 길을… 후우~ 장산후… 제자 중 가장 뛰어난 아이. 그 아이는 어떻게 되었을까.'

마음은 의롭고 근골도 뛰어났을 뿐만 아니라 자신의 가르침을 어겨본 일이 없는 제자였다. 그런데… 그런데 지금의 개방이 어떻게…….
장산후 그 아이가 현재 개방 방주라면 결코 정의파의 길로 가지 않았을 것이다. 그렇다면… 그 아이도 무사하지 못하다는 것.

가슴이 송곳으로 찔린 듯 아려왔다. 불현듯 그는 품속을 뒤져 보았다. 방주의 신물인 타구봉은 어디에도 없었다. 절벽에서 떨어지면서 잃어버린 것이 틀림없었다. 생각하고 싶지 않은 상황들이 머리를 스치고 지나갔고 머리 뒤쪽에서부터 시작된 통증이 온 머리로 번져 가며 의식을 끊으려 했다.

"으으윽……."

고통에 찬 신음 소리와 함께 엽지혼은 옆으로 힘없이 쓰러졌다.

엽지혼은 며칠 밤을 아무런 말도 없이 심각하게 고민했다. 표영으로서는 너무나 분위기가 심각해 감히 한마디 말조차 건네보지 못할 정도였다. 그렇게 5일 정도 지날 때였다.

"개방에 다녀와야겠다."

심각한 표정으로 엽지혼이 말했다. 하지만 표영은 말도 안 된다고 여겼다.

"반 시진도 못 되어 정신을 잃을 텐데 어떻게 가시겠다는 거예요?"

그건 표영의 말이 옳았다. 분명 가다가 정신을 잃을 것은 불을 보듯 뻔한 일일 터. 물론 엽지혼 자신도 그것을 잘 알고 있었다. 그러기에 그동안 쉽게 결정하지 못하고 고민했던 것이다. 현재 엽지혼은 내공이 전혀 남아 있지 않은 상태다. 그리고 살수들의 공격에 의해 요혈이 파괴된 후 제때 치료받지 못해 몸의 균형이 무너져 보통 사람보다도 오히려 약해져 있는 상태였다. 일반적인 달리기를 하는 것조차 무리라고 할 수 있을 정도였다.

"그러지 마시고 여기 계세요. 제가 대신 다녀올게요."

표영의 말에 엽지혼은 입꼬리에 살짝 미소 지었다.

"그래도 가봐야겠구나. 돌아오마."

엽지혼은 말을 마치고 걸음을 옮겼다. 표영은 동굴 입구에서 멀어져 가는 엽지혼을 바라보았다. 절로 한숨이 새어 나왔다.

"휴~ 정말 사람 고생시키는 데는 도통한 것 같다니까."

보지 않아도 결과는 뻔한 것이다. 표영은 쓰러지면 함께 돌아올 요량으로 뒤따라갔다.

엽지혼은 혼신의 힘을 다해 달리고 또 달렸다. 숨이 턱까지 차왔지만 조금이라도 더 가까이 가야겠다고 생각했다. 그에게는 나름대로 계산이 서 있었다. 다시 정신을 잃게 되더라도 그곳에서 다시 밤이 되길 기다렸다가 또다시 걸음을 옮긴다면 그리 어렵지 않을 것이라 여긴 것이다.

그로부터 반 시진 정도가 지났을 때 엽지혼은 눈앞이 캄캄해짐을 느끼고 비명을 내지르며 숲에 쓰러지고 말았다. 멀리 뒤따라오던 표영은 올 것이 왔구나 하며 비명 소리가 난 곳으로 향했다. 거기엔 엽지혼이 널브러져 있었다.

"에구, 이거 어떻게 하지? 아, 거참, 정말 피곤한 양반일세. 어쩔 수 없지. 끌고 가는 수밖에. 영차~!"

표영은 쓰러진 노인을 등에 업고 오던 길로 꾸역꾸역 돌아갔다. 참으로 대단한 정성이 아닐 수 없었다.

"야, 이 나쁜 놈의 자식아! 왜 다시 날 이리로 데려온 거야?"

엽지혼은 밤이 되어 정신을 차리게 되자 기가 막혔다.

"어떻게 된 게 일체 도움이 안 되는 거냐? 죽어, 이 자식아. 죽어!"

그는 다시 동굴로 돌아와 있는 자신을 발견하고는 표영을 후려팼다.

"그만 때려요. 으아악, 사람 살려. 저는 그냥 잘해보려고 했을 뿐이라구요."

표영이야 억울하기 그지없었지만 지금은 그저 맞는 수밖에 없었다.

"내일 또다시 그런 만행을 저질렀다가는 뼈도 못 추릴 줄 알아. 이 청개구리 같은 놈아."

엽지혼은 한참을 두들겨 팬 이후에 한숨을 내쉬었고 내일을 기약할 수밖에 없었다.

표영은 다음날이 되어 정신 나간 엽지혼에게 이를 바드득 갈았다. 어제 일에 대한 복수를 감행코자 함이다.

"형을 그렇게 두들겨 팰 수 있는 거야? 엉? 똑바로 말해 봐!"

삿대질을 해대며 표영은 두들겨 패버렸다. 엽지혼은 눈물을 찔끔거리며 온몸을 뒤틀었다.

"형, 잘못했어. 그만 때려. 내가 뭘 잘못했다고 그러는 거야."

"죽어, 이 자식아. 죽어~ 내가 청개구리냐? 나도 잘해보려고 그런 것뿐이라구."

가는 말이 고와야 오는 말이 곱다고 했던가. 아니면 인과응보란 말인가. 엽지혼은 표영의 견왕봉에 의해 실컷 두들겨 맞았다. 물론 표영은 상처 자국이 남지 않도록 신경 써서 팬 것은 당연지사였다.

밤이 되어 엽지혼은 정신을 차렸다. 하지만 몸이 어제와 같지 않고 여기저기 쑤시는 것이 왜 그러는지 알 수가 없었다.

"몸이 영 개운치 않구나. 낮에 무슨 일이라도 있었니?"

표영은 가슴이 뜨끔해졌지만 시치미를 뚝 떼고 대꾸했다.

"네? 무슨 일은요… 험험… 아무 일도 없었는데요."

"음… 그런데 왜 이렇게 팔다리가 저려오는 거냐?"

"으음··· 글쎄요. 비가 오려고 그러는 거 아닐까요."

그러면서 바깥을 보면서 고개를 왔다 갔다 했다. 밤하늘엔 구름 한 점 없었다.

"소나기가 오려나. 험험……."

"그럴지도 모르겠구나. 그나저나 오늘은 나를 데리고 오는 멍청한 짓을 하면 가만 두지 않을 테니 알아서 해라."

"그럼요. 두 번씩이나 제가 그렇게 할려구요."

엽지혼은 표영에게 여러 번 당부한 후 빠르게 걸음을 재촉해 산을 내려갔다. 표영은 기분이 상해 따라가지 않으려다가 혹시 무슨 일이라도 생길까 염려스러워 슬금슬금 뒤를 밟았다. 아니나 다를까, 멀리 뒤쫓아가던 표영의 귀에 비명 소리가 들렸고 후닥닥 뛰어가 보니 엽지혼이 혼절한 채 쓰러져 있었다.

"음, 좋아. 나도 이젠 힘들게 데려가지 않을 거야. 나도 여기서 같이 자면서 내일 어떻게 될지 한번 지켜보도록 하자."

표영은 쓰러진 엽지혼을 똑바로 눕히고 근처에서 풀을 뜯어 베개를 만들어준 후 옆에 누워 잠들었다.

"어어억··· 여긴 어디지? 형, 여기 어디야? 어서 일어나. 우리 집이 어디로 가버린 거냐구."

아침이 되어 엽 노인은 얼굴이 사색이 된 채 표영을 깨우느라 정신이 없었다. 머리를 잡아 흔들며 한참을 깨우는 바람에 표영이 간신히 눈을 뜨고 일어났다.

"왜 이리 시끄러운 거야."

"형, 어젯밤에 누가 우리 집을 가져가 버렸나 봐. 빨리 찾으러 가자."

엽 노인은 불안함에 어쩔 줄을 몰라 했다.

"아이, 귀찮아. 나 좀 더 자야 되니까. 조금 이따가 가자구."

"안 돼. 집에 가야 된다니까. 빨리 일어나."

표영은 화가 머리끝까지 뻗쳐 올랐다.

"조용히 못해! 여기 있다가 밤에 갈 테니까 그렇게 알어."

분명 밤이 되어 정상으로 돌아오면 또 개방을 가겠다고 할 것이 분명했다. 표영으로서는 어떻게든 이곳에서 버텨보려 했다. 하지만 엽 노인은 막무가내였다.

"형, 제발 그러지 좀 마. 집에 가고 싶단 말이야. 무서워."

곧 눈물이라도 흘릴 것처럼 두려워하는 모습을 보자 표영의 마음이 약해졌다.

"휴우… 좋아. 집 찾으러 가자."

엽 노인은 그 말에 싱글벙글해져서 표영의 손을 잡고 콧노래를 불러댔다.

"야, 신난다. 역시 형이 최고야. 야호~!"

표영은 멍해진 얼굴로 한숨을 내쉬었다.

"휴~ 또 밤에는 간다고 할 텐데… 정말 피곤한 일이구나."

엽지혼은 새벽에 다시 정상적인 상태로 돌아왔다. 그의 마음은 착잡하기 그지없었다. 자신이 어떻게 다시 이곳으로 돌아오게 되었는지 표영에게 들었던 터였다.

'내가 가자고 보챘다니… 믿을 수 없구나…….'

또 다른 자신은 이 동굴에서 벗어나기를 죽기보다 무서워하고 있는 것이다. 이래 가지고서 개방을 살펴본다는 것은 도무지 불가능한 일이다. 하지만 그렇다고 이렇게 넋을 놓고 하루하루를 보낼 수만은 없지 않은가.

'그래도 하는 데까지 해보는 수밖에…….'

그는 다시 똑같은 상황을 일곱 번씩이나 재현했다. 그때마다 결과는 똑같았다. 비로소 그는 자신의 힘으로 이곳을 벗어날 길이 없음을 인정할 수밖에 없었다. 마음이 답답해진 엽지혼은 한숨을 내쉬며 시선을 들어 저 멀리 한 조각 구름이 유유히 흘러가는 모습을 바라보았다.

'내가 바람이 되고 구름이 된다면 얼마나 좋을까. 후…….'

엽지혼은 차선책을 생각하지 않을 수 없었다. 그는 표영을 조용히 불러 물었다.

"영아, 어려운 부탁인 줄은 안다만 나로서는 이곳을 떠나기가 무척 어렵구나. 나 대신 네가 개방 사람을 만나 현재 개방이 어떻게 이루어져 있는지 알아봐 주면 좋겠구나."

표영은 '그럼 그렇지' 라는 표정으로 답했다.

"아, 거참, 제가 진작에 그렇게 하자고 했잖아요. 그동안 제가 얼마나 피곤했는지 아세요? 아, 요즘은 정말이지 잠도 제대로 못 자고 죽겠다니까요."

"소란스럽지 않게 되도록 은밀하게 알아봐야 한다."

"염려 붙들어 매세요."

표영은 산을 내려갔다. 엽지혼의 가르침을 따라 옷조각을 찢어 나뭇가지에 일정한 간격으로 표식을 남겨두었다. 혹시라도 험한 산길을 되돌아오지 못할 것을 염려해 다시길을 찾아올 수 있도록 배려한 것이다.

표영이 내려간 곳은 섬서성에 위치한 허운 지역이었다. 허운 지역은 섬서성에서는 서안 다음으로 큰 지역으로 그 인구 또한 결코 적지 않았다.

표영은 일단 거지들을 찾는 것이 급선무였기에 마을을 배회하면서 개방 제자같이 보이는 사람들을 찾았다. 하지만 어떻게 된 일인지 눈을 씻고 찾아봐도 개방 사람들은 찾을 수가 없었다.

'개방은 무림에서도 사람이 제일 많은 방파라고 하더니만 어떻게 된 게 찾으려고만 하면 보이질 않는 건지.'

그렇게 사오 일을 지났다. 표영은 이젠 될 대로 되란 식으로 체념한 채 주점 부근의 벽에 붙어 잠이나 자자는 심정으로 누워 있었다. 가는 날이 장날이라고 했던가. 조용히 잠을 청해보려 했건만 주점 안에서 다투는 소리가 소란스럽게 들려왔다.

"젠장, 자리를 잘못 잡았구나. 재수가 없으려니까."

막 자리를 옮기려던 차였다.

와장창—!

주점의 창문이 박살나며 이 층에서 네 사람이 연달아 밖으로 뛰어내렸다. 싸움이 밖으로 이어진 것이다. 주점 안에 있던 사람들이며 주위를 지나던 사람들이 삽시간에 몰려들었다. 그들은 돈 주고도 못할 구경에 은근히 기대된다는 눈빛이었다. 마치 '이게 웬 떡이냐!' 라는 표정으로…….

표영도 어슬렁거리며 사람들 틈바구니를 뚫고 바라보았다. 두 사람씩 편이 갈려 마주 보고 있었는데 한쪽은 거지 차림이었고 두 사람은 흑의 무복을 입은 자들이었다. 왼쪽에 두 사람이 비록 거지 차림이라고는 해도 옷은 그저 기워 입은 시늉만을 한 것을 보니 개방 제자들이 분명했다.

'찾으려고 해도 못 찾겠더니 여기서 보게 되는구나.'

흑의 무복을 입은 자 중 회초리를 뽑아 든 이가 말했다.

"흥, 거지면 거지답게 지낼 것이지. 개방도 이젠 썩을 대로 썩었군."

"개방은 어엿한 무림의 대방파일 뿐 거지들의 집단이 아니건만 네까짓 놈이 뭔데 감히 시비를 거는 것이냐?"

"흥, 우리가 시비를 걸었다구? 단지 눈으로 쳐다본 것도 죄가 된단 말이더냐. 괜한 자격지심으로 그렇게 느끼는 것이겠지."

흑의 무복을 입은 자는 호경 땅에서는 그래도 협의를 행한다는 흑룡편(黑龍鞭) 종무명이었고, 그와 함께 술을 마신 자는 인절검(人絶劍) 진자량이었다.

"십 년 전에 천상신개 엽 방주께서 계실 때는 개방이 이렇게 무뢰배가 되지는 않았었다. 하지만 이제 무영신개(無影神丐) 노위군이 방주가 된 후에는 점점 그 맑은 기운을 잃어가는군. 도대체 싸움을 하지 못해 안달이 난 것이냐."

한쪽에서 싸움 구경을 하며 유심히 대화를 듣고 있던 표영의 귀가 번쩍 뜨였다.

'음… 천상신개 엽 방주라… 그 할아버지잖아. 진짜 방주였었구나. 근데 지금의 방주는 무영신개 노위군이라 이거로군. 근데 십 년이나 지났다니… 그럼 동굴에서 10년을 지냈다는 말인가. 쩝…….'

싸움판의 두 개방 제자는 흑룡편 종무명의 말에 얼굴이 시뻘겋게 달아올랐다.

"훙, 감히 방주님을 능멸하다니. 죽고 싶은 게로구나. 더 이상 긴 말할 필요 없다. 너희들같이 외적으로 사람을 평가하는 녀석들은 몸에 상처를 입어봐야 정신을 차리겠지."

말을 한 이는 철심개(鐵心丐)라고 불리는 개방의 사결제자 이진구(李眞狗)였고 그 옆에는 삼결제자 만운경(蔓雲境)이었다. 만운경의 용모는 어디서나 볼 수 있는 흔한 얼굴이었지만 이진구의 용모는 턱이 길고 눈꼬리가 올라간 것이 꼭 뱀을 보는 것같이 인상이 좋지 못했다.

개방에서는 서열을 나눔에 있어서 매듭의 수로 나타낸다. 뒤에 매는 포대 자루를 두르는 가슴 선으로 이어지는 줄에 매듭을 매게 되는데 많을수록 서열이 높음을 의미한다. 그중 방주는 아홉 개의 매듭으로 표시한다. 개방의 사결제자라는 것은 네 개의 조를 통솔하는 단장의 지위로서 상당한 실력을 갖춘 자임을 나타내는 것이기도 했다.

종무명은 결코 상대들이 호락호락하지 않음을 알았다. 개방의 사결제자는 거저 얻을 수 있는 것이 아닌 것이다. 하지만 이 상태로 물러난다는 것은 무림인으로서 자존심이 허락지 않았다. 자신들같이 어느 문파나 방에 속해 있지 않는 자들로서 이런 거대 방파를 건드린다는 것이 부담스러운 것은 사실이었지만 비굴한 모습을 보이고 싶지 않았다. 그러느니 차라리 이 자리에서 칼을 맞고 죽는 게 낫다고 여겼다. 그는 그의 애병기인 흑룡편을 공중에 한 바퀴 회전시키며 쏘아붙였다.

"훙, 내 회초리로 너의 종아리를 때려 못된 버릇을 고쳐 주도록 하

마. 방의 세력만 믿고 날뛰는 너희 같은 무리를 이 어르신이 아니면 누가 잡아주겠느냐."

"잘도 지껄이는구나. 쓸데없이 나불대는 입이 결국 어떻게 되는지 보여주마."

분노한 철심개 이진구는 맹렬한 기세로 신형을 날려 파옥장(破玉掌)을 선개했다. 그것을 계기로 네 사람은 한데 어우러져 싸우기 시작했다. 치고 빠지는 가운데 뿌옇게 먼지가 일었다. 네 사람의 거친 숨소리도 사방으로 퍼졌다. 하지만 얼마 지나지 않아 싸움은 종무명과 진자량에게 불리해져만 갔다.

종무명과 진자량은 둘 다 회초리와 검을 들고 싸우고 있었고 두 개방 제자는 맨손으로 겨루고 있었음에도 불구하고 종무명 쪽이 어려운 국면을 맞고 있었다. 두 개방 제자의 신형의 빠름이 거의 두 배 정도 뛰어나다 보니 무기의 유익함이 크게 발휘되지 못하고 있는 것이다. 흑룡편이 용의 꿈틀거림처럼 휘둘러졌으나 이진구는 회초리의 여세 속에 파고들며 바람처럼 장력을 날렸다.

퍽—

이진구의 파옥장이 정확히 왼쪽 가슴에 적중했다.

"으윽……."

외마디 비명 소리와 함께 종무명은 비틀비틀 물러나며 쓰러진 후 '우웩' 하고 한 모금의 피를 토해냈다. 종무명을 쓰러뜨린 후 이진구는 몸을 돌려 격전을 벌이고 있는 만운경과 진자량 사이로 파고들었다. 인절검 진자량은 간신히 버티고 있는 상태라 이진구의 합세에 더 이상 버틸 수가 없었다.

펑! 소리와 함께 이진구의 장력에 어깨를 강타당한 그는 몸이 붕 떠지며 바닥에 주저앉았다. 이 결투는 1대 1의 대결이라 볼 수 있었기에 이런 마무리는 비열한 방법이라 할 수 있었다. 하지만 이진구는 자신이 끼어든 것에 대해 적절히 합리화시키는 말을 하는 것을 잊지 않았다.

"간교한 무리에겐 정당한 방법을 쓸 필요는 없는 법이다."

솔직히 간교한 것은 이진구 당사자였으나 행동과 어우러진 말 한마디의 효과가 어떤 것인지를 그는 잘 알고 있었다. 이진구는 한쪽 입꼬리를 올리며 바닥에 널브러진 두 사람을 향해 비웃음을 던졌다.

"흥, 입만 살아 있는 놈들이었군. 고작 그런 실력으로 개방에 도전하겠다는 거냐? 가소로운 녀석들."

"멋대로 해보거라. 이 빌어먹을 거지보다 못한 놈들아. 우리가 네놈들에게 무엇을… 우욱!"

종무명의 말은 더 이상 이어질 수 없었다. 이진구의 발길질이 복부를 가격해 버린 것이다.

"무공만 형편없는 것이 아니라 말하는 수준 또한 형편없구나. 네놈들의 헛소리를 토해내는 입을 내가 똑바로 맞춰주마."

분노한 발길질이 연거푸 날았다. 뚜둑 하는 소리가 들리며 두 사람의 턱이 바스러졌다.

"으아악……."

"으으억……."

끔찍스런 비명 소리는 주위에서 구경하던 사람들의 간을 철렁하게 만들었다.

"다시 한 번 지껄여 보지 그래? 응, 지껄여 보란 말이다!"

이진구는 승자의 이기죽거림을 보였다. 이제는 이 상황에 대한 소문을 왜곡시키는 일만이 남아 있었다. 그는 주변에 모인 사람들에게 들으라는 듯 큰 소리로 말했다.

"우리 개방은 거지들이 모여 만들어진 곳이다. 하지만 우리를 한낱 거지 나부랭이처럼 무시하고 천대하는 너희 같은 무리들은 결코 용서할 수 없다. 우리는 이제까지 대의에 충실하고 무림의 평안을 위해서 열심히 노력해 왔다. 너희 같은 무리들은 그 수고로움을 모르고 개방을 천시하니 어찌 훈육하지 않을 수 있겠느냐. 오늘은 이 정도로 그치지만 다음에 또 시비를 걸어온다면 그땐 살수를 펼쳐 목숨을 빼앗을 테니 원망하지 말아라."

철심개 이진구의 시선은 종무명과 진자량에게 두었지만 말은 주위 사람들에게 전하고 있는 것이었다. 그가 말한 내용은 진정 소동이 일어난 상황과는 거리가 멀었다.

사실 그가 마지막으로 종무명과 진자량의 턱을 날려 버린 것은 그들이 행여나 진실을 말할까 염려스러웠기 때문이다. 사실 싸우게 된 동기로 보자면 내세울 만한 것이 없었고 종무명, 진자량 이 두 사람이 그렇게 무시한 것도 아니었기 때문이다. 어찌 됐든 굳이 턱을 바스러뜨리는 일까지는 하지 않아도 될 일이었는데 너무나 잔인한 행동이 아닐 수 없었다.

표영도 모든 걸 지켜보면서 마음이 편치 않았다. 생각 같아서는 견왕봉을 빼 들고 타구일일로 갈고 닦은 실력을 발휘해 혼내주고 싶었다. 하지만 아까 두 사람의 실력을 직접 보았던 터라 괜히 나섰다가는 자신의 턱도 돌아갈 것은 불을 보듯 뻔한 일이라 손만 만지작거렸다.

'나쁜 놈들 같으니… 개방은 그리 좋은 곳이 못 되는구나.'

"형, 어디 갔다 온 거야? 왜 아무 말도 없이 떠나 버렸어. 내가 얼마나 울었는 줄 알아?"

돌아온 표영을 보고 엽지혼은 꼭 끌어안으며 울음을 터뜨렸다. 표영이 돌아오지 않자 많이 울었는지 눈이 퉁퉁 부어 있었다. 떠난 지 7일 만에 돌아온 것이니 그동안 엽지혼은 내내 울었던 것이다.

"이 바보야, 네가 나한테 갔다 오라고 한 거야. 아이고~ 힘들다."

"칫, 그게 무슨 소리야. 얼른 나하고 약속해. 이제 앞으로 나만 두고 떠나지 않겠다고. 빨리 하란 말이야."

"알았어, 알았다구. 떠나지 않을게. 됐지?"

"응… 헤헤헤."

그날 밤.

"음… 십 년… 노위군……."

엽지혼은 표영이 들려준 이야기를 다 들은 후 침울하게 중얼거렸다. 제일 원치 않았던 방향으로 개방이 돌아가 버린 것이다. 그리고 방주가 노위군이라는 말은 그의 마음을 아프게 했다. 노위군은 둘째 제자로 재주는 많지만 세속에 대한 열망이 강했다. 개방 방주로서는 자격이 합당치 않다 여겨온 제자였다.

엽지혼은 눈을 들어 멀리 달을 바라보며 길게 한숨을 쉬었고 그의 주름은 더욱 깊어만 갔다. 그렇게 며칠이나 지났을까. 한동안 엽지혼은 멍한 표정을 지어 보이며 표영만을 바라보았다. 그러다 엽지혼의 표정은 서서히 밝아지기 시작했고 오 일이 지난 날 표영에게 물었다.

"영아, 너는 나쁜 거지들을 혼내주고 싶지 않느냐?"

"음… 그야 물론 혼내주고 싶지요."

"내가 혼내줄 수 있는 방법을 알려줄까?"

"어떻게요?"

"녀석아, 내가 바로 개방 방주가 아니더냐."

"음… 그럼 저도 개방 사람이 되어야 하는 건가요? 사실 전 이제 개방에 들어가고 싶은 마음이 없어졌어요. 그런 못된 사람들과 같이 있고 싶지 않거든요."

실제로 표영은 그때 그 싸움을 본 후 정나미가 뚝 떨어졌고 주동에게 찾아가 따지는 문제도 시들해져 버린 상태였다. 엽지혼이 개의치 않고 크게 웃었다.

"하하하, 그건 하나만 알고 둘은 모르는 소리라 할 수 있지. 호랑이를 잡으려면 호랑이 굴로 들어가야 하는 법이다. 그리고 그곳에서 네가 모든 것을 원상태로 돌려놓으면 되지 않느냐."

어느새 엽지혼은 웃으면서 주먹을 매만지고 있었다.

표영은 과거 개 사부 원구협에게 배우지 않겠다고 했다가 삼 일 간 얻어터진 일을 기억하고 몸을 부르르 떨었다. 또다시 그 일이 재현되지 않으리란 법이 어디 있는가 말이다.

'어째서 주먹을 매만지고 계시는 거냐구~ 어째 가르치려는 사람들은 모두 후려패는 것을 좋아할까. 젠장.'

표영은 맞는 것이 두렵기도 했지만 엽 노인의 말도 일리가 있다 생각했다. 이제까지 집을 떠나온 이유며, 개 비법을 배우느라 고생한 것(비록 그것이 개방에 들어갈 수 있는 조건이 된 것은 아니었지만), 그리고 주동을 찾으러 길을 헤맨 것들을 생각해 보면 꼭 고집만 부릴 것도 아니란 생각이 들었다. 개방에 가지 않으면 집으로 돌아가야 하는데 이대로는 갈 수 없는 노릇이었다.

"좋아요. 만약에 제가 개방에 들어가 못된 거지들을 바르게 인도할 수만 있다면 한번 배워볼게요. 개 비법도 배운 처지에 이까짓 못 배우겠어요? 어차피 저도 이왕 집을 나왔으니 개방 제자가 되면 부모님도 좋아하실 테니까요."

엽지혼은 개 비법을 배웠다는 말에 궁금증이 일었다.

"개 비법이라는 것도 있단 말이냐? 처음 들어보는데……."

표영은 머리를 긁적이며 처음에 개방 제자들을 만나 개 비법을 배우게 된 동기와 그동안에 어떤 과정을 통해 수련했는지를 차근히 말했다.

"…뭐 이 정도죠."

엽지혼은 배꼽을 움켜쥐고 웃겨 죽겠다는 듯 킬킬거렸다.

"으하하하하… 그러니까… 네 녀석이 바로 개들의 왕이 되었다는 것이냐? 으하하하!"

그가 이제껏 정신이 든 후 가장 기분 좋아하는 모습이었다. 표영도 어색하게 따라 웃으며 기뻐했다.

"하하하… 별거 아니에요."

"별거 아니라니, 너야말로 앞으로 개방을 이끌어갈 인재로구나, 인재야. 하하하……."

견왕지로의 7단계까지의 길을 걸어간 것이라면 거지 생활 정도는 식은 죽 먹기보다 쉽게 행할 것이다.

'개방의 무공을 익히기엔 세상에 이 아이보다 더 적합한 인물을 찾긴 힘들 것이다.'

엽지혼은 자신이 표영을 제자로 받아들이려 한 것은 너무나 잘한 일이라 생각했다.

표영은 엽지혼을 사부로 모시는 구배지례를 올렸다. 표영으로서는 개 사부에 이어 두 번째 사부를 맞이하는 순간이었다. 사부가 된 엽지혼은 감회에 사로잡혔다. 자신에게 있어서는 세 번째 제자인 셈이다.

'이번에는 후회없는 가르침을 베풀리라.'

그는 각오를 다진 후 표영에게 그동안 물어보고 싶었던 것을 묻고자 했다.

"영아!"

"네, 사부님."

하지만 막상 불러놓고도 말을 꺼내려니 망설여졌다.

"음……."

"말씀하시라니까요."

재촉하는 말에 엽지혼이 결심을 굳혔는지 숨을 크게 한번 들이쉬고 물었다.

"사실 네게 묻고 싶은 게 있다."

"뭐든지 물어보세요."

"그러니까 말이다. 음… 그러니까… 내가 정신을 차리기 전 시간들에 대한 건인데… 음… 구체적으로 어떻게 행동하고 너를 어떻게 대했는지 궁금하구나."

표영은 올 것이 오고 말았구나 라고 생각하며 당황했다.

"그, 그게… 그러니까……."

엽지혼은 제자가 말을 더듬자 심호흡을 하며 마음을 가다듬었다.

"이미 어느 정도 각오는 하고 있다. 어서 말해 보거라."

"너무 충격 받지 마세요."

다짐을 받아둘 필요가 있었다.

"추, 충격! 아, 알았다니까."

말은 그렇게 했지만 엽지혼은 가슴이 콩닥콩닥거렸다.

'충격을 받아야 할 정도였나? 되게 긴장되네.'

"그게 말이죠, 저한테 형이라고 부르면서 눈이 반쯤 풀려 지내신답니다."

엽지혼은 몸을 부르르 떨었다. 각오를 했지만 큰 충격이었다.

"정말이냐?"

표영은 혹시나 해코지를 하면 어떡하나 하고 얼른 말을 이었다.

"그렇지만 저는 자꾸 형이라고 부르지 말라고 했거든요. 그런데 글쎄 자꾸 사부님께서 땡깡을 놓으시며 형이라고 불러야 한다고 하기에 저도 어쩔 수 없었다구요. 제가 형처럼 안 하면 얼마나 서러워하는지 아세요……?"

표영은 어찌 나올지 몰라 말꼬리를 점점 흐렸다. 엽지혼은 가슴을 어루만지며 떨리는 음성으로 물었다.

"음… 너는 그런 나를 어떻게 대하고 있지?"

"저는 아주~ 친절하게 대하고 있어요. 얼마나 잘해주는데요."

"사실이겠지?"

꿀꺽.

표영이 마른 침을 삼켰다.

"그럼요."

엽지혼이 덥석 힘주어 표영의 손을 잡고 눈을 바라보았다.

"영아, 앞으로도 계속 잘해주어야 한다."

표영도 마주 보며 고개를 강하게 끄덕였다.

"그럼요. 저만 믿으세요."

엽지혼은 표영의 손을 뜨겁게 잡으며 의미심장한 눈길을 주고받았다.

16장

개방의 무공을 전수받다

개방의 무공을 전수받다

매일 밤마다 짧은 시간이지만 엽지혼은 표영에게 무공과 무의(武意)를 을 전수했다. 그는 자신에게 시간이 얼마 남지 않았음을 느끼고 있었다. 무의(武意)란 무공을 이루는 요체를 설명하는 것이다. 그것은 육체를 수련하고 실제적인 무공을 닦는 것 보다 훨씬 중요한 것이라 할 수 있었다.

"잘 들어라. 무공이란 마음가짐에 따라서 익히기 쉬울 수도 혹은 한없이 어려울 수도 있다. 많은 사람들은 무공을 단지 육체를 강건하게 하여 발전하는 것으로 생각하지만 실제로는 그렇지 않다. 육체보다 더욱 중요한 것은 바로 정신이다. 정신은 육체를 지배하고 움직이는 것이다. 그래서 정신이 바로 서야만 비로소 그 토양 아래 진정한 힘이 생겨나게 되는 것이다. 무공이란 마음과 몸을 단련하는 것을 말한다. 단지 몸만을 단련코자 하는 사람은 어느 한계에 이르게 되면 더 이상 진전을 얻을 수 없게 되는 것이다. 정신이 지고한 위치에 오르게 되어 그것을 육체의 단련으로 연결시키면 끝없는 성취를 이룰 수 있게 되는 것이야."

사부의 가르침에 표영은 머리를 갸우뚱거렸다.

'사부 님의 말씀은 솔직히 납득하기 힘들구나. 정말 그렇다면 글을 많이 읽은 학자들은 모두 다 고수가 되어야 하는데 하나같이 비실비실한게 전혀 힘을 못 쓰잖는가.'

엽지흔은 제자의 곤혹스런 표정을 보고 말을 이었다.

"한마디를 듣고 이해할 수 있는 것이 아니란다. 현재 강호에 있는 여러 문파들의 경우를 들어 설명해 주마. 무공을 연마하는 각 문파마다 그 무공이 발생하게 된 데는 어떻게 하면 사람을 빨리 죽일 수 있을까를 연구하다가 생겨난 것이 아니란다. 문파마다에는 근간(根幹)을 이루는 바탕 정신이라는 것이 있게 마련이지. 그만의 정서 속에서 그 특유의 무공이 나오게 된 것이야. 예를 들어, 현재 정파의 기둥으로 있는 천선부(天仙府)나 구파일방의 무당파 화산파 청성파 등은 도가의 깨우침을 중심으로 나아가는 곳이고, 소림파는 불도를 바탕으로 이루어진 곳이다. 그러니 마땅히 그 무공의 신비한 힘을 깨우치고 터득하기 위해서는 그 뿌리가 되는 정신적 수양이 이루어져야만 가능하다는 것이다. 그것을 무시한 채 무공을 익힌다는 것은 알맹이가 없는 껍질만을 가지고 무엇인가를 소유했다 라고 말하는 사람과 같은 것이지. 무슨 말인지 알겠느냐?"

표영은 온전히는 이해하기 어려웠지만 어느 정도 감을 잡을 수 있었다. 천의 소공공은 말하길 '근본 만성지체는 천하의 기재이나 게으름으로 인해 그 힘을 드러낼 수 없다' 하였다. 하나 천한 생활을 통해 만성지체의 틀을 깨게 되면 그 힘이 들어난다 하지 않았던가.

"음, 그러니까 사부님 말씀은 마치 망나니 같은 짓을 하고 다니는 어떤 양아치가 있다면 그가 그런 행동을 하게 된 근본에는 집안의 정서나 어릴 적에 가르침, 혹은 심적으로 받은 충격 같은 것에서 기인된 것이 분명하다, 뭐 이런 뜻 아니신가요?"

엽지혼은 표영이 비슷하게 그 이치를 표현해 내자 기특한 마음에 크게 웃음을 터뜨렸다.

"하하하… 녀석 미련한 줄 알았더니 꽤나 똑똑하구나. 하하하!"

그러면서 기쁜 나머지 표영의 머리를 한 대 갈겼다.

—타악

"아, 근데 왜 때리시는 거예요?"

"그냥 한번 때려봤다."

엽지혼의 말에 표영이 뻴쭘하게 변해 입술을 실룩거렸다.

"그냥이라구요. 기억해 놓겠습니다, 사부님."

엽지혼의 등골이 서늘해졌다. 날이 밝을 때를 생각해야 하는 것이다.

'헉! 그러고 보니…….'

"난 그냥 귀엽다는 것이지 별다른 뜻은 없었다. 흠흠… 그리고 한번만 더 낮의 일로 나를 제어하려 들면 용서하지 않겠다. 알겠느냐?"

"사부님도 참… 농담으로 한 말 가지고 예민하게 반응하시는군요. 제자가 그럴 리가 있겠습니까."

"잘해주어라. 알겠지?"

엽지혼은 이런 대화가 즐거웠다. 절망으로 가득했던 마음이 새로 맞아들인 제자를 통해 희망으로 변하고 있는 것이다. 자신의 어릴 적

모습을 보는 듯해 더욱 기뻤다. 자신은 죽어가지만 제자를 통해 세상에 자신의 정신은 이어질 것이다. 그는 무의에 대한 가르침을 이어나갔다.

"모든 무공의 이치가 그렇단다. 단순히 무공이 강해지려는 입장에서 만들어진 것이 아니라는 것이지. 정신과 육체는 밀접한 관련이 있어서 정신을 수양함에 있어서 육체적인 힘이 따라주어야 하고 그 육체가 더욱 진전되기 위해서는 정신의 깊이가 따라주어야 한다. 소림사의 경우를 설명해 주마. 소림사는 말 그대로 불도를 섬기는 곳이다. 하지만 소림은 구파일방의 가장 영향력 있는 곳이며 무림의 태산북두로 불려지고 있다. 왜 불도를 익히는 곳에서 강한 무공이 창출될 수 있었겠느냐."

"음… 혹시 절에 술 먹고 깽판 치는 사람들을 혼내주려고 익히게 된 것은 아닐까요?"

기가 막힌지 엽 노인은 너털웃음을 터뜨렸다.

"허허… 녀석하고는……. 잘 들어라. 처음 무공을 익히게 된 목적은 더욱 더 불도에 전념하기 위해서 만들어진 것이란다. 그러다가 몸을 보(補)하고자 하는 것이 점점 발전하면서 여러 절기들이 나오게 되었다. 그리고 오늘날에 이르러 소림칠십이절기가 형성되게 되었지. 그럼 소림에 있는 모든 승려들이 다 소림의 절기를 터득할 수 있을까? 그것은 아니란다. 그 무공들 하나 하나에는 불도의 깊은 뜻이 숨겨져 있기 때문이지. 만일 그것을 깨우치지 못한 상태에서 절기만을 익히려들면 자칫 화를 당할 수 있는 것이다. 그렇지 않다 해도 만약에 불도를 깊이 이해하지 못한 상태로는 더 이상 진보가 없게 된다. 그것은 아무리 뛰어난 지혜와 근골이 있다 할지라도 어찌해 볼 수 없는 것이지."

"사부님, 그럼 개방의 무공은 어떤 정신에서 출발한 거죠? 설마 하니 더욱 거지 같아질수록 무공이 더 발전한다는 말씀이신가요?"

"하하, 그렇다. 녀석, 계속해서 사람을 감동시키는구나."

"흐흐흐… 그럼 정말 사부님 말씀 대로라면 무공을 익히는 것은 식은 죽 먹기로군요."

"맞아, 식은 죽 먹기보다 더욱 쉽다고 할 수 있지."

"이렇게 쉽다면 누구나 고수가 될 수 있겠는걸요?"

"하하하, 그렇지만 그게 또 그렇지만도 않단다. 그 간단한 이치를 많은 사람들은 무시하고 있거든. 무공을 익히다 보면 마음이 다급해지고 단순히 무학의 원리만을 철저히 깨달으려 하고 그 구결만을 이해하려 들게 된단다. 무림인들은 그 함정에 스스로 빠져 좀체 벗어나지 못해. 다들 마음을 정진하는 것은 시간 낭비라고 생각하는 것이지."

"흐흐… 무림인들은 모두들 눈 뜬 소경이로군요."

"맞다. 그 표현이 적절하구나. 진정 가치있는 것이 눈앞에 있으나 보지 못하고 먼 이상을 꿈꾸며 복잡한 길을 가려 하는 것이거든."

엽 노인은 표영의 머리를 한차례 쓰다듬었다.

"진리란 땅에 떨어져 있기에 고개를 숙인 자만이 주울 수 있는 거란다. 하지만 대부분의 무림인들은 목이 너무 뻣뻣해."

표영은 진리라는 말에 묘한 감동이 일었다. 마음 한 귀퉁이에서 알 수 없는 울림이 일었다. 다시 엽 노인의 음성이 이어졌다.

"예를 들어 보자꾸나. 어떤 사람이 무공을 익히기 위해 다른 문파의 비급을 훔쳐 냈다고 하자. 그는 과연 그 비급의 무공을 익힐 수 있을까? 답은 '절대 그럴 수 없다' 라고 할 수 있다. 그의 마음의 깨달음이 무공의 뜻과 일치하지 못한다면 아주 초보적인 단계밖에는 이룰 수 없는 것이지. 구체적으로 생각해 보자. 누군가가 소림의 달마역근경을 훔쳐 냈다고 치자. 음… 소림의 달마역근경이 무엇인지 모르겠구나. 어쨌든 광세절학이라고 이해하면 된다. 역근경을 훔친 자는 과연 절정의 고수가 될 수 있겠느냐?"

"당연히 안 되겠죠."

표영이 고개를 가로저었다.

"그럼 어떻게 하면 익힐 수 있겠느냐?"

"그에 걸맞는 불도를 닦아야 한다는 말씀이신 가요?"

"하하, 그렇지. 잘 말했다. 그것은 불도를 심득하지 못하고서는 결코 익힐 수가 없게 되어 있단다. 단지 구결에만 얽매이게 되는 자에게는 그저 몸에 좋은 체조를 하는 것과 다를 것이 없게 되지. 그러나 만약에 그가 불도를 깊이 깨달은 후라면 또한 마음에 악의가 사라질 테니 달마역근경을 돌려주고자 하는 마음이 생겨날 것이고, 심지어는 무공에 대한 인간적인 욕망에서 벗어나 불법에 깊이 파고들지도 모르는 일이지. 그러니 이래저래 훔친다 해도 익힐 수 없게 되는 셈이지 않겠느냐. 그런 것은 소림뿐만이 아니라 무당이나 화산파 곤륜파 등의 모든 문파에도 마찬가지다. 도가의 무공 또한 도가의 이치에서 비롯되었다. 그러니 마음에 그 이치를 담지 못한 그릇은 애초부터 극강한 고수가 될 수 없게 된다는 말이다."

표영은 사부님의 가르침이 너무 쉬웠다. 무공의 무(武) 자도 배우지 않은 표영은 백지 상태와 같았기에 그저 수용할 뿐 자신의 마음에 합당한 것만 골라듣지 않았기 때문이다. 똑같은 말을 듣더라도 이미 무공에 대해 고정관념이 박힌 자들이었다면 아마도 엽지혼의 말뜻을 이해하기 힘들었을 것이다.

"그럼 사부님, 사파들의 무공은 사악함에서 출발한 건가요? 그들은 더욱 사악해질수록 무공이 높아져 가겠는걸요?"

"하하, 좋은 질문이다. 사파에서 절대적 강자가 나올 수 없는 이유가 거기에 있지. 그리고 결국 스스로를 망치게 되고 마에 사로잡히게 되지. 자기 자신을 악마에게 팔아넘기고 마는 것이란다. 자신의 자아가 사라진 후에 아무리 강해진다 한들 무슨 소용이 있겠느냐. 이미 나라는 존재가 사라진 뒤인데 말이다."

표영은 고개를 끄덕거렸다. 솔직히 무공이란 것이 별것이 아니라 생각했다. 엽지혼은 그런 표영의 머리를 쓰다듬어 주며 말을 이었다.

"이번에는 개방의 뿌리에 대해 알려주마. 개방은 너도 알다시피 거지들의 집단이다. 거지들은 세상에서 가장 낮은 자들이라 할 수 있지. 그래서 슬픔도 많고 설움도 많아. 하지만 한편으론 얼마나 자유스럽더냐. 가지지 않았기에 걱정할 것이 없고 어디든 구름처럼 바람처럼 다닐 수 있지 않느냔 말이다. 밑바닥 인생의 애환, 그리고 무한의 자유로움, 외향은 더럽기 그지없으면서도 그 어떤 욕심도 갖지 않는 순순함, 무욕의 세계, 이것이 바로 개방 무공의 근원이다. 그래서 개방의 무공에는 그런 정신을 얼마나 깊이 있게 이해하느냐에 따라 그 성취가 달라진다 할 수 있다. 하지만 개방의 정신을 잃어버린 후에는 진정한 힘을 발휘하지 못하고 껍질만 가지게 되는 것이다. 똑같은 무공을 펼치더라도 그런 정신적인 사상의 바탕 위에 펼치는 것과 그렇지 못한 것과는 그 위력 면에서 큰 차이를 보이는 것이란다."

표영은 사부의 가르침 속에 등장하는 애환과 무한의 자유로움, 순

수함, 무욕의 세계라는 말에 마음이 청명해지는 느낌을 받았다. 마음을 비운 자에게 있어 모든 세상은 그의 것이 되는 것이다. 엽지혼의 말이 이어졌다.

"…개방의 무공 중에 가장 위력적인 것이 두 가지가 있다. 바로 타구봉법과 강룡십팔장이지. 타구봉법이라 함은 방주만이 익힐 수 있는 것으로 개를 때리는 몽둥이 법이라는 뜻이다. 거지 생활을 단적으로 표현하고 있는 것이지. 거지들의 가장 곤란한 숙적은 바로 개들이라고 할 수 있다. 이 개들을 어떻게 하면 잘 다루느냐, 혹은 잘 후려패느냐가 거지 생활에서는 굶어 죽지 않고 살아갈 수 있는 힘이 되는 것이다. 하지만 그 바탕 위에 만들어진 타구봉법은 점점 발전해 가면서 실제 개가 아닌 세상 속에 개 같은 인간들을 응징하기 위한 무공으로 발전하게 되었다. 세상에는 자신들은 지고한 인격체인 것처럼 꾸미면서도 개보다 못한 사람들이 많이 있으니까 말이다. 그래서 그런 위선적인 패악을 제거하는 몽둥이질로서 발전하면서 더욱 위력적으로 발전하게 된 것이란다. 그리고 강룡십팔장은 구파일방 중에 아마도 이보다 더 극강한 무공은 없을 것이다. 왜 그토록 강할 수 있는가 하면 무한의 자유로움과 무욕에서 비롯되었기 때문이지. 어디에도 얽매이지 않기에 강해질 수 있는 것이지. 사람이란 욕심이 생기면 마음이 허해지고 힘이 분산되게 마련이다. 게다가 수많은 사람들의 이목에 신경을 쓰다 보면 몸을 사리게 되고 자유롭지 못하게 되니 본연의 힘을 다 쏟지 못하게 되는 거란다."

"하하하, 어머니께서 제가 개방에 들어가 거지가 되길 바라신 것은 저에게 딱 들어맞는 무공들이 있기 때문이었나 보네요."

표영은 개방의 무공이 마음에 들었다. 거지 노릇만 하면 되는 것이니 이보다 더 쉬운 것이 어디있겠는가.

엽지혼은 약 한 달 간에 걸쳐서 무공에 대한 기본적인 철학을 전수하는 데 전력했다. 워낙에 거지 같은 생활을 해온 표영인지라 그 모든 무의는 마치 물이 솜에 젖어들 듯 표영의 머리 속에 새겨졌다. 그 누구보다도 표영은 개방의 무공을 익히기엔 적합한 인물이었던 것이다.

'내가 이렇게 되기 전에 이 아이를 만났다면 얼마나 좋았을까.'

시간이 지날수록 엽지혼은 마음이 다급해졌다. 무공을 알려줄 수 있는 기간이 더욱 단축되어 가고 있는 것이다. 실제 엽지혼은 근래 온전한 정신으로 돌아와 있는 시간이 점점 짧아지고 있었다.

엽지혼은 서서히 죽어가고 있는 것이다. 계속해서 무공의 바탕이 되는 사상에 대해 개방의 정신에 대한 깨우침을 주기 위한 가르침이 이어졌다. 그리고 모든 것을 표영이 이해했다고 생각될 때 엽지혼은 비로소 무공구결을 전수해 주었다.

"오늘부터는 내공심법과 무공초식을 알려주도록 하마. 너는 모든 것을 철저히 암기하는 데 주력하고 그 뜻을 이해하는 데 힘쓰도록 하거라. 익히는 것은 세상에 나가 하나둘 생활 속에서 익히면 된다. 내공심법은 마음과 제일 일치하는 부분이니 각별히 주의를 기울여야만 한다. 심법의 이름은 비천진기(卑賤眞氣)라고 한다. 여기서 말하는 비천(卑賤)이라 함은 인생의 비천함을 알아야 한다는 것이다. 모든 인생은 사실 태어나는 순간부터 울음으로 시작해 죽는 순간까지 많은 고난과 눈물과 한숨으로 시간을 보낸다 할 수 있다. 하지만 인생들은 그런 것들을 억지로 잊으려 하지. 어떤 이들은 재물을 모으는 것으로 인생의 의미를 찾으려 하고, 어떤 이들은 사랑을 통해 인생의 가치를 얻으려 하고, 혹 다른 이들은 명예와 권세를 통해 나름대로 자신의 존재를 확인하고자 한단다. 하지만 결국은 모두 한줌의 재로 변해 스러지고 마는 것이 인생인 것. 피었던 모든 꽃이 결국은 시들고 푸른 풀들이 마르는 것을 이해하지 못하는 것과 같단다. 그러다 보면 진정한 인생의 의미를 알지 못하고 내가 왜 사는지를 알지 못한 채 일생을 마감하고야 말지. 하지만 사람이 태어나 사는 데는 특별한 그 무언가의 의미가 있다. 그것은 지금은 뚜렷이 알 수 없는 것이긴 해도 어찌 됐든 바르게 살아야 한다는 것은 확실한 것이란다. 도둑질을 일삼는 자라 할찌라도 자신의 자식에게는 바른길을 가도록 가르치려 애쓴다. 그리고 마음 저 깊은 곳에서부터 인간은 착하게 살아야 한다는 본성의 가르침이 계속 들려오지. 그것은 인생이 바르게 살지 않으면 안 되는 그 무언가가 있기 때문이란다. 하지만 또 한편 인생은 다른 사람보다 높아지길 원하는 묘한 본성으로 인해 욕심을 품게 되고, 그런 욕심은 다른 사람을 아프게 하고 병들게 하지. 하지만 진정한 거지에게는 그런 마음이 없다. 그러니 인생의 진정한 힘을 발휘할 수 있게 되는 것이고, 그 힘을 최대한 끌어낼 수 있는 방법이 바로 비천진기다. 너는 비천진기의 구결을 따라 심법을 운용하되 반드시 비천함에 처해보고 인생의 슬픔과 고통을 경험해야 할 것이다. 그럴수록 더욱 큰 힘을 얻을 것이고 내력은 빠르게 증강될 수 있을 것이다. 쿨럭쿨럭."

"사부님, 오늘은 여기까지만 이야기하시고 내일 이어서 말씀하세요."

표영은 요즘 들어 더욱 초췌해지는 사부의 모습에 안타까움을 느꼈다. 낮과 밤 사이에 형으로 혹은 제자로 지내면서 어느덧 그 정은 깊어진 터였다. 엽지혼은 심하게 기침을 한 후 고개를 가로저으며 다시 말을 이었다.

"내 몸은 내가 잘 알고 있으니 염려하지 말거라. …개방에는 두 가지 심법이 존재한다. 비천진기외에 또 하나는 육절신공(六節神功)이라고 하는 것이 있지. 개방의 인물들 중에는 진정으로 비천진기가 얼마나 강력한 힘을 지니고 있는지 그 속에 든 힘을 온전히 이해하는 사람은 참으로 드물다. 겉으로 보기엔 육절신공이 더욱 훌륭해 보이고 비천진기는 말도 안 되는 것처럼 보이거든. 그러니 마음으로 믿고 따르지 않는 거란다. 믿음을 갖지 않고 의심 속에서 정말 그럴까 하고 생각하는 사람에게 비천진기는 그 힘을 발휘할 수 없게 되고 말지. 육절신공은 순수하게 무공만을 위해 만들어진 것으로 진정한 개방의 힘을 얻을 수는 없다. 비록 진전이 처음에는 빠르게 보일지라도 최고의 무학으로서는 발전할 수 없게 되니 너는 거기에는 마음을 둘 필요가 없다."

다음으로 들려준 것은 내공 운용법과 심법의 요결, 혈도의 위치와 기의 순환되는 과정 등이었다. 그는 표영에게 여러 번 들려준 후 암기하도록 했고 얼마나 암기했는지 시험해 보고 부족한 부분을 다시 들려주었다. 그리고 세세하게 왜 그러한 원리가 이루어지는 지 또한 설명해 주었다.

그렇게 차례차례 매일 무공 전수가 이어지길 반 년의 기간이 지났다. 실제로 반 년이라는 기간이라면 무공을 어느 정도 익힐 수 있을 정도라 할 수 있다. 하지만 엽지혼이 무공을 전수할 시간은 고작 새벽녘의 일 식경 정도밖에 되지 않았기에 그리 긴 시간이라고 볼 수 없었다. 그런 상황에서 표영은 낮 시간을 빌어 밤에 알려준 구결을 암기하고 이해하는데 많은 노력을 기울였다. 그동안 엽지혼이 전수해 준 무공들은 이러했다. 경공은 낙엽부영(落葉浮影)과 풍운보(風雲步), 그리고 걸인만취(乞人漫醉)와 연쌍비(燕雙飛), 그 다음 권법으로는 파옥권(破玉拳)과 취팔선권(醉八仙拳), 음공으로는 천음조화(天音造和), 그 외에도 여러 장법과 권법에 대한 가르침을 받았고 를 전수받았다.

그 모든 것을 이해함에 있어서 표영에겐 아무런 거리낌이 없었다.

17장

손을 놓으라니까

손을 놓으라니까

깊은 밤, 엽지혼과 표영은 동굴 밖으로 나와 거닐었다. 이날따라 하늘엔 먹구름이 가득 끼어 사방은 어둡기 그지없어 한 치 앞을 구분하기 힘들었다.

"저기서 이야기하자꾸나."

엽지혼은 무공을 가르치는 틈틈이 무림정세에 대해서도 알려주었는데 이날도 그런 이야기를 해주고자 함이었다. 동굴에서 얼마 걷지 않아 두 사람의 귀로 신음 소리 비슷한 가느다란 소리가 들려왔다.

"사람 사……사람 살려어……."

언뜻 들으면 그저 스치는 바람 소리로 착각할 정도로 미약한 소리였지만 계속해서 듣다 보니 둘은 곧 그것이 구조를 요청하는 사람의 목소리임을 알 수 있었다.

"가보자."

엽지혼이 먼저 소리나는 쪽으로 향했고 표영도 그 뒤를 따랐다. 근처에 이르자 예상했던 대로 구조를 요청하는 소리가 확실했다. 둘은 이곳저곳을 두리번거리며 사람의 신음 소리를 찾았다. 칠흑같이 어두운 밤이었으나 얼마 지나지 않아 어느 정도 눈이 어둠에 익숙해졌다.

둘은 백의를 입은 한 사람이 절벽에서 뻗어난 나뭇가지를 붙들고 다 죽어가는 소리를 내고 있음을 볼 수 있었다. 이곳은 두 사람 다 자주 다닌 곳이었다. 눈을 감고도 어디에 무엇이 있는지 알 수 있을 정도였다. 표영과 엽지혼은 나뭇가지를 붙들고 신음성을 토해내는 사람을 보고 일순 할 말을 잃고 멍해졌다. 그러다 둘은 약속이라도 한 듯이 허리를 젖히고 웃기 시작했다. 그것도 모자라는지 급기야 바닥을 떼굴떼굴 구르며 배꼽을 쥐고 요동쳤다.

"으하하하하…… 우하하하……."

"푸하하하… 세상에나 세상에……."

둘의 웃음은 멈출 줄을 몰랐다. 생사의 갈림길에서 구조를 요청하는 사람에게 있어 이러한 행동은 가혹하기 그지없는 장면이 아닐 수 없었다. 매달린 백의인은 분노로 눈이 이글거렸다.

'저, 저런 개새끼들을 봤나. 어찌 인간들이 저럴 수가……'

생각해 보라. 누군가 곧 죽을 상황에 처해 있어 한시가 급한 때 정작 구해주러 온 사람이 발광하듯 웃고 있다면 그 기분이 어떠할지. 백의인이 어찌 생각하든 표영과 엽지혼은 웃고 난리를 치는 데 있어서 태연하기 그지없었다. 미치지 않고서야 할 수 없는 행동이었다.

거의 광기에 사로잡힌 사람들처럼 웃어대던 둘은 장장 차 한잔 마실 시간 동안이나 웃었다. 그러다 웃는 것도 지쳤는지 숨을 헐떡거리며 바닥에서 일어나선 입가에 묻은 침을 닦았다. 그래도 표영보단 인생을 더 오래 산 엽지혼이 사태를 수습해야겠다고 생각했다. 그는 꺼억꺼억 소리 내어 마저 웃다가 매달린 사내를 향해 물었다.

"이보게, 거기서 뭐 하고 있나?"

엽지혼의 말투는 어이가 없다는 듯한 말투였다. 하지만 듣는 입장에서는 이 얼마나 어이없는 질문인가. 뭐 하고 있냐니. 이것은 마치 누군가가 죽음의 위기에 처해 쓰러져 있는데 그를 보고 말하길 '당신은 왜 그리 죽어가는것이오?' 라고 묻는것과 같다 할수 있었다.

'이 나쁜 놈들, 구해줄 생각은 하지 않고 깔깔대며 웃더니 이제 와선 뭐 하고 있냐고? 차라리 위에서 돌을 던지지 그러냐. 썅.'

매달린 백의인은 화가 치밀었다. 몸만 성했다면 당장에라도 요절을 냈을 것이다. 하지만 지금 당장은 아쉬운 것은 자신이었다. 그는 간신히 한 자 한 자 힘들게 말했다.

"여기서… 뭘 하다니… 헉헉… 이놈들아. 나를 끌어올려라. 구해주면 원하는 것은 다 들어주겠다. 헉헉……."

엽지혼과 표영은 황당했다. 구해달라는 사람치고는 너무나 당당함이 가득했다.

"하하하, 지금 장난 하고 있는 것이오? 제자야. 이 사람이 굉장히 심심했던 모양이구나."

표영도 옆에서 고개를 끄덕거리며 말했다.

"그러게 말입니다, 사부님. 하하… 혼자 놀라고 하고 우린 이만 들어가죠."

"헉! 이, 이봐, 날 끌어올려 주어야 할 것 아니야."

그는 다급했다. 이미 몸 전체에 마비 증세가 오고 있었다. 게다가 언제 나뭇가지가 부러질지도 모르는 일이다. 하지만 엽지혼과 표영은 전혀 개의치 않고 동굴 쪽으로 향했다. 몇 걸음이나 뗐을까.

"으아악~!"

엽지혼이 비명을 내지르고 손으로 머리를 쥐어뜯으며 바닥으로 쓰러졌다. 일식경(30분) 정도밖에 버틸 수 없는 엽지혼인지라 시간이 되어 정신을 잃어버린 것이다.

"사부님!"

표영은 절벽에 매달린 사람이야 어찌 됐든 엽지혼을 들쳐업고 동굴로 향했다.

"으윽… 가지 마… 헉헉… 끌어올려 줘야지… 헉헉."

백의인의 힘없는 말에 표영이 쾌활하게 답했다.

"갔다 올게, 조금만 참어. 도저히 못 참겠으면 그냥 손을 놔버려. 그럼 깨끗이 끝나는 거야."

표영의 발자국 소리가 점점 멀어져가자 매달린 백의인은 탄식을 금치 못했다.

'어째 이리 재수가 없단 말인가. 사람이 달려오기에 구함을 얻을 수 있을 줄 알았건만 하필 저런 머저리 같은 놈들이라니……. 아, 마교는 이렇게 끝이 나고 마는가.'

비록 자신의 말투가 예의없이 나오긴 했다손 치더라도 둘의 행태는 이해할 수 없는 것이었다. 그는 바람 앞에 등불과 같이 위태로웠다. 독은 이미 온몸에 퍼졌고 간신히 심장으로 들어가는 것만 막아내고 있을 뿐이었다. 지금 나뭇가지를 붙잡고 있는 것만도 거의 초인적인 힘이라 할 수 있었다.

'내가 조그만 조심했었더라면… 내가 묵각혈망(墨角血蟒)을 소홀히 대하지만 않았었더라면… 이 위험한 길로 걸음을 옮기지만 않았더라면 얼마나 좋았을까?

하지만 지금은 후회한들 아무런 소용이 없었다. 그저 아까 그 머저리들이라도 다시 돌아와 구해주기만을 바랄 뿐이었다. 이대로 만약 손을 놓게 되는 날엔 천길 낭떠러지로 떨어져 다시는 세상을 볼 수 없을 것이다. 손이 바들바들 떨렸다. 이제 버틸 수 있는 시간은 그리 많지 않다고 몸이 말해 주고 있었다.

"어이, 잘 있었어?"

표영이 어느새 사부를 눕혀놓고 돌아와서 말을 건넸다. 백의인은 뛸 듯이 기뻤다. 이제껏 사람을 많이 만나보았지만 이렇게 반가운 것은 처음이었다.

'이 머저리야, 어서 좀 구해주렴.'

"으윽……."

말하기조차 힘들어 그는 신음 소리로 대신했다.

"이봐, 내가 아까 말하려다 사부님이 옆에 계셔서 말을 못했는데, 사람이란 상황에 맞는 말을 할 줄 알아야 하는 거야. 정말 살고 싶으면 '저 좀 살려주세요'. 이렇게 말해야 하는 거야. 그것도 모르고 있었어? 자, 그럼 어서 살려달라고 해봐. 안 그러면 나 이번에는 가서 진짜로 안 온다."

백의인에겐 실로 염장을 지르는 말이 아닐 수 없었다. 자신의 신분이나 체면상 어떻게 '살려주세요' 라고 말한단 말인가. 하지만 일단 살고 보는 것이 우선이었다. 그는 솔직히 말할 기운조차 없는 상태지만 혼신의 힘을 끌어내 가느다랗게 말했다.

"헉헉… 살… 살려주세……."

마지막 말은 들리지도 않았다. 표영이 따지고 들었다.

"'살려주세' 가 뭐야? 누굴 살려주자는 거야? 흐흐흐, 좋게 말할 때 똑바로 해봐."

'저, 저런 개새끼를 봤나.'

"사, 살려주세요. 헉헉… 제발 살려주세요."

이번에는 혼신의 힘을 기울여 죽을 각오로 말했다.

"흐흐흐… 잘하네. 아주 좋은데… 한 번 더 해봐."

'헉! 이 새끼가 진짜루…….'

속으로는 욕을 해도 겉으로 표시낼 순 없었다.

"헉헉… 살려주세요. 헉헉… 힘이 다해갑니다."

간신히 손을 붙들고 있는 상태인지라 자꾸만 말을 하게 되자 점점 견디기 힘들어졌다. 하지만 어찌하랴. 살아야 이 모욕을 되돌려 줄 것이 아닌가.

'이 자식아, 내 몸이 회복되면 그때 너를 생으로 씹어 먹어주마.'

"좋아 알았다구. 자, 내가 구해줄게. 내 말만 들으면 살 수 있어. 알았지?"

"네. 뭐… 뭐든지 드, 듣겠습니다. 헉헉……."

"하하, 착하구나. 넌 나 믿어 못 믿어?"

'내가 널 언제 봤다고 믿을 수 있냐, 이 개새끼야.'

하지만 입은 다른 말을 뱉어냈다.

"미, 믿습니다. 헉헉… 오! 제가 어떻게 말해야… 헉헉… 제 마음을 보여드릴 수… 헉헉… 있을까요. 믿습니다. 헉헉… 믿습니다……."

표영은 고개를 끄덕거리고 절벽 위를 뒷짐을 진 채 왔다 갔다 했다.

"좋았어. 믿는 거야. 서로를 신뢰한다는 것은 굉장히 중요한 것이거든. 오늘날 우리가 세상을 살아감에 있어서는 서로 의지하고, 믿고,

살펴주는 것이 필요해……."

표영의 말은 상황에 안 맞게 한도 끝도 없이 이어졌다. 표영 자신으로서도 어떻게 이렇게 멋진 말들이 나올 수 있는지 믿어지지 않을 만큼 길고 길게 토해내고 있었다. 주된 내용은 바른 생활과 신뢰, 인간관계 회복 등등… 좋은 내용은 다 들어 있다 할 수 있었다.

'제발 그만 좀 해라, 이 개자식아.'

백의인의 마음은 바짝 타 들어갔지만 여전히 표영은 눈을 반짝거리면서 손짓발짓해 가며 격정 어린 행동으로 말을 계속 이어갔다.

"…믿음이고 신뢰야. 마음의 건강 없이 육체의 건강을 기대하기 힘들단 말씀이지. 서로 신뢰하는 생활, 서로 베푸는 생활, 서로 사랑하는 생활을 영위해 나가도록 우리 모두 노력해야 한다구. 아, 그렇게 되면 이 세상은 얼마나 행복하게 변할까."

표영은 자신이 말을 해놓고도 감탄이 되는지 고개를 진지하게 끄덕였다. 백의인은 속이 부글부글 끓었지만 연신 맞장구를 쳤다.

"맞습니다… 헉헉… 옳습니다."

"흐흐흐… 좋았어. 자, 내가 이제 살길을 알려줄게. 준비됐어?"

"네… 헉헉… 아까부터 준비는 다 끝났습니다."

"흐흐… 그랬었나? 좋아, 그러니까 말이야. 지금 잡고 있는 손을 놔버려. 마음 편하게 먹고 놓으면 돼. 알겠어? 그럼 살 수 있어."

"네?"

"손을 놓으라구. 그냥 놓으면 되는 거야. 믿어야 한다니까. 믿음!! 내가 줄곧 이야기했잖아."

백의인은 이제 더 이상 참을 수가 없었다. 이제까지 인내를 가지고 하라고 하는 대로 다 했던 그였다. 사람을 가지고 놀아도 유분수지 어린놈이 해도해도 너무했다.

"헉헉… 야 새끼야~!"

어두워서 보이지 않았지만 그는 얼굴이 시뻘겋게 달아오른 채 연신 욕을 퍼부었다.

"이 미친놈에 머저리 같은 놈아! 지금 장난 하냐! 헉헉… 죽고 싶지 않으면 빨리 끌어 올려주지 못해… 헉헉."

표영은 고개를 갸우뚱 거렸다.

"어라, 너, 지금 나한테 욕했어? 거참, 살길을 알려줘도 저 모양이네. 그럼 좋아 알아서 하라구. 아, 이제 나는 잠이나 자야 되겠다. 안녕, 잘 있어."

다급해진 것은 백의인이었다.

"무슨 소릴 하는 거야. 헉헉… 자다니? 야, 임마, 나 좀 살려줘. 헉헉……. 제발 잠자면 안 돼. 야 싸가지없는… 헉헉… 놈의 자식아, 살려주란 말이야~!"

처절한 절규에도 불구하고 이미 표영은 깊은 잠에 빠져들었다.

"드르렁… 드르렁……."

"야 새끼야~!"

그는 미칠 것만 같았다. 원대한 꿈을 품고 전 중원을 호령할 날이 가까이 왔거만 이런 비극이 어디에 있단 말인가. 그는 고통 속에 깊이 탄식했다.

여기서 잠깐 그의 정체에 대해 알아보도록 하자. 이 백의인은 과연 누구이기에 이처럼 안타까워하는 것일까. 그의 이름은 독무행. 신분은 놀랍게도 현 마교 교주(魔教教主)다. 마교가 몰락한 지 어언 200년. 이런 마교에 있어 유일한 희망이 있었으니 그것은 바로 천마지체에 대한 전설이었다. 200년 전 마교의 최고의 지혜자인 오뇌자(五腦子) 신기천(申奇天)은 훗날 마교의 부흥을 이렇게 예언했다.

"지금 마교는 몰락하지만 200년후 세상에는 천마지체(天魔之體)가 나타날 것이다. 그날이 오면 마교는 예전과는 비할 바 없을 만큼 강해질 것이며 무림은 숨을 죽일 것이다."

지금 매달려 있는 독무행이 바로 전설의 천마지체이며 마교 부흥의 핵심이다. 200년 전에 천선부(天仙府)와 무림맹에 의해 마교가 몰락한 후 마교의 입장에선 구세주인 셈이다.

그는 운명의 안배를 따라 21살 때 기연을 얻었다. 그곳은 마교의 진산절예가 숨겨진 산서성(山西城) 화련산(華蓮山)의 응벽동(鷹壁洞). 그때 그는 비로소 자신이 바로 200년 전에 예언된 마교의 후예임과 천마지체임도 알게 되었다. 그동안 자신의 마음속에 꿈틀거리던 악의 근성이 어디에서 비롯되었는지를 깨닫게 된 순간이었다.

그는 그곳에서 5년 간 피나는 노력으로 마교의 독랄한 무공을 수련했다. 그리고 마지막 수련 단계만을 남겨두게 되었을 때 사천성의 복마산에 있는 천년하수오를 취하러 길을 떠났다. 천마신공을 연마하는 과정에서 제일 중요한 것은 마성에 빠지지 않도록 하는 것이었다.

마성의 제어는 천년하수오만이 효용을 줄 수 있었던 것이다. 그 과정은 하수오를 복용 후 한 시진 안에 응벽동에 안에 있는 흑수담(黑水潭) 안에서 운기행공을 하게 되면 마성에 사로잡히지 않게 되는 것이다. 이제껏 마교의 쇠락의 역사를 되돌아볼 때 이 문제는 상당히 중요한 것이었다. 대부분의 경우 외부적 요인으로 몰락했다기보다는 지도 자가 마성에 젖어 수하들을 죽이는가 하면 스스로 주화입마하는 경우가 많았기 때문이다.

독무행의 걸음은 크게 어렵지 않았다. 웅벽동의 안배는 매우 치밀했기에 이미 천년하수오가 어디에 있는지 조차 예언되어 있었던 것이다. 그러나 세상사 모든 것이 쉽게 되는 것은 아니지 않는가. 특히나 그것이 매우 귀한 것을 얻는 것이라면 더욱더 그러하다. 영약이나 기초(奇草)가 있는 곳엔 반드시 수호하는 짐승이나 괴물이 지키고 있기 마련이다. 대개 그런 괴물들은 영약들과 미묘한 상생 작용을 이루는데 겁화를 벗어나기 위해서는 그 영향이 절대적으로 필요한 것이다.

천년하수오 근처에는 묵각혈망(墨角血蟒)이 있었다. 이 묵각혈망은 검은 뿔을 다섯 개 달고 핏빛 몸체를 가진 오백 년 묵은 이무기로 그 독의 지독함은 이루 형용할 수 없었다. 독무행은 묵각혈망과 혈투를 벌였고 어렵사리 죽일 수 있었다.

하지만 묵각혈망도 속절없이 죽진 않았다. 마지막으로 죽어가면서 독기를 독무행에게 뿌리고 죽어간 것이다.

독무행은 당시 독을 당하고도 몸에 아무런 이상을 발견하지 못했다. 비록 그가 만독불침의 경지에 이른 것은 아니었지만 충분히 독기를 이겨낼 수 있을 만큼의 내공을 갖추고 있었기에 가능한 것이었다.

그러나 묵각혈망의 독기가 완전히 사라진 것이 아니라는 것을 독무행은 알지 못했다. 독무행의 내공의 힘에 의해 잠시 억눌려 있었던 것인데 빠른 신법으로 달릴 때 내공이 약해지는 틈을 타 순식간에 몸에 퍼져 버린 것이다.

그 지점이 바로 이곳 절벽 근처였다. 갑작스런 발작으로 몸에 균형을 잃은 그는 천만 다행히도 절벽에서 추락하는 것은 면할 수 있었다.

뻗어난 나뭇가지를 붙든 것이다. 하지만 사정은 그리 여유롭지 못했다. 독기가 전신에 퍼지며 심장을 파고들자 마지막 힘을 발휘해 심장을 보호하느라 다른 곳에 힘을 쓸 수 없게 된 것이다. 나뭇가지를 붙잡고 있는 것만으로도 가히 초인적인 정신력이 아닐 수 없었다.

역류하는 기혈을 간신히 추스르고 그는 구조를 요청했지만 사실 이런 곳에 사람이 있으리라고는 기대하지 않았다. 그런데 이렇게 죽으라는 법은 없는지 두 사람이 나타난 것이다. 그는 속으로 '역시 천마지체를 타고난 내가 죽을 리가 없지 않느냐!' 며 자부한 것은 말할 나위가 없는 것이었다.

하지만 그의 기대는 곧바로 무너져 내렸다. 둘 다 정상이 아니었던 것이다. 노인은 웃다가 기절을 하지 않나, 어린 놈은 손을 놓으라고 하지 않나 하나같이 괴이한 놈들이었다.

'아, 정말 내가 이렇게 죽어간다는 말인가. 나는 천마지체가 아니냔 말이다.'

그는 마교의 예언을 이루는 인물이기에 자신이 죽지 않을 것이라 확신했다. 하나 그가 모르는 것이 한 가지 있었으니 그것은 마교의 최고의 지혜자 오뇌자(五腦子) 신기천(申奇天)의 또 다른 예언이 있음이었다. 신기천은 일차 예언을 했지만 그 뒤의 변수에 대해서는 세상에 알리지 않았다. 그 변수는 그저 그의 마음속에 갈무리해 두었을 뿐인데 그 내용은 이러했다.

"혹시, 어쩌면, 만에 하나, 끄응…… 천마지체와 상극을 이루는 만성지체(晩成之體)가 강호로 나와 활동을 하게 된다면 천지묘용으로 인해 둘이 만나게 되는 날 모든 것이 괴이하게 바뀌게 될 것이다."

신기천이 이 내용을 이야기 하지 않음은 두 가지 이유에서였다. 첫째는 만성지체의 특성상 그 게으름으로 인해 강호에 나타나지 않을 것이라는 점이었다. 그리고 둘째는 불신감(不信感)을 심어줄 필요는 없다는 이유에서였다. 가능성이 없는 것을 굳이 이야기하여 불안하게 만들 필요가 없다고 여긴 것이었다.

하지만 그 희박한 가능성이 바로 현실이 되어 나타나 버리고 말았다. 표영이 바로 그 만성지체가 아니던가. 천마지체 독무행이 지쳐 가는 몸으로 거친 숨을 쉬고 있을 때 위쪽에서 소리가 들렸다.

"손을 놓으란 말이야. 왜 말을 듣지 않는 거냐구. 냠냠……."

표영의 잠꼬대 소리였다. 그렇지 않아도 심기가 불편한 독무행의 마음은 부글부글 끓어올랐다.

"이 미친놈아~ 사람을 살려놓고 봐야 할 것 아니냐. 헉헉……."

독무행 그가 목숨을 건진다면 수많은 강호인 들이 죽어나갈 것이니 살신성인(殺身成人)의 정신으로 죽는 것이 바람직할 것이지만 그는 살려고 발버둥쳤다.

"우욱……."

심기가 편치 못한 탓일까. 기혈이 거세게 역류하며 온몸이 수만 개의 바늘에 찔리는 것 같았다.

'내가 이렇게 죽는 건가. 마교 천하를 이루어야 하건만… 어떻게 예언이 빗나갈 수 있단 말인가.'

시간은 점점 흘러갔고 독무행의 몸은 극도로 악화되어 갔다. 심장을 보호하고 있던 기운마저 열어지고 서서히 그 독기가 심장을 파고들었다. 얼마나 시간이 흘렀을까. 참으로 찰나가 억겁처럼 느껴지는 시간들이 지나며 먼동이 터왔다. 그리고 독무행의 온몸은 먹물처럼 새카맣게 물들었고 마지막을 달리고 있었다.

'으윽… 마교의 신화여, 이렇게 끝이 나는가!'

그는 분노와 체념이 뒤범벅이 된 마음으로 고개를 떨구었다.

"허걱!"

독무행은 경악 성과 함께 눈을 찢어져라 부릅떴다. 이 어처구니없는 현실을 어떻게 받아들여야 한단 말인가.

"으… 이런 제기랄, 말도 안 돼. 이건 정말 말도 안 돼~!"

그가 이처럼 놀란 이유는 과거 무엇일까. 독무행이 매달린 곳은 꺾아지른 절벽이라기엔 어처구니가 없었던 것이다. 실제 지면과 독무행의 발은 고작 두 자(60센티) 정도의 간격밖에는 떨어지지 않았던 것이다.

엽지혼이과 표영이 처음에 보고 크게 웃었던 것도 왜 매달려 있는지 이해할 수 없었기 때문이다. 그리고 뒤에 표영이 손을 놓으라고 한 것도 다 독무행을 위한 말이었다. 만일 그냥 손을 놓았더라면 밤새 힘을 빼지 않아도 될 것이었고 마성을 제어하는 것이야 어찌 되든 일단 천년하수오를 복용하여 독기를 물리칠 수 있었을 것이다. 하지만 나뭇가지를 붙잡고 있는 것만도 힘에 겨워했던 그였기에 지금껏 천년하수오는 건드리지도 못한 상황이었다.

그는 속이 뒤집어지며 자신에 대해 울화가 치밀었다.

"으윽… 믿었어야 했는데… 내가 왜 믿지 못했을까. 왜, 왜, 왜……!"

그는 신음성을 토해내며 손을 놓았다. 이미 독기는 심장을 점령해 버리고 말았다. 그는 땅에 철퍼덕 널브러져 더 이상 깨어나지 못했다.

천마지체의 최후는 이렇듯 허무하게 이루어졌다. 만성지체인 표영을 만나게 됨은 그의 불운의 시작이며 끝이 되었다. 표영은 만성지체에다가 천계의 모략으로 강호로 나온 터라 어떤 불행도 행운으로 바뀌는 놀라운 역사를 보였다.

표영이 깨어난 것은 거의 정오 무렵이 되어서였다. 사부 엽지혼이 어서 일어나라고 달달 볶아댔던 것이다.

"형, 저기 누가 쓰러져 있는걸?"

"어, 저기 저 사람. 어젯밤부터 혼자 매달려 있더라구. 굉장히 심심했나 봐. 내가 손을 놓으라고 해도 계속 붙들고 있더라니까. 요즘은 체력 단련을 위해서 사람들이 부단히도 노력하는가 봐. 왜 저리 힘들게 사는지 원."

"형, 깨우자."

"응……."

표영과 엽지혼은 어젯밤 독무행이 깊은 나락이라고 생각한 곳을 폴짝 하고 살며시 뛰어내렸다. 그 높이는 웬만한 아이들조차도 뛰어내리는 데 어려움이 없을 만큼의 높이일 뿐이었다.

"이봐, 일어나. 이제 집에 가야지. 일어나라니까."

"우리 형이 빨리 일어나라잖아."

둘이 마구 흔드는데 몸이 손길 닿은 대로 맥없이 무너지듯 돌아갔다. 비로소 얼굴을 확인한 둘은 기겁하며 뒤로 물러섰다.

"먹물 사나이다!"

엽지혼이 먹물 사나이라고 부른 이유는 독무행의 전신이 독기에 물들어 검게 변해 있었기 때문이다.

"설마… 이 사람 죽은 것은 아니겠지?"

표영은 슬금슬금 걸어가 독무행의 콧가에 귀를 댔다.

"헉! 숨을 안 쉰다."

가슴에 대봐도 전혀 움직임이 없었다.

"주, 죽었나본데… 으아악! 사람이 죽었어. 사람이 죽었다구. 어쩐지 어제 운동을 너무 심하게 하는 것 같더라니… 으악~!"

표영은 이제껏 살면서 죽은 사람을 처음 보는지라 놀란 가슴이 진정되지 않아 동굴로 도망쳐 버렸다. 엽지혼도 무섭긴 마찬가지였다.

"형~ 같이 가야지."

엽지혼도 발이 보이지 않게 표영의 뒤를 따라 동굴 쪽을 향해 달려갔다. 2장(약 6미터) 높이의 절벽(?) 아래엔 무림을 피바다로 만들어 버리겠다는 각오로 출사한 독무행의 시신만이 덩그러니 남아 있을 뿐이었다.

동굴로 돌아온 표영은 전전긍긍했다. 묻어야 했지만 용기가 나지 않았다. 하지만 시체를 그대로 방치해 두는 것은 더욱 소름 끼치는 일이었다. 결국 내린 결론은 시체를 묻자였다. 하지만 사람의 시체를 처음 본 표영으로서는 잠깐이라도 만질 자신이 없었다. 그는 눈을 가늘게 뜨고 잔머리를 열심히 굴린 후 엽지혼에게 말했다.

"저대로 그냥 둘 수는 없으니까 서로 일을 나누어서 묻도록 하자. 난 힘이 세니까 땅을 팔게. 이 형이 힘센 것은 잘 알고 있지? 내가 땅을 다 판 후에 너는 쉬운 일을 하면 돼. 내가 파놓은 구덩이에 시체를 묻기만 하면 되는 거야. 알았지?"

표영은 엽지혼이 뭐라고 대답도 하기 전에 밖으로 후닥닥 나가 버렸다. 엽지혼은 기겁을 하고 뒤따라가며 외쳤다.

"어어… 형, 난 무서운데… 나더러 어떻게 하라구 그러는 거야!"

표영은 들은 체 만 체하고선 엽지혼의 얼굴을 보면 마음이 약해질 것 같아 단 한 차례로 쳐다보지 않고 땅만 파 젖혔다.

약 반시진(1시간) 가량이 지나 큰 구덩이가 생겨났다. 표영은 손을 탈탈 털고 먼 산을 바라보며 엽지혼에게 말했다.

"이 정도면 충분할 거야. 내가 해야 할 일은 다 했으니까 난 동굴로 들어가 있을 테니 넌 마무리만 하면 돼. 이건 간단한 거라구. 알았지? 자기가 맡은 일은 책임을 지고 확실히 해야 하는 거야. 똑바로 잘해야 해. 그렇게 하지 않으면……."

표영은 엽지혼이 제일 두려워하는 것이 무엇인지 잘 알고 있었다. 말을 강조하기 위해서 잠깐 동안 말을 멈추고 다시 말을 이었다.

"나, 가버릴 거야."

그러고선 후닥닥 동굴로 달려가 버렸다. 엽지혼은 무서워 견딜 수가 없었다. 하지만 그보다 더 무서운 것은 형이 떠나 버린다는 말이었다. 울며 겨자 먹기로 몸을 움직일 수밖에…….

"으응… 정말 무서운데……."

"왜 이리 안 오는 거야. 혹시 시체 옆에서 기절해 있는 것은 아닐까. 거참, 되게 걱정되네."

벌써 한 시진 가까이 지났는 데도 전혀 돌아올 기색이 없자 표영은 슬슬 불안해졌다. 호랑이도 제 말하면 온다 했던가.

"형, 나 왔어."

의외로 밝은 목소리로 엽지혼이 들어섰다.

"근데 왜 그렇게 늦었어?"

"형 주려고 국을 끓이느라구."

엽지혼의 손에는 구걸할 때 쓰던 그릇이 들려 있었는데 그 안에는 언제 끓였는지 정말 국이 담겨져 있었다.

"일은 다 마무리하고 온 거야?"

"그럼, 얼마나 무서웠는지 몰라. 하마터면 애 떨어질 뻔했다니까."

"어이구, 애는 무슨… 근데 이건 무슨 국이야?"

"응, 도라지국이야."

"도라지국? 야, 이거 냄새 죽이는데. 누가 준 거야?"

표영의 말마따나 향긋한 냄새가 동굴 가득 진동했다. 게다가 국물 색이 신비스럽게도 비취빛을 띠고 있어 묘한 감취를 느끼게 했다.

"형 줄려구 내가 끓인 거야. 많이 먹어."

엽지혼은 먹다 남은 밥과 함께 표영에게 국을 건넸다.

"이야~ 맛있겠는걸. 함께 먹어야지?"

"어어어… 근데 형, 난 오늘 속이 좋지 않아. 형이나 많이 먹어."

엽지혼의 말투는 왠지 뭔가 감추는 듯했지만 표영은 국물의 향취에 흠뻑 취해 그 낌새를 눈치 채지 못했다. 국물을 떠서 한 모금 입에 넣었다. 입 안이 향긋해짐과 동시에 뱃속까지 시원해졌다.

"오호, 이거 정말 죽이는데……."

"형, 정말 맛있어?"

"응, 끝내줘."

마침 아침부터 아무것도 먹지 않았고 지금은 점심 시간을 훌쩍 넘긴 터라 시장기가 가득한 표영은 허겁지겁 국물을 다 마셨고 하얀 도라지까지 다 씹어먹어 버렸다.

"이 도라지 아주 특이한걸. 굉장히 개운하고 시원해. 뱃속 창자까지 개운해지는 것 같애."

말을 그렇게 했지만 그보다 더욱 큰 기운이 몸에서 뿜어져 나오고 있음을 표영으로서는 알지 못했다. 온몸에 청명한 기운이 돌면서 정신까지 맑아지고 있었던 것이다.

"나 잠깐 밖에 좀 나갔다 올게. 도라지가 아주 몸에 잘 받나 봐. 갑자기 마구 뛰고 싶어지는데……."

표영은 동굴을 나가 신나게 달음질치기 시작했다. 달리고 또 달렸다.

"야호~ 신난다."

단전 쪽에서 뜨거운 기운이 계속해서 일어나며 몸의 기운을 북돋았다.

'왜 이렇게 힘이 솟지? 희한한 일이네.'

표영은 동굴 주변을 돌고 또 돌았다. 거의 반 시진 가량이나 전속력으로 달렸지만 전혀 호흡이 가빠지지 않았다. 아니, 오히려 더욱 힘이 솟구친다고 하는 편이 더 옳을 정도였다. 다시 얼마를 달렸을까. 아까부터 아랫배 쪽이 묵직했는데 지금에 이르러서는 한계에 다달은 것은 같았다.

"잠깐 소변을 보도록 할까."

바지춤을 내리고 힘을 주지도 않았는데 기다렸다는 듯이 시원스럽게 소변이 나왔다. 오줌 빛깔은 평상시와는 달랐는데 짙은 회색 빛을 띤 데다 전체적으로 혼탁하기 그지없었다. 하지만 이상하게도 오줌을 누면 눌수록 더욱 몸은 개운해졌다. 물론 용변을 보면 몸이 개운해지는 것은 당연한 것이지만 평상시의 그런 느낌과는 판이하게 다른 것이었다.

—쏴아악…….

굵은 줄기를 유지한 채 계속해서 퍼부어졌지만 어떻게 된 일인지 그칠 줄을 몰랐다. 어느새 시간은 처음 오줌을 누기 시작한 지로부터 장장 일 식경(30분)을 지나고 있었다. 그러길 일 다경(15분) 정도가 더 지나게 되자 줄기는 서서히 그 세력이 약해지며 줄어들었다.

'허허… 이거 몸에 있는 물이 다 빠져나온 건가. 하지만 이상하게도 몸이 개운해지는걸. 근데 왜 갑자기 힘이 솟구치게 된 것일까? 그리고 소변은? 혹시 아까 먹은 게 도라지가 아니라 산삼이었나?'

표영은 흥건하게 젖어있는 물기를 보고 괴이히 여기며 동굴로 향했다. 몇 걸음이나 옮겼을까. 갑자기 아랫배 쪽에서 북을 치는 듯한 충격이 느껴졌다.

'어, 이건 또 왜 이러지?'

하지만 그것은 시작에 불과했다. 아랫배 쪽에서 시작된 폭발적인 충격은 위로 아래로 팔과 다리로 이어지며 온몸을 격동시켰다. 그것은 내부의 충격이었고 내부의 폭발이었다.

그 기세로 인해 표영은 제자리에서 몸이 붕 떠올랐다가 가라앉았다 라를 반복했다. 이것은 스스로의 의지하고는 전혀 상관없는 동작이었다. 더불어 얼굴색 또한 갑자기 노랗게 변하는가 하면 다시 주황색으로 변했다가 거기서 흑색으로 변했다가를 반복했다. 혈관 하나하나가 모조리 터져 버린 것 같고 몸이 두둥실 뜻과는 상관없이 떠오르자 표영은 비명을 질렀다.

"사람 살려~ 표영 살려~ 나 죽는다~!"

표영의 비명 소리가 너무도 컸기에 그 소리는 동굴에 있던 엽지혼에게까지 들렸다. 그는 내심 불안해 있었던지라 허겁지겁 달려왔다.

"으어어… 이게 어떻게 된 거야. 형, 정신 차려."

엽지훈은 안절부절못했다. 형이 붕 떠 있다가 다시 땅으로 내리꽂히고 또 솟아오르고를 반복하고 있었으니 어찌 그가 놀라지 않을 수 있겠는가. 이건 필시 자신이 끓여준 국을 먹은 것 때문이라 생각하자 미안한 마음에 눈물이 쏟아져 내렸다.

"내가 잘못했어. 아까 그건 먹는 것이 아니었나 봐. 미안해, 형."

하지만 표영은 이미 눈 흰자위만 드러낸 채 온몸을 뒤틀며 발악을 할 뿐이었다.

"우어어어……."

괴상한 소리를 지른 후 표영은 그만 정신을 잃고 쓰러지고 말았다.

"미안해. 형, 죽으면 안 돼. 내가 잘못했단 말이야. 엉엉… 난 그냥 재밌으라고 한 거였는데… 어엉……."

그럼 과연 표영은 왜 이런 현상을 겪게 된 것일까? 그 답은 엽지훈이 끓여준 국에 있었다. 그것은 사실 도라지국과는 거리가 멀어도 너무 멀었던 것이다. 기실 그는 표영이 혼자 돌아가 버리자 두려운 마음으로 독무행을 묻었다. 그런데 시체를 묻으려 하자 몸이 흔들리며 문득 독무행의 품에서 괴이한 약초와 붉게 생긴 작은 보자기가 삐죽이 튀어나온 것이다.

그 약초는 천년하수오였고 보자기 안에 든 것은 묵각혈망의 내단이었다. 엽지훈은 순간 장난기가 동했다. 자기에게 어려운 일을 시킨 형을 골려줘야겠다 생각한 그는 하수오와 내단을 넣어 국을 끓인 것이다. 천년하수오와 묵각혈망의 내단의 공능은 상상을 초월하는 것이라 할 수 있다. 아마도 한사람이 그 두 가지를 한꺼번에 복용했다는 사실을 무림인들이 들었다면 거품을 물고 기절하는 일이 속출했을 것이다.

그것은 무공을 익힌 자에겐 큰 재물이나 황금보다 더욱 소중한 보물과도 같은 것이다. 표영의 몸에 나타난 세 가지 현상은 바로 하수오와 내단 때문이었다.

일단 천년하수오를 복용하게 되면 첫째로 몸에 기운이 북돋우어진다. 그로써 복용자는 어딘가를 달리고 싶어진다든지 몸을 마구 움직이고 싶어지는 마음이 생겨나는 것이다. 표영이 미친 듯이 달리게 되었던 것은 바로 그 때문이었다.

둘째로는 몸 안에 쌓인 노폐물들이 체외로 배출되게 된다. 사람의 몸 안에는 수많은 불순물들이 있지만 그런 것들을 제거할 방법은 거의 없다고 봐야 한다. 하지만 천년하수오는 그것을 가능하게 만든다. 표영이 소변을 장시간에 걸쳐 보게 된 것은 바로 이러한 탁한 기운을 몰아내기 위함이었던 것이다.

세 번째 공능은 기혈을 타통 시키는 데 있다. 탁기가 사라진 몸 안에 천년하수오의 맑고 강한 기운이 돌며 막혀 있는 임맥과 독맥을 타통시킨다. 임맥과 독맥이 타통된다는 것은 매우 중요한 문제라고 할 수 있다. 타통되었다고 해서 내공이 몸에 쌓이는 것은 결코 아니다. 하지만 기의 모든 통로가 열린 상태라 내공을 쌓게 될 시 그 진전은 일반 사람들과는 비교할 수 없을 만큼 빠르게 된다.

표영의 몸이 솟아올랐다 가라앉았다 함은 막힌 기혈이 뚫리며 임맥과 독맥이 타통되는 현상이었다. 이로서 표영의 기혈은 온전히 뚫렸고 무림인들이 꿈에라도 바라는 생사현관을 타통하게 된 것이다.

표영이 얻은 것은 이것만이 아니었다. 묵각혈망의 내단 또한 먹지 않았던가. 임맥과 독맥이 타통되는 중에 표영의 얼굴색이 노랗게 되었다가 붉게 되고, 검어졌다 창백해졌다 한 것은 하수오와 내단의 힘이 융화되어 세상의 모든 독을 이겨낼 수 있는 힘을 얻게 된 것이었다.

만독불침의 경지. 결국 천마지체 독무행이 얻어야 할 모든 힘은 고스란히 만성지체 표영에게로 옮겨온 것이다. 생각지도 않은 힘을 얻은 만성지체 표영의 앞날엔 과연 어떤 미래가 기다리고 있을 것인지…….

[제1권 끝]

마천루(摩天樓) 스토리 1

글을 쓴다는 건 참으로 외로운 일이다. 혼자 고민하고 혼자 많은 생각들을 해야만 한다. 모든 게 혼자다. 자신과의 싸움이기에 미치도록 외로운 때가 많다. 이럴 땐 같은 생각을 가진 사람들과 함께 있고 싶은 생각이 굴뚝같아진다.

그런 의미에서 내가 부천에 있는 작가 사무실 〈마천루〉에 온 것은 참으로 큰 행운이라고 할 수 있을 것이다. 출판사 청어람의 배려로 마련된 사무실에는 십여 명에 이른 작가들이 모여 있다. 사람의 얼굴이 모두 제각각이듯 공통된 점이라고는 찾아볼 수 없는 기이한 개성을 가진 작가군이다. 일단 그 면면을 살펴보자면 대강 이러하다.

사무실의 실장으로 군림하고 있는(군림이라고 표현은 했지만 늘 당한다고 봐야 옳다) 『천사지인』의 작가 조진행님, 마천루의 정신적 지주라고 할 수 있는 『표류공주』의 작가 최후식님(이분은 글 쓰는 시간보다는 스타와 디블을 하는 시간이 열 배는 더 많은 분이다. 그래도 아무도 말 못한다. 나이란 역시 무서운 것이다), 그리고 깍두기 조폭 클럽을 연상케 하는 일묘님(외부에서 손님이 오면 일묘님을 보고 다들 긴장으로 식은땀을 쏟곤 한다. 문을 열고 들어오면 바로 보이는 곳에 위치하고 있기에 대부분이 '어라? 내가 조폭 사무실인데 작가 사무실로 착각하고 잘못 찾아왔나' 하면서 다시 문패를 들여다보고 멋쩍게 머리를 긁는다. 일단 들어왔으니 다시 나가게 되면 이상하게 생각할까 염려해서다. 짐작컨대 함부로 나갔다가는 당장에 도끼를 들고 쫓아올까 봐 두려운 모양이다. 하지만 누구보다도 마음이 착하다. 내가 이 말을 말미에 왜 하는지 잘 생각해 봐야 할 것이다. 나도 보복이 두렵다), 거의 궂은 일을 도맡아 하는(거의가 아니라 '모든' 이라고 바꿔야 합당할지도 모른다) 살림꾼 『삼우인기담』의 작가 장상수님, 뎡치와 사자후가 특기인 『무당괴협전』의 한성수님(잠깐 조는 것도 허락이 안 된다. 이분이 깨어 있는 한 잠!! 절대 못 잔다. 그 엄청난 사자후는 대뇌와 소뇌를 강타한다. 그렇다고 이분이 잠잘 때 다른 사람들이 자는 게 편한가? 그건 절대~ 절대 아니다. 왜 그러는지 아는 사람은 다 안다), 빠른 글 쓰기로 기인으로 통하는 『묵시강호』의 작가 홍성화님(놀라운 정력과 열정의 소유자임이 분명하다), 모든 어려움과 난관을 괜찮아요~ 로 넘겨 버리는 또 다른 기인 『천상개화』의 박철영님(이분은 계룡산에서 괜찮아 신공을 십 년 간 연마하고 왔다는 소문이 있다. 내가 보기엔 진짜 것 같다. 그리고 책상에 늘 사탕이 수북히 쌓여 있다. 취미는 인터넷으로 아이쇼핑하기다), 그리고 음식을 끝내주게 잘 만드는 『비뢰도』의 목정균님(그렇다고 공짜로 먹게 해주진 않는다. 돈 꼬박 꼬박 내야 한다. 비뢰도의 주인공 모델은 분명 바로 작가 자신이다. 더불어 최신 영화를 기가막히게 찾아 다운받는 탁월한 정보 수집력도 갖추고 있어 사무실에서는 반드시 필요한 분이라 할 수 있다), 기인 홍성화님의 애인으로 낮에만 얼굴을 보이는 씩씩한 모습의 순정님.

이렇듯 각자 개성이 특출난 이들과 함께하는 시간은 참으로 즐거운 시간들이다. 어떻게 이렇게 모일 수 있었는지는 모른다(어떻게 하다 보니 이렇게 된 것이다). 이들은 모두 글 쓰는 스타일이 제각각이다. 사람이 다르니 당연 글이 다를 수밖에 없을 것이다. 그래서 서로의 글을 모니터해 주기도 하지만 영향을 받거나 주진 않는다. 그것이야말로 사무실의 장점이자 앞으로 계속 변치 않자고 약속한 내용이기도 하다.

특히 사무실의 환경이 의외로(?) 깨끗한 편이다. 실제 청소도 굉장히 자주 하는 편으로 각기 자신이 맡은 구역과 역할을 충실히 해낸다. 특히 식사 후 설거지를 해야 할 때는 가위바위보 신공으로 대결을 펼치는데 이 결투는 누가 이길지 모른다는 데 남다른 묘미가 있어서 즐겁다(가위바위보에서 남자는 역시 주먹이다 라고 나는 늘 주장하지만 가끔은 보를 내기도 한다).

사무실에는 많은 차들이 준비되어 있다. 커피, 꿀, 음… 그리고 다음엔… 뭐, 이 정도다. 그래도 혹시나 찾아올지도 모르는 손님들을 생각해 손님용 컵은 아무도 사용하지 않고 깨끗이 보관해 놓는다(근데 왜 자꾸 그 컵들이 탁자 위에 커피 자국을 남긴 채 놓여 있는지는 아무도 모르는 불가사의한 일이다. 조만간 세계7대 불가사의에 이집트의 피라밋을 밀어내고 들어간다는 소문이 있다).

어쨌든 각자 개인 컵을 소유하고 있어서 위생상으로도 철저함을 추구한다. 물론 때로 뜻대로 되지 않을 때도 있다. 조진행님이 모기를 잡는다는 핑계로 유달리 컵 위쪽에 에프킬라를 뿌려대기 때문이다. 컵 주인은 그 사실을 모르고 있다가 무심결에 물이나 커피를 따라 마시게 되는데 그 모습을 칸막이 너머에서 은밀히 관찰하며 낄낄대는 조진행님의 얼굴을 가끔 보게 된다(아무리 생각해도 무서운 사람임이 틀림없다).

또 하나 사무실의 장점은 철저한 금연이라는 것이다. 그래서 흡연자들은 모두 찬밥 신세며 아주 이상한 사람 취급을 받기 일쑤다. 그건 누구도 예외가 될 수 없어 가장 원로인 최후식님도, 어떤 이유로 찾아온 고귀한(?) 손님이라 할찌라도 모두들 베란다로 나가든지 화장실로 달려가야 한다. 사무실에서 담배를 피우다 걸리는 날엔 바로 냉장고에 들어가게 되는 특이한 법이 존재한다. 그래서 앞으로는 냉장고를 더 큰 것을 준비하려는 계획도 잡혀 있는 것으로 알고 있다(톱은 아직 구비를 못했다. 톱만 사면 사무실 이름을 '엽기사무실'로 변경할 모양이다). 역시 세상은 그리 만만치 않다. 아니, 굉장히 무섭다. 냉장고를 볼 때마다 에어컨이 필요치 않을 만큼 서늘함을 느끼고 늘 깨어 있어야 함을 새삼 실감한다.

이렇듯 즐거운 시간 속에서도 작가들은 각기 초조함을 느낄 때가 있다. 그 초초함의 원인은 바로 공포의 마감이다. 특정히 마감 시간이 다라고 하는 것이 있는 것은 아니지만 암묵적으로 출판사에 넘겨주어야 할 시점에 이르게 되면 작가들은 괴상한 사람으로(원래부터 괴상한데 거기서 다시 괴상해지면… 모두의 상상에 맡긴다) 돌변하곤 한다. 그 스트레스를 푸는 방법도 참으로 다양하다.

조진행님 같은 경우엔 갑자기 춤을 춘다. 순식간에 분위기는 노래방과 나이트로 변한다. 그래도 아무 말 못한다. 마감 작가라는 말 앞에는 모두들 고개를 떨굴 수밖에 없는 것이다.

그렇다. 마감 앞에는 어떤 미친 짓도 과감히 허용되는 곳이 작가 사무실인 것이다. 그렇다고 진짜 미쳤다간 바로 냉장고행이다. 어떤 이는 짱구가 되어 액션 가면을 외치고 짱구의 실룩실룩춤을 추기도 한다. 또 다른 한쪽에선 형광등 아래 길게 늘어진 점등줄을 향해 타이슨이라도 된 양 권투 연습을 하기도 하고 머리를 쥐어뜯는 사람도 있다. 이런 시간 속에서 열심히 글을 쓰다가 밤이 새어 날이 밝아지는 것을 보노라면 내 지금의 모습은 어쩔 수 없이 작가구나 라는 생각을 하게 된다.

아직 나는 여러 가지 면에서 부족한 점이 많고 더 노력해야 한다는 것을 잘 알고 있다(소크라테스가 자꾸 말하지 않아도 나는 자신을 알려고 노력… 많이 한다). 그렇지만 여러 유능한 작가 분들을 보면서 기뻐하고, 위로받고, 위로하면서 지낼 수 있다는 것은 다시 말해도 행복임이 틀림없다. 이 지면을 빌어 사무실에 함께한 여러 작가 분들께 감사함을 표한다. 모두들 뜻하는 바를 다 이루시길 진심으로 바라는 바이다.

〈참고〉『만선문의 후예』 팬카페입니다.

http://cafe.daum.net/MANSUNMUN

이메일 newkhc@chollian.net